grafit

Chemnitzer Str. 31, D-44139 Dortmund
Internet: http://www.grafit.de
E-Mail: info@grafit.de

Umschlaggestaltung: Peter Bucker
Umschlagfoto: Sven Schneider, photocase.com
Druck und Bindearbeiten: CPI books, Leck
ISBN 978-3-89425-346-2
1. 2. 3. 4. 5. / 2010 2009 2008

Ernst Solèr

Staub im Schnee

Kriminalroman

grafit

Der Autor

Ernst Solèr, geboren 1960 in Männedorf am Zürichsee und Vater einer Tochter, lebt als Autor und Journalist in Zürich. 2006 ist sein erster Kriminalroman um den launischen Hauptmann Fred Staub von der Zürcher Kantonspolizei, *Staub im Feuer,* erschienen, ein Jahr später folgte *Staub im Wasser.* Weitere Informationen zum Autor finden Sie unter www.ernstsoler.ch.

Für Milly Z.

Staub im Schnee spielt im frühen 21. Jahrhundert in Zürich. Während die Schauplätze größtenteils real sind, sind Handlung und Figuren rein fiktiv. Ähnlichkeiten mit lebenden oder verstorbenen Personen sind zufällig und unbeabsichtigt.

Der Tote

Es ist nicht gerade ein Blizzard, der über Zürich tobt. Aber dennoch fällt Schnee genug vom weißgrauen Himmel: einzelne, magere Flocken, die vom Scheibenwischer hinweggefegt werden wie Brotkrümel von der Tischdecke eines Fünfsternehotels.

»Hoffentlich müssen wir nicht die Schneeketten montieren«, brummelt Michael und schaltet herunter in den ersten Gang.

»Wegen der paar Flocken?«

»Du vergisst die Millionen, die gestern schon gefallen sind«, meint er trocken und deutet auf den steilen, kaum mehr erkennbaren Weg vor uns.

Tatsächlich schneit es seit zwei Tagen fast ununterbrochen. Selbst in der Stadt unten hat sich der Schnee festgesetzt und hier oben am Chäferberg misst die Schneedecke sicher dreißig Zentimeter. Michael quält den Volvo die Steigung hinauf und ich hoffe inständig, dass unter den verwehten Reifenspuren, denen mein Kollege folgt, tatsächlich der vermutete Kiesweg liegt.

Plötzlich ein Schlag. Der Motor jault auf, der Wagen stellt sich quer, die Hinterräder fräsen durch das weiße Nass.

»Was habe ich gesagt?«, nörgelt Michael, aber ich bleibe gelassen. Denn mein Stellvertreter und Freund Michael Neidhart ist ein guter Autofahrer. So gut, dass er die Schneeketten bei Bedarf auch allein um die Räder bekommen würde. Aber im Moment reicht viel Gefühl im Umgang mit dem Gaspedal noch aus.

Ich sehe im Außenspiegel, wie der Schnee hinter dem Auto wegstiebt, es ruckt ein paarmal und wir schlingern zurück auf den Weg.

Es ist zehn nach neun Uhr morgens an einem der kältesten Januartage der vergangenen Jahre. Die Aussichten, dass es bald aufklaren und Sonnenlicht das trübe Weiß zum Leuchten bringen wird, sind laut Wetterbericht gleich null. Im Gegenteil, der Vorhersage nach soll die weiße Pracht sogar noch zunehmen.

Ein, zwei Tage im Jahr erstarrt ganz Zürich im Schnee und heute ist einer dieser Tage. Dutzende schwerer Maschinen und Laster werfen in der Stadt Salz und Split auf die Hauptverkehrswege, Hunderte von Beamtenkollegen in Orange rücken den Massen mit Schaufeln zu Leibe.

Auf den Chäferberg wird kein Räumkommando kommen. Es würde keinen Sinn machen, da die Wege und Pfade hier oben ohnehin nicht befahren werden und ein striktes Fahrverbot gilt.

Schwere Wechten liegen auf den Rottannen vor uns, der Weg führt in den Wald wie in einen Tunnel. Die Erschütterungen, die unser Wagen verursacht, lassen faustgroße Schneeklumpen auf das Dach prasseln. Hoffentlich sind wir hier richtig.

Ich überlege mir, ob ich ein paar launische Worte ins Funkgerät sprechen und bei der Einsatzzentrale nachfragen soll. Aber Michael kennt sich aus, er joggt hier gelegentlich. Zudem sehe ich immer noch schwache Spuren der Fahrzeuge, die vor uns in den Wald gefahren sind, nachdem der Notruf ausgelöst wurde. Wobei der Stadtförster sicherlich in einem schweren, wintertauglichen Geländewagen unterwegs ist. Aber der städtische Streifenwagen, den er panisch gerufen hat, hat es ja auch irgendwie durch den Schnee geschafft.

»Elender Mist«, stöhnt Michael.

Schon wieder schmirgeln die Hinterräder unseres Volvo hilflos durch den Pulverschnee. Mein Kollege setzt ein wenig zurück und packt die Stelle im zweiten Anlauf.

Es ist ein überaus schlechtes Zeichen, wenn Stadtpolizisten ohne Umschweife nach einer kantonalen Spezialabteilung wie der unsrigen rufen. Ein Toter im Zürcher Wald wäre eigentlich ein klarer Fall für die stadtpolizeiliche Abteilung *Leib und Leben* und nichts für unsere Kantonspolizeieinheit *Besondere Verfahren.* Irgendetwas an der Leiche muss ziemlich außergewöhnlich sein. Ich könnte nicht sagen, dass ich sonderlich gespannt darauf bin, was es ist.

»Da vorne«, sagt Michael endlich. Er hat den Streifenwagen entdeckt, mitten auf der Kreuzung zwischen Ameisenweg und Reitweg, über welche die Vita-Parcours-Strecke führt. Rund fünfhundert dieser in den Sechzigerjahren von der Vita Lebensversicherungsgesellschaft in die Wälder getriebenen, von jeweils fünfzehn Körperertüchtigungsstationen durchsetzten Laufparcours gibt es in der Schweiz. Zwei davon liegen auf Stadtzürcher Boden. Eine unterhalb des Üetlibergs und diese hier am Chäferberg.

Die Kollegen von der Stadtpolizei winken uns aufgeregt heran. Ich werfe einen Blick auf die Temperaturanzeige in unserem Auto und erschauere präventiv: Minus neun Grad ist es außerhalb des Volvo. Ich ziehe den dicken, selbst gestrickten Wollschal, den mir Tochter Anna zu Weihnachten geschenkt hat, so eng um meinen Hals, wie es geht.

Michael stellt den Motor ab und stülpt sich lederne Handschuhe und einen Hut über. Wir sehen uns kurz an und steigen aus. Schneestaub rieselt auf mich herunter, direkt auf meine ergraute Haarpracht. Unter meinen knöchelhohen Winterschuhen knirscht es.

Die beiden schlotternden Kollegen von der Stadtpolizei

deuten wortlos hinter sich auf eine Stelle, die von den Scheinwerfern ihres Wagens beleuchtet wird. Ich erkenne den Schrecken in den Augen der beiden Polizisten und mag eigentlich gar nicht zu der Leiche hinüberschauen. Aber ich muss.

Was ich dann sehe, kann ich kaum glauben. Ich wende den Blick kurz ab. Leider ändert das nichts an der Szenerie: In den Boden gerammte Pfähle bilden ein Dreieck, das in Griffhöhe mit vereisten, stählernen Reckstangen verbunden ist. Daneben empfiehlt ein blaues Schild entsprechende Körperübungen. Und unter den Stangen zeichnet sich eine riesige Blutlache ab, in deren Mitte ein zusammengekrümmter Mensch in einem azurblauen Jogginganzug liegt.

Ich stehe da wie festgefroren, bin unfähig, mich der Szenerie zu nähern, die einem durchkomponierten Gemälde gleicht: Im oberen Teil der Komposition befindet sich das Dreieck der im Scheinwerferlicht funkelnden, vereisten Stangen, im unteren die auf dem Rücken liegende Leiche in ihrem zerfetzten Trainingsanzug. Weißer Schnee, blaues Tuch, graue Haut, rotes Blut. Und zwei gelbe Punkte: Puma-Sportschuhe, die aus dem blutgetränkten Neuschnee ragen wie Blüten, die ans Licht drängen.

Es ist Teil meines Jobs, mir solche Dinge anzusehen, sage ich mir, dafür werde ich bezahlt. Wenn auch nicht gerade fürstlich.

Ich gebe mir einen Ruck und stürze auf den Leichnam zu. Nehme zur Kenntnis, dass die Einschusslöcher in Brust und Bauch rostrot verfärbt sind. Und zucke zurück, als ich dem Toten ins Gesicht blicke. Denn ich kenne den Mann: Er moderiert im Schweizer Fernsehen eine wöchentliche Quizshow und zierte schon manche Illustrierten-Titelseite. Jetzt ist mir klar, warum man direkt nach uns gerufen hat.

»Heilige Scheiße«, dringt Michaels Stimme zu mir. Auch er hat den Mann erkannt.

»Wir wussten nicht, ob wir ihn abdecken sollten«, sagt einer der Streifenpolizisten.

»Schon gut«, winke ich ab. »Die Spurensicherung müsste sowieso bald eintreffen.«

»Der Förster dort hat ihn gefunden«, fährt der Kollege fort und deutet auf einen bärtigen Mann in schweren Stiefeln und einer dunkelgrünen Helly-Hansen-Jacke, der an einem Jeep ein paar Dutzend Meter entfernt lehnt und sich gerade einen Schluck aus seinem Flachmann gönnt.

Ich widme mich wieder der Leiche und knie mich neben sie nieder. Befühle sie. Komplett steifgefroren ist sie noch nicht. Der Täter könnte also noch in der Nähe sein. Vorsichtig blicke ich ringsum in den Wald und fahre zusammen, als im Unterholz etwas raschelt. Aber es ist nur ein aufflatternder Vogel.

»Habt ihr irgendjemanden gesehen, seit ihr hier seid?«, frage ich die Leute von der Stadtpolizei, aber sie schütteln nur stumm den Kopf.

Michaels Natel dudelt los. Es ist die Spurensicherung, die ihm mitteilt, sie sei mit ihrem Wagen im Schnee festgefahren.

»Blöder Quark!«, staucht Michael sie zusammen. »Macht, dass ihr herkommt, wie auch immer! Notfalls zu Fuß. Wir warten!« Auch ihn hat der Anblick des erschossenen Moderators aufgewühlt.

»Habt ihr vielleicht Handschuhe? Und eine Plane?«, frage ich die beiden Stadtpolizisten und sie nicken emsig. Der eine eilt zum Wagen. »Merk dir deine eigenen Fußspuren, sonst gibt's Schelte von der Spurensicherung«, rufe ich ihm nach.

»Wenn die es heute noch schafft«, bemerkt Michael. »Welch ein Scheißtag für einen Mord.«

»Gibt's gute Tage für einen Mord?«, entgegne ich. »Und überhaupt: Vielleicht ist es ja gar kein Mord.«

»Nach Selbstmord sieht es mir eigentlich nicht aus«, meint Michael. »Und für einen Unfall hat er viel zu viele Kugeln abbekommen.«

»Okay, ein Mord also«, stimme ich ihm zu und frage mich, wann ich die Show des Mannes zum letzten Mal gesehen habe. Irgendeine Klugscheißersendung, in der viel Geld verteilt wird. Schneider heißt der Moderator, Yves Schneider.

Die Kollegen tragen eine Plastikplane herbei, einer reicht mir schweigend ein Paar lederne Handschuhe. »Frag bitte mal den Förster, ob er unseren Kriminaltechnikern entgegenfahren und sie aus dem Tiefschnee ziehen kann mit seinem Jeep«, raune ich dem Polizisten zu, woraufhin dieser sich postwendend auf den Weg macht.

Michael und ich knien uns auf die Plane und starren abwechselnd die Leiche und uns selbst an. Schneiders Gesicht ist noch mehr oder weniger heil. Der Mann ist ungefähr fünfunddreißig und hat ein Lausbubengesicht mit einem Schnauz so schwarz wie seine kurz geschnittenen Haare. Nur das vertraute süffisante Lächeln fehlt. Im halb offenen Mund erkenne ich zwei Goldfüllungen. Die Augen hat ihm zum Glück schon jemand zugedrückt.

»Einschusslöcher vorne und hinten«, hält Michael fest. »Mindestens zehn Kugeln. Kein Schrot.« Er überwindet sich und tastet den leblosen Körper sorgfältig nach weiteren Informationen ab.

Ich lasse ihn machen und stapfe zu den Kollegen von der Stadtpolizei hinüber. »Ist euch denn gar nichts aufgefallen, als ihr hier hochgefahren seid?«

»Leider nicht! Wir folgten den Spuren des Jeeps, viel mehr konnten wir nicht sehen.«

»Wohin führt dieser Weg?«

»Weiter durch den Wald, ich glaube bis hinüber nach Neuaffoltern.«

»Versuchen wir, so wenige Spuren wie möglich zu hinterlassen, dann haben wir gute Chancen herauszufinden, woher der Täter kam. Ich nehme nicht an, dass hier in der Nähe irgendwer wohnt, oder?«

»Kommt darauf an, was Sie unter Nähe verstehen, Hauptmann. Das hier ist immer noch Stadtgebiet, allzu weit können die nächsten Häuser nicht sein. Wir brauchen dringend mehr Leute, dann können wir ausschwärmen und nachsehen.«

Ich mustere das Namensschild auf seiner Uniform. »Schon klar, Schindler. Aber erst nachdem die Spuren aufgenommen worden sind, sonst ist hier schon vorher alles niedergetrampelt.«

»Sollten wir nicht trotzdem die Umgebung abschreiten?«

Ich weiß es nicht, zum Teufel. Es wäre das übliche Vorgehen. Aber die Chance, dass wir dabei wertvolle Spuren zerstören, ist einfach zu groß.

»Wir warten auf die Techniker«, bestimme ich.

Schindler quittiert meine Aussage mit einem nichtssagenden Blick in den Wald. Seine nackten Hände zittern. Es ist unglaublich kalt. Auch ich bin nicht dafür ausgestattet, morgens um halb zehn in einem verschneiten Wald zu stehen und Fernsehleichen zu beglotzen. Annas Schal ist das einzige Kleidungsstück, welches der unwirtlichen Umgebung angemessen ist. Hätte ich gewusst, was mich erwartet, hätte ich meine Skiausrüstung angezogen. Wobei dann sicher eine Saunaleiche gemeldet worden wäre …

Ohnehin bin ich nur mit Michael mitgefahren, weil meine halbe Abteilung krank zu Hause in den Federn liegt. Und wenn ich noch lange hier draußen stehe, kann ich mich ihnen bald anschließen: In meinen Schuhen schmilzt der Schneematsch und ich spüre jetzt schon kaum mehr meine Finger, trotz der Handschuhe.

»Warten wir im Auto«, sage ich zu meinem uniformierten Kollegen und trolle mich in den Volvo. Im Wageninneren ist es immerhin etwas wärmer.

Ich greife zum Funk. »Wo bleibt die Spurensicherung?«, belle ich ins Gerät. »Warten die, bis auch noch die allerletzten Hinweise zugeschneit sind, oder was?«

»Moment«, tönt es mir entgegen.

Es knistert und krost im Gerät und dann antwortet mir die Stimme von Ralf Strich, dem Leiter unseres Kriminaltechnischen Diensts: »Wir sind unterwegs, Kollege. Für die äußeren Umstände können wir nichts.«

Kein Wunder sind sie stecken geblieben, denke ich angesichts Strichs gewaltiger Körperfülle. Immerhin kann beim stets heißhungrigen Strich davon ausgegangen werden, dass er heißen Kaffee mit sich führt.

Ich melde mich erneut bei der Einsatzzentrale und frage nach, ob Yves Schneider bereits als vermisst gemeldet wurde.

»Der Fernsehstar?«

»Genau der.«

Bisher nicht, teilt man mir mit, was denn los sei mit ihm?

Ich beschließe, mein Wissen vorerst für mich zu behalten. Yves Schneider ist eine öffentliche Person, kaum ein Schweizer kennt ihn nicht. Die Nachricht von seinem gewaltsamen Tod dürfte einschlagen wie eine Bombe – und mir persönlich reicht es, wenn sie erst morgen hochgeht.

Ich kurble das Fenster herunter, weil ich durch die beschlagenen Scheiben kaum noch etwas sehen kann. Michael kauert immer noch neben dem toten Moderator, die beiden Stadtpolizisten hingegen haben sich in ihren Dienstwagen verkrochen. Der Schneefall hat zugenommen und die Bise pfeift giftig durch die Baumwipfel. Hätten wir den Förster nicht dem elenden Strich zu Hilfe geschickt, könnte ich jetzt wenigstens meine erste Zeugenbefragung durchführen. So aber kann ich nur warten und ins Trübe schauen.

Ein schwerer Schneeklumpen poltert dumpf auf das Autodach. Ich schließe das Fenster wieder und starte den Motor, damit die Karre nicht völlig auskühlt. Drehe das Radio auf. Der Empfang ist alles andere als begeisternd. Aber es reicht, um mitzubekommen, dass ein unangenehm fröhlicher Moderator irgendetwas über den Lustfaktor aphrodisischer Gerichte schwadroniert und dabei von Muscheln spricht. Ich muss schallend lachen: Die letzten Muscheln, die ich aß, wirkten allenfalls aphrodisisch auf meinen Dünndarm. Dies immerhin äußerst potent.

Ich hoffe, dass niemand mein Lachen gehört hat, und frage mich wieder einmal, wie zynisch ich bereits geworden bin. Wenige Meter von mir entfernt liegt ein erschossener Prominenter im Schnee und ich denke an meinen Dünndarm. Berufskrankheit nennt man das wohl. Wie viele Tote habe ich mir ansehen müssen in den vergangenen zweiundzwanzig Jahren? Auf jeden Fall mehr, als ich ertragen konnte. Einige davon sahen noch weit schlimmer aus als Yves Schneider unter den Reckstangen. Die geköpften Finanzakrobaten im Sommer zum Beispiel, deren Häupter wir bis heute nicht gefunden haben. Oder die Toten in der durch einen Brandanschlag vollkommen zerstörten Üetlibergbahn im vergangenen Frühjahr.

Ist Schneider wirklich auf dem Vita Parcours gelaufen? Bei diesem Schmuddelwetter? Natürlich kennen viele Körperbewusste dieser Welt keinen Schmerz. Aber mit gelben Sportschuhen durch bis zu dreißig Zentimeter tiefen Schnee zu joggen? Das macht einfach keinen Sinn. Andererseits haben wir nirgends ein Auto herumstehen sehen. Und was wollte Schneider sonst hier draußen in Sportbekleidung?

Ich greife erneut zum Funk und bitte die Einsatzzentrale, mir Schneiders Adresse durchzugeben. Schon wieder will man wissen, was denn mit ihm los sei. Aber ich schweige beharrlich. Scheuchzerstrasse 28, informiert man mich schließlich und ich sage artig Danke und beende das Gespräch.

Sieh an, Schneider wohnte also nur wenige Kilometer von hier entfernt. Vielleicht ging er doch joggen. Ich glaube, mich zu erinnern, dass der Mann eine echte Sportskanone gewesen sein muss, so war es zumindest in der Presse zu lesen. Außerdem soll er schwul gewesen sein, sein Freund tummelt sich angeblich im Modebusiness.

Endlich höre ich das Brummen eines schweren Motors. Strich und seine Mannschaft scheinen einzutrudeln. Ich steige aus dem Volvo und prompt rieselt mir wieder Schnee in den Nacken. Ich versuche, ihn sofort wegzuwischen, doch ein kleiner Teil schmilzt trotzdem auf meiner Haut und rinnt mir die Wirbelsäule hinunter. Wenn ich wieder zu Hause bin, werde ich ein heißes Bad nehmen, beschließe ich. Wobei die Heimkehr noch in weiter Ferne liegen könnte, wenn sich der Täter nicht in den allernächsten Minuten selbst stellt.

Der Motorenlärm, den ich gehört habe, rührt tatsächlich vom Gefährt der Spurensicherung. Gezogen wird es von einem alten Armee-Pinzgauer, weiß Gott, wo sie den so schnell aufgetrieben haben. Der Jeep des Försters zuckelt hinter ihnen her. Strichs Leute, die ihren übergewichtigen Meister vergöttern, schwirren aus dem Wagen wie emsige Bienen auf Pollensuche und stapfen entschlossen durch den Schnee. Sie richten Scheinwerfer auf und fotografieren wild herum.

Strich wankt mir mit einer Tasse dampfenden Kaffees

entgegen. »Gut, dass Blut nicht weiß ist«, sagt er mit interessiertem Blick auf den Toten und drückt mir die Tasse in die klammen Finger.

»Schön, dass Schnee nicht rot ist«, entgegne ich.

Strich lächelt milde. »Reifenspuren?«

»Hab keine gesehen«, antworte ich. »Wir haben aber ohnehin gewartet, bis ihr Superexperten hier seid.«

»Wie aufmerksam«, meint Strich und macht sich auf den Weg zu der Leiche des Moderators. Michael hockt noch immer neben ihr auf der Plane und reibt seine Handschuhe aneinander.

»Tag, Strich«, begrüßt er den Kollegen. »Sie sehen hier den bekannten Quizmaster Yves Schneider. Ich möchte Ihnen nicht vorgreifen, aber ich zähle exakt elf Einschüsse in Brustkorb, Bauch und Unterleib. Sechs der Kugeln sind wieder aus dem Körper ausgetreten. Die anderen müssten noch drinstecken.«

»Wenn da was zu finden ist, haben Sie's morgen auf dem Pult«, sagt Strich und kauert sich neben den Toten nieder. »Der Rechtsmediziner ist unterwegs«, erklärt er. »Musste erst von einer Vorlesung geholt werden. Wenn ihr nichts dagegen habt, schaue ich mir das Objekt selber mal an.«

»Nur zu«, meint Michael.

»Die Todeszeit interessiert momentan am meisten«, füge ich an.

»Höchstens neunzig Minuten«, sagt Strich überraschend bestimmt. »Wann wurde er denn gefunden?«

Ich sehe mich um und suche nach dem Förster. Doch ich kann ihn nirgends entdecken. »Wo ist der Mann denn?«, frage ich Michael etwas unwirsch.

Er steht auf und späht mit zusammengekniffenen Augen in den Wald. »Hinter der Schwarzerle dort«, deutet er schließlich ins graubraune Dunkel. »Wenn ich mich nicht täusche, uriniert er gerade.«

»Verflucht, was denkt er sich bloß?«, ereifere ich mich und stampfe durch den Schnee auf die Erle zu. Ein Minimum an Respekt gegenüber dem Toten darf doch erwartet werden. Gerade von einem naturverbundenen Mann wie einem Förster! Der Mann zieht soeben seinen Hosenschlitz gerade und mustert mich gelassen.

»Herrgott, so geht das doch nicht«, erkläre ich ihm. »Vielleicht zerstören Sie wichtige Spuren!«

Er schnaubt verächtlich: »Da war nichts.«

»Haben Sie einen Ausweis dabei?«

Der Förster greift gelassen in seine Helly-Hansen-Jacke und klaubt seinen Führerschein hervor.

Ich begutachte ihn ein paar Sekunden länger als nötig und frage dann: »Wieso fuhren Sie gerade heute hier durch, wenn ich fragen darf?«

»Ich fahre jeden Tag zweimal hier durch, wenn's recht ist«, antwortet er.

»Und natürlich ist Ihnen nichts Außergewöhnliches aufgefallen, oder?«

»Ich sah zwei Rehe«, meint der Förster, während in seinen weiten Hosen ein Natel zu piepsen beginnt. »Entschuldigen Sie, meine Frau«, sagt er nach einem Blick auf das Display und nimmt das Gespräch entgegen.

Ich kann den Inhalt der Konversation nicht verfolgen. Von seiner Seite her besteht sie lediglich aus »Bald«, »Mach das« und »Lieber nicht«.

Dann beendet er sein Telefonat und meint: »Verrückt, nicht? Gestern sahen wir ihn noch im Fernsehen.«

Er hat Schneider also auch erkannt.

»Sprechen Sie am besten mit niemandem darüber! Hinterlassen Sie sämtliche Ihrer Telefonnummern bei den uniformierten Kollegen und fahren Sie nach Hause«, weise ich den Mann an. Als er weg ist, trete ich gegen eine unschuldige kleine Tanne. Der Baum rächt sich mit einem mittelgroßen Schneebrett, das direkt auf meinen Kopf fällt. Ich fluche nicht einmal, mir ist klar, dass ich es verdient habe.

Einigermaßen benommen taumle ich zurück zu dem Toten und bitte Strich um einen weiteren Becher Kaffee.

Vier Stunden später bin ich mit Michael auf dem Weg in die Scheuchzerstrasse, wo Schneider gewohnt hat. Mehrere Bataillone von wirklichen und selbst ernannten Experten sind im Laufe der vergangenen Stunden am Tatort eingetroffen. Sogar unser oberster Chef, der seit Jahren kränkelnde Kommandant der Zürcher Kantonspolizei, Übername *das Phantom*, hat sich angesichts der Prominenz des Toten in den Wald hinaufkutschieren lassen. Auf meinen Rat hin verhängte er als Erstes eine totale Nachrichtensperre. Ich bin gespannt, wie lange es dauert, bis die Journalistenmeute trotzdem Lunte riecht. Michael gibt ihr maximal acht Stunden, wovon zwei bereits abgelaufen sind.

»Schneider war schwul, oder?«, frage ich ihn.

»Man sagt es.«

»Kennst du ihn zufälligerweise?«

Er lacht trocken auf: »Es gibt Tausende von Schwulen in der Stadt, Fredy. Ich habe Schneider mal auf einer Party in der *Labor Bar* von Weitem gesehen, aber sonst weiß ich nichts über ihn.«

Ich nicke. Wir sind uns beide darüber im Klaren, dass uns Michaels sexuelle Neigung eventuell helfen kann, falls es in unserem Mordfall um ein Beziehungsdelikt geht. Nicht dass sich Schwulendramen großartig von anderen Beziehungstragödien unterscheiden würden. Aber was in der Szene läuft, weiß Michael natürlich besser als ich. Ich erinnere mich gut daran, wie er damals gleich bei unserer ersten Begegnung kampfeslustig auf seine Homosexualität hinwies. Viereinhalb Jahre ist das jetzt her, und hätte ich anders auf seine Worte reagiert als mit einem leichten Achselzucken und der nächsten Frage, wäre er heute weder in meiner Abteilung noch ein verlässlicher Freund, ja, vielleicht nicht einmal mehr Polizist. Michael war in einer Phase in meinem Büro aufgetaucht, als er die traditionell durchs ganze Korps schwirrenden, homophoben Sprüche bereits mehr als satt hatte. Und offensichtlich vermittelte ich ihm glaubwürdig den Eindruck, dass ich selbst weder welche von mir geben noch welche dulden würde.

»Die vielen Schüsse deuten auf großen Hass hin«, spricht Michael aus, was ich mir ebenfalls schon gedacht habe. »Ein kühl kalkulierter Mord ohne emotionalen Hintergrund war's jedenfalls nicht.«

»Behalten wir das vorläufig für uns«, schlage ich vor.

»Unbedingt. Es kotzt mich jetzt schon an, wenn ich mir vorstelle, wie die Presse auf seiner Homosexualität herumreiten wird. Als ob das Schneiders einzige Eigenschaft gewesen wäre.«

»Kennst du seine Sendung?«

»Um Himmels willen!«, entsetzt er sich. »Ich habe Besseres zu tun, als am Abend in die Röhre zu gucken.«

»Ich nicht«, hätte ich beinahe gesagt, aber es wäre wohl übertrieben gewesen. Obwohl ich zugegebenermaßen schon häufig vor der Mattscheibe versumpfe. Schneiders Sendung allerdings sah ich höchstens zwei Mal.

»Leonie ist beim Zappen mal zufällig hineingeraten und dann dabei hängen geblieben«, schiebe ich meine Frau vor.

»Und? War's erhellend?«

»Ich glaube, ich bin eingeschlafen. Irgendein Quiz, bei dem's viel Geld zu gewinnen gibt. *Coolrun* heißt es.«

Michael bremst behutsam und lenkt den Wagen an den Straßenrand. Ob wir zufällig ein legales Parkfeld erwischt haben oder nicht, ist unter dem Neuschnee nicht zu erkennen und auch völlig egal, wir sind schließlich dienstlich unterwegs.

Die Scheuchzerstrasse ist eine ruhige Quartierstraße in dem ziemlich noblen Kreis 6. Nicht ganz so vornehm wie der von altem Geldadel und Sofasozialisten besetzte Zürichberg, aber dennoch eine der feineren Gegenden der Stadt. Zum einen bewohnt von selbstzufriedenen Layoutern, Werbern und Gemeinschaftspraxisärzten, die mit Frauen leben, welche gerade ihre dritte Ausbildung absolvieren; zum anderen von alleinerziehenden Computerfachfrauen und Grafikerinnen mit Mèche im Haar, adretten, verwöhnten Kindern, denen kaum Grenzen gesetzt werden, gut alimentierten Alten, wenigen Ausländern und vielen Haustieren.

Das Jugendstilhaus, in dem Schneider gewohnt hat, wirkt mit seinem weinroten Anstrich wie ein Fremdkörper in der Straße und scheint verlassen. Wir klingeln trotzdem.

Wütendes Hundegeheul brüllt uns entgegen. Irgendjemand bringt die Bestie zum Verstummen und meldet sich durch die Gegensprechanlage.

»Kriminalpolizei, Hauptmann Fred Staub«, erkläre ich. »Es geht um Herrn Schneider.«

Vorerst geschieht nichts. Doch plötzlich öffnet sich die massive Holztür ächzend einen Spaltbreit und ein lächelndes Milchgesicht mit einer knallblauen Brille strahlt uns entgegen. Es mustert uns neugierig, sagt dann unverhofft: »Hallo, Michael, was treibt dich denn hierher?«, und reißt die Tür auf.

»Hallo, Jean«, begrüßt Michael den kleinen Mann.

Jean trägt einen hellgrünen Jogginganzug von Adidas und dazu getigerte Finken. Die kläffende Bestie entpuppt sich als ziemlich kleiner schwarzer Pudel, der sich schüchtern hinter seinem Herrchen verkriecht.

»Schlechte Nachrichten, Jean«, übernimmt Michael die schreckliche Aufgabe, »sehr schlechte. Wir haben Yves Schneider gefunden. Erschossen.«

Jeans schmales Gesicht gefriert.

»Was sagst du da?«, stottert er.

»Dürfen wir reinkommen?«

Jean dreht sich kommentarlos um und steigt eine knarrende Holztreppe hinauf. Im ersten Stock bittet er uns fahrig in eine penibel aufgeräumte Wohnung voll antiken Mobiliars. Wenig später sitzen wir am Küchentisch. Jean hält sich die Hände vors Gesicht. Seine Schultern zucken. Er weint.

»Es tut uns leid«, sagt Michael.

»Entschuldigung, ich habe euch noch gar nichts angeboten.« Jean springt zu einem geräumigen Kühlschrank, der vom gleichen knalligen Blau ist wie seine Brille. »Was möchtet ihr trinken?«

»Danke, lass nur«, winkt Michael ab und fragt: »Warst du Schneiders Lebenspartner?«

Jean erstarrt und blickt ihn entgeistert an.

»Nein, nein«, beteuert er schließlich. »Wir wohnen zu viert im Haus. Yves und sein Freund Marc belegen das oberste Stockwerk. Ernie und ich leben im Parterre. Den ersten Stock hier teilen wir uns.« Er klammert sich krampfhaft am Kühlschrankgriff fest. Seine Handknöchel sind fast weiß und er schluchzt wieder.

Ich frage mich ein wenig, was ich hier soll. Michael kann mit diesen Jungs besser umgehen als ich, dessen bin ich mir sicher. Nicht dass ich derlei Zusammenbrüche nicht gewohnt wäre – es gehört schlichtweg zu unserem Job, Verwandten und Bekannten den Tod eines ihrer Lieben beizubringen. Aber dennoch ist mir das zutiefst verhasst. Ich bin ein Mensch und kein Todesbote und hatte nie auch nur den geringsten Ehrgeiz, jemanden unglücklich zu machen. Trotzdem habe ich es schon oft tun müssen und mich dünkt, dass es mir von Mal zu Mal schwerer fällt. Vielleicht weil mir immer bewusster wird, was ich mit meinen Worten auslöse. Und weil ich zunehmend stärker daran zweifle, dass wir die Verantwortlichen wirklich hinter Gitter bringen werden.

»Hast du Schneider heute aus dem Haus gehen sehen?«, erkundigt sich Michael bei Jean.

»Nein, nein, ich bin eben erst aufgestanden.«

Ich werfe einen Blick auf meine Speedmaster. Sie zeigt mir, dass es Viertel vor zwei ist.

Jean hat meinen Blick bemerkt und wendet sich entschuldigend an mich: »Ich bin erst gestern aus New York zurückgekommen. Wir hatten eine Performance im *Modern*, ich bin Videokünstler. Mein Gott, der arme Yves! Was um Himmels willen ist denn nur passiert? Wollt ihr wirklich nichts zu trinken? Ich brühe euch gern einen Tee auf.«

»Lass nur«, wiederholt sich Michael. »Ihr lebt in einer Art Schwulen-WG?«

Jean schluckt leer und ich bewundere Michael für diese Frage. Ich hätte sie mich nie so direkt zu stellen getraut.

»Wenn du's so ausdrücken willst. Wir haben das Haus vor zwei Jahren gekauft und fühlen uns hier pudelwohl. Himmel, was rede ich da?! Wer rechnet denn mit so was? Sag, weiß man denn schon, wer's gewesen ist?«

»Leider nein«, seufzt Michael.

»Wir haben nicht die leiseste Spur«, füge ich hinzu und

das ist keineswegs übertrieben. Strichs Leute haben in der Umgebung des Tatorts außer unseren eigenen und den Fußabdrücken des Erschossenen lediglich komplett verwehte und somit unbrauchbare Reifenspuren und verschiedene Tierfährten gefunden, darunter relativ frische Hufspuren eines Pferdes. Der Kriminaltechnische Dienst ist aber immer noch dabei, die Umgebung umzupflügen bis zum letzten erfrorenen Grashalm unter der Schneedecke. Vielleicht findet sich ja doch noch etwas.

Wir werden den Saukerl kriegen, spreche ich mir Mut zu. Die Ermittlungen haben gerade erst begonnen. Wir werden nüchtern und zäh arbeiten, bis der Verantwortliche im Schlick zappelt. Motiv und Gelegenheit, das sind die wesentlichen Dinge; wir müssen nur herausfinden, wer zum Zeitpunkt der Tat beides hatte.

»Erzähl mir was über die anderen Bewohner«, fordert Michael den zitternden Jean auf.

»Yves' Freund Marc ist Designer. Mein Ernie leitet eine Werbeagentur. Gott im Himmel, wir müssen die beiden sofort informieren! Marc ist momentan allerdings in Mailand auf einer Messe.«

Mich kribbelt es in der Nase. Wehe, ich bekomme eine Erkältung! Im Unterschied zu meinen Untergebenen könnte ich mich nicht einfach ins Bett verkriechen, bis Armeen gutmütiger Blutkörperchen die Virenschwadronen in meinem Körper aufgerieben haben.

»Wann hast du Yves Schneider denn zum letzten Mal gesehen?«, forscht Michael weiter.

Jean reibt sich mit dem Zeigefinger das flaumige Kinn und überlegt: »Mmh. Ich glaube, das war am Tag, bevor ich nach New York flog. Ja genau, da gingen wir alle vier zusammen ins Restaurant *Kreis 6* zum Diner.«

»Und heute Morgen hast du nichts von ihm gehört?«

»Nein, leider nicht. Herrgott, wäre ich doch früher aufgestanden, vielleicht hätte ich's verhindern können! Wo wurde er denn gefunden?«

»Im Wald«, erklärt ihm Michael. »Nahe der Vita-Parcours-Strecke am Chäferberg. Weißt du, ob er da öfter joggte?«

»Das könnte sein. Yves achtete sehr auf seine äußere Erscheinung.«

»Ist Ihnen irgendwas aufgefallen in den letzten Tagen? Ich meine, vor Ihrer Abreise. War Yves besorgt? Benahm er sich seltsam?«, bringe ich mich auch einmal mit ein paar Fragen ein.

»Im *Kreis 6* waren wir in bester Stimmung«, versichert mir Jean. »Im Moment läuft es bei uns allen prächtig, sowohl beruflich als auch privat. Ich verstehe es einfach nicht! Wie kann jemand so was tun?«

»Haben Sie irgendeinen Verdacht?«

»Um Himmels willen, nein, nicht den geringsten!«, erwidert Jean hastig.

»Ihr Freund kennt Schneider ebenfalls gut?«

»Ja, klar kennt mein Ernie ihn. Wieso fragt ihr das?«

»Wo arbeitet er denn?«

»Agentur *Punto Pronto.* Im Seefeld, in der Höschgasse. Warum?«

»Wir möchten ihn ebenfalls persönlich informieren. Ich denke, das ist angebracht«, erklärt ihm Michael.

»Ja, natürlich«, sagt Jean unsicher. »Wenn du meinst.«

Sein Pudel beginnt sich augenscheinlich zu langweilen und schnuppert an meinen Schuhen herum. Sanft schubse ich ihn zur Seite und frage: »Hatte Yves Schneider ein Auto?«

Der kleine Jean beginnt beinahe wieder zu weinen. »Erst vorletzte Woche hat er sich einen neuen Lamborghini gekauft«, stößt er hervor.

»Wissen Sie, wo der Wagen jetzt ist?«

Jean stürzt zum Fenster, öffnet es und schaut hinab. »Hier ist er nicht. Sonst stünde er direkt vor dem Haus.« Seine Schultern beben.

Es wird Zeit zu gehen.

»Wir kommen ein anderes Mal wieder, Jean«, bemerkt das auch Michael und erhebt sich.

»Ich werde alles in meiner Macht Stehende tun, um euch zu helfen«, verspricht Jean treuherzig und nimmt die Brille vom Gesicht, um sich mit dem Handrücken über die Augen zu wischen.

»Du kannst mich jederzeit anrufen, wenn dir irgendwas einfällt«, versichert Michael und Jean bedankt sich.

»Existiert irgendein Foto, auf dem Sie alle vier zu sehen sind?«, stelle ich ihm die letzte Frage für heute.

»Ja, natürlich. Ich bringe euch gleich eins. Herrgott noch mal, welch ein Albtraum. Ihr müsst das Schwein kriegen!«

Vor dem Haus von Schneiders WG baut eine Horde Kinder einen Schneemann. Ein kleines Mädchen in einem anthrazitfarbenen Skianzug stopft ihm gerade zwei rote Cherrytomaten ins bleiche Gesicht. Das Bild der Blutlache im Wald zuckt kurz in mir auf, verblasst aber sofort wieder. Zwei Knaben von etwa zehn Jahren wiegen kichernd Schneebälle in ihren Händen und scheinen sich zu überlegen, ob sie uns beschießen wollen. Aber sie getrauen sich dann doch nicht.

»Woher kennst du diesen Jean?«, frage ich Michael, als wir wieder in unserem Wagen sitzen.

»Aus dem *Schmaz*. Dem schwulen Männerchor Zürich, von dem hast du sicher schon gehört. Ich war da früher mal Mitglied.«

»Du singst? Das ist mir neu.«

»Ist schon eine ganze Weile her, Fredy.«

»Ich muss in die Zentrale«, wechsle ich abrupt das Thema.

»Soll ich allein zu diesem Werber-Ernie fahren?«

»Sei so lieb.«

Michael schmunzelt, er weiß, dass ich Werber nicht besonders mag. Ich halte sie tief in ihrer Seele für Staubsaugervertreter. Noch in den Fünfziger- und Sechzigerjahren gingen sie Klinken putzen und schwatzten Hausfrauen wie meiner Mutter unnötigen Plunder auf. Heute fliegen sie mit ein paar Models in die Karibik und verpulvern Millionen, um ihren Schmarren mittels Werbespots zu verramschen. Dennoch darf man sie natürlich nicht einfach mies behandeln. Oder wenn, dann höchstens im Affekt, wenn der einzig erträgliche Fernsehfilm des Abends schon wieder durch einen Slipeinlagenspot in Stücke gehauen wird.

»Kannst ja in der Zentrale nachschauen, ob irgendjemand aus unserem Team inzwischen auferstanden ist«, schlage ich vor. »Gret sagte doch gestern, sie käme heute vielleicht zur Arbeit.«

»Nicht nötig. Ich setze dich in der Nähe der Zentrale ab und fahre direkt weiter ins Seefeld«, winkt Michael ab. »Kümmerst du dich um Schneiders Lebenspartner Marc?«

»Natürlich. Und um Strichs Zwischenbericht. Und den Staatsanwalt. Und den Rechtsmediziner. Und die Nervensägen von unserer Pressestelle. Nachher fahre ich dann zum Schweizer Fernsehen.«

»Und übernächste Woche immer noch nach Sri Lanka, oder?«

Ich nicke heftig. Jawohl! Am vierten Februar fliege ich mit Ehefrau Leonie, Sohn Per und seiner nach wie vor ziemlich instabilen Freundin Adrienne nach Sri Lanka, um meine Tochter Anna zu besuchen, die dort an irgendwelchen Mücken forscht. Schon nächste Woche müssen wir die ersten Pillen zur Malariaprophylaxe einwerfen. *Lariam* heißen die Dinger und laut Beipackzettel können sie Nebenwirkungen wie Müdigkeit, Schwindel, Angstzustände oder Depressionen auslösen. Also genau das, was man im Ferienstress noch zusätzlich braucht.

Ich liebe meine Tochter sehr und bin stolz, wie zielstrebig sie ihren Weg in Richtung Doktortitel der Biologie beschreitet. Allerdings wäre es mir lieber, ihre Feldarbeit hätte das beschauliche Leben der Bergulmen im Küsnachter Tobel zum Inhalt als die Stechgewohnheiten von Anopheles-Mücken im Dschungel.

»Hoffentlich haben wir den Fall bis dann gelöst«, ächze ich.

Die geplante Reise ist mir inzwischen heilig, auch wenn sie ursprünglich nicht meine, sondern Leonies Idee war. Ich persönlich meide Aufenthalte in der Dritten Welt seit jeher und auch Ferien sind mir grundsätzlich suspekt. Wenn ich sie unbedingt machen muss, dann am liebsten im Engadin oder im Jura. Es reicht, dass meine Kinder seit Jahren um den Erdball zotteln wie heimatlose Rinder.

»Schneider ist ohne jeden Zweifel der prominenteste Ermordete der letzten Jahre«, äußert sich Michael. »Die Presse wird aufjaulen, es wird hektisch werden.«

»Nicht wenn wir den Täter schnell präsentieren können«, mache ich mir selbst Mut.

»Es wird schwierig werden, das spüre ich«, sagt mein Kollege und lässt mich am *Central* raus.

Ich könnte jetzt auch das 3er-Tram bis zur Haltestelle Sihlpost nehmen, die im Sommer aus nicht nachvollziehbaren Gründen für Zehntausende Franken um hundert Meter verschoben wurde. Aber ich stapfe lieber durch den Schnee, überquere auf der Bahnhofbrücke die gemächlich fließende Limmat, passiere den neu gestalteten Bahnhofplatz und gehe durch die Löwen- und Usteristrasse bis zur kürzlich renovierten Gessnerbrücke, welche über die Sihl führt. Inzwischen hat der Schneefall aufgehört und entgegen allen Prognosen blitzt die Sonne vom Himmel. Flirrendes Weiß, stechende Helligkeit, gleißendes Licht. Noch liegt der Schnee fast unberührt auf Trottoirs und Parkplätzen. Einzig auf den Straßen zeichnen sich schon deutlich zweispurige Matschstreifen ab. Über die Kasernenstrasse erreiche ich schließlich die Zeughausstrasse, in der unsere Büros liegen.

Eines Tages werden wir in das neu geplante Polizeizentrum am Güterbahnhof umziehen können, sagen die Politiker. Sie überbieten sich seit Jahren mit immer neuen Prognosen, wann dieser Tag kommen wird. Ich glaube inzwischen nicht mehr, dass ich ihn noch erleben werde. In Zürich saniert man pausenlos mehr oder weniger alles. Nur für uns Polizisten fehlt angeblich das Geld.

Ich betrete unser derzeitiges Quartier um 14.56 Uhr und stöbere in den schäbigen Räumlichkeiten unserer Abteilung *Besondere Verfahren* umgehend nach Überlebenden der Schnupfenseuche, die uns so hart getroffen hat. Bea Tschannen finde ich als Erste. Sie dämmert in ihrem Büro über einer dampfenden Tasse Kamillentee und bietet ein Bild des Jammers. Ihre Knollennase ist feuerrot und verschorft, ihre Stimme erinnert an die Brunstschreie alter Krähen. Sie gehört ganz klar ins Bett, denke ich mir, aber da sie nun schon einmal da ist, beauftrage ich sie, diesen Marc in Mailand aufzutreiben und ihn mir ans Telefon zu schaffen. Anschließend soll sie die Telefongesellschaften aufscheuchen und eruieren, welche Telefonate Schneider zuletzt getätigt hat. Bea wirkt krankheitsbedingt weniger motiviert als üblich, aber sie verspricht mir, sie kümmere sich um diese Dinge, sonst sei ja niemand da.

Tatsächlich, die Pfeife Mario, mit der sie das Büro teilt, hütet laut Bea immer noch das Bett und Gret, die talentierteste Polizistin meiner Abteilung, finde ich ebenfalls nirgends. Auch von John Häberli fehlt jede Spur, obwohl der nicht im Geringsten krank ist.

Ich versuche das Unmögliche und tippe seine Natelnummer. Das Wunder geschieht und er nimmt das Gespräch tatsächlich an.

»John, wo steckst du? Wir haben einen unglaublichen neuen Fall.« Im Hintergrund höre ich eindeutig Bargeräusche.

»Ich bin im *Bernerhof* drüben beim Jassen«, erläutert er ohne jeglichen Anflug eines schlechten Gewissens. »Wo brennt's denn, Boss?«

»Leg die Karten weg und komm sofort her, John! Wir fahren zusammen zu den Räumlichkeiten des Schweizer Fernsehens.«

»Bin gleich da«, brummelt er und beendet das Gespräch.

Ich rufe Gret an. Auch sie nimmt meinen Anruf entgegen und keucht etwas von Fieber ins Telefon. Morgen käme sie aber auf jeden Fall. Ich wünsche ihr gute Besserung und hetze hinunter ins Archiv, um mir Informationen über Schneider zu beschaffen. Auf dem Weg dorthin stoppt mich aber überraschend eine Mitarbeiterin unserer Pressestelle, eine dürre Blondine an der Grenze zur Anorexie mit auffallend dunkler Stimme.

»Hauptmann Staub, gut, dass ich Sie hier treffe«, stößt sie atemlos hervor. »Das Phantom hat mich informiert. Ist Ihnen klar, was sich da über uns zusammenbraut? Yves Schneider ist ein absoluter A-Promi. Wir müssen sofort in die Offensive gehen oder wir gehen unter!«

»Dann gehen Sie doch in die Offensive«, schnauze ich sie an und drücke mich an ihr vorbei, was angesichts ihrer schmalen Figur nicht allzu schwierig ist.

»Wir haben eine Pressekonferenz angesetzt«, packt sie mich am Arm. »Um vier Uhr in unserem Presseraum im sechsten Stock.«

»Warum nicht gleich im Hallenstadion?«

»Ich bitte Sie, Hauptmann Staub. Die PK muss sein, da gibt es kein Entrinnen. Das Phantom wird übrigens auch da sein.«

»Wir wissen doch noch nicht das Geringste«, stöhne ich.

»Nutzen Sie das!«, rät sie mir mit einem Wimpernklimpern.

Ich habe keine Ahnung, worauf sie hinauswill. Immerhin ist mir inzwischen ihr Name wieder eingefallen. »Wir wollten eigentlich nächstens zum Fernsehen rausfahren, Frau Stebler. Unsere Abteilung ist durch eine Grippe geschwächt, ich kann keine Zeit verplempern.«

»Die PK ist ein Muss«, beharrt sie auf ihrem Standpunkt. »Glauben Sie mir, ich weiß, was ich tue.«

»Das merkt man«, höhne ich und lasse sie stehen.

Die Stebler lässt sich aber nicht abschütteln und trippelt mir nach bis vor die Tür des Archivs. Ich gestikuliere entnervt mit den Händen und steige die Treppen weiter hinab, bis vor die Katakomben des Kriminaltechnischen Dienstes.

»Ich werde mir jetzt anschauen, wie sie Schneider aufsägen«, lüge ich ihr vor. Natürlich erfolgt die Obduktion nicht hier, sondern in der rechtsmedizinischen Abteilung der Universität Zürich. Aber ich vermute sehr, dass die Stebler das nicht weiß. »Ich hoffe, Sie haben einen stabilen Magen. Ansonsten dürfen Sie mit mir rechnen auf der PK.«

Ich klopfe energisch an die Eisentür und trete in Strichs Klause. Wie erwartet folgt mir Frau Stebler nicht. Sie tut auch nur ihre Arbeit, sage ich mir, aber ich bin doch froh, dass ich die Pressefrau losgeworden bin.

Strichs Team sei noch im Wald, berichtet mir einer seiner Techniker verwundert, ein knorriger Wicht mit blutunterlaufenen Augen und struppigem hellblondem Haar.

»Meldet euch, wann immer ihr was habt«, ermuntere ich ihn. »Die Pressemeute geifert nach jedem noch so dünnen Hinweis.«

Das war weit untertrieben, denke ich mir angesichts des ungeheuren Tumults in unserem Presseraum. Der Aufruhr erinnert an die Verteilung von Getreidesäcken in der Sahelzone. Fotografen und Kameraleute boxen sich rücksichtslos nach vorn, während sich hinter ihnen Dutzende von Journalisten jeder Couleur und Gattung auf das Derbste ankeifen. Ein Blitzlichtgewitter hagelt auf mich nieder, als ich das Podest betrete, von dem aus wir der Presse unsere bisherigen Erkenntnisse zum Besten geben sollen. Mehrere Scheinwerfer brennen mir brutal ins Gesicht: *Tele Züri* überträgt die Pressekonferenz live. Auch das Schweizer Fernsehen, immerhin Schneiders Arbeitgeber, sei mit einem Übertragungswagen vor Ort, raunt mir Frau Stebler zu und führt mich wie einen Blinden zu einem Stuhl. Mehrere Leute kreischen meinen Namen und schreien nach einem Exklusivinterview.

Die Stimmung gleicht jener in der Südkurve des FC Zürich, nachdem dem Klub ein berechtigter Elfmeter verweigert wurde. Die Tische, an denen wir sitzen, halten dem Gedränge der Journalistenmeute kaum Stand. Wir, das sind das Phantom, die magersüchtige Stebler und einer ihrer Adlaten, der kantonale Polizeivorstand Jucker sowie überraschenderweise auch Ralf Strich, der in aller Gemütsruhe an einem Nussgipfel herumknabbert. Außerdem mein Stellvertreter Michael Neidhart und ich selbst.

Ich blicke mit getragener Miene in das tobende Rund und warte darauf, dass die Konferenz losgeht. Die Stebler erhebt sich und wirft ihre ganzen fünfundvierzig Kilo in Positur. Sie fleht förmlich um Ruhe, bis der Lärm allmählich verebbt und sie loslegen kann. Auch ich bin sehr gespannt, was sie zum Besten geben will.

»Yves Schneider, einer der beliebtesten TV-Moderatoren des Landes, fiel heute einem infamen Mordanschlag zum Opfer«, startet sie. »Mitten unter uns, in einem städtischen Wald.«

Ein unwilliges Murmeln schwillt an.

»Schneider wurde heute Morgen um 8.42 Uhr von einem Mitarbeiter des städtischen Forstamts nahe der Vita-Parcours-Strecke am Chäferberg erschossen aufgefunden. Der Mann handelte umsichtig und schaltete sofort unsere Polizeikräfte ein.«

»Wie heißt der Förster?«, röhrt es aus der Menge. »Und wo wohnt er?«

»Das ist unwesentlich«, erklärt unsere Pressefrau.

Sie fordert es heraus, denke ich mir.

Die Stimmen der Wissbegierigen überschlagen sich unmittelbar in den höchsten Tönen: »Das sagen Sie!«

»Woher wollen Sie das wissen?«

»Habt ihr den Täter schon, dass ihr derart selbstgefällig ...«

Die Zwischenfragen perlen an Frau Stebler ab wie Wassertropfen an einem Wachsblock. Mein Respekt vor ihr beginnt gerade zu wachsen, als sie schon wieder alles zunichtemacht, indem sie plötzlich Dinge zum Besten gibt, die mir noch völlig unbekannt sind: »Schneider wurde vermutlich mit einem Sturmgewehr erschossen. In der Nähe des Tatorts wurden verschiedene Spuren gefunden. Ein Zeuge will beim Krematorium Waid in der fraglichen Zeit einen Pferdetransporter herumstehen gesehen haben. Möglicherweise kam der Täter also auf einem Pferd.«

Ich linse zu Strich hinüber, der in der Zwischenzeit zu einem Schokoriegel übergegangen ist.

Die Journalisten ereifern sich weiter: »Warum nicht auf einem Elch?«

»Er kam angeritten?«

»Da haben wieder einmal ein paar Jäger danebengeballert!«

»Ich bitte um Ruhe«, deklamiert die Stebler mit einer Stimme, die in etwa so laut ist wie ein vorbeidonnernder Aufklärungspanzer. »Die Details erklärt Ihnen gerne der für den Fall zuständige Hauptmann Fred Staub!«

Alle Blicke richten sich erwartungsfroh auf mich. Ich allerdings habe keine Ahnung, von welcher Art Details Frau Stebler spricht. Bevor ich mir irgendwelche nichtssagenden Floskeln zusammenreimen kann, prasselt ein Sturm von Fragen auf mich ein, der mir die Mühe abnimmt, selbst etwas sagen zu müssen. Ich warte, bis das Unwetter an Energie verliert, und räuspere mich dann vernehmlich.

»Los, Staub!«, zischt mir die Stebler zu.

Ich hebe meine rechte Hand wie ein Verkehrspolizist an einer Kreuzung, an der sämtliche Ampeln ausgefallen sind, und lege los: »Sie bekommen sobald als möglich einen Bericht mit allen uns bekannten Details. Lassen Sie mich im Moment einfach sagen, dass Herr Schneider von mehreren Kugeln getroffen wurde und zum Zeitpunkt seines Todes einen blauen Jogginganzug trug.«

»Er joggte bei diesem Wetter?«

»Hellblau oder dunkelblau?«

»Gibt es bereits Verdächtige?«

»Wie viele Leute bilden die Sonderkommission?«

Ich winke ab und verweise nochmals darauf, dass weitere Informationen folgen werden.

Natürlich lassen sich die Journalisten dadurch nicht abspeisen: »Wie kommt ihr auf einen Reiter?«

»Wann präsentieren Sie die Zeugen?«

»Gibt es überhaupt Zeugen?«

»Wo wohnt denn nun dieser Förster?«

»Wer wird Schneiders Nachfolger bei *Coolrun?*«

Ich beschließe zu schweigen und starre finster zur Seite. Informationen wie jene, dass Schneider einst eine kaufmännische Lehre machte, dann jahrelang auf dem Fürsorgeamt in Brig arbeitete, um später beim Walliser *Radio Matterhorn* ins Mediengeschäft einzusteigen, wo er schließlich für das Fernsehen entdeckt wurde, interessieren ohnehin nicht.

Die Journalisten machen sich in der Folge über Strich her, der sich allerdings nicht im Geringsten aus der Ruhe bringen lässt. Er schweigt breit lächelnd und zaubert eine Plastikflasche unter dem Pult hervor, in der Eistee hin und her schwappt. Auch an Michael prallen die Fragen ab wie Schneebälle. Erst als der offensichtlich sehr furchtsame Chefmoderator von *Tele Züri* von einem möglichen Serientäter zu faseln beginnt, der TV-Moderatoren auf seiner Abschussliste führt, raffe ich mich nochmals auf und beteuere, es bestehe keine Gefahr für andere Fernsehschaffende.

Woher ich das wisse, warum ich das behaupte, weshalb ich nicht endlich mit den Fakten herausrücke?

Ich forsche im Gesicht unserer Pressefrau nach Zeichen der Kapitulation und tatsächlich, ich finde welche: Ihre schmale Nase vibriert und ihr Kiefer verkrampft sich zusehends. Ich habe es ihr ja prophezeit: Wer ins Wolfsgehege steigt, sollte genügend frisches Fleisch dabeihaben. Ein paar abgelutschte Knochen reichen einfach nicht aus. Die Stebler scheint das endlich einzusehen und beendet die Pressekonferenz wenig später unter dem lauten Protest des heulenden Rudels. Michael und ich nutzen die Gelegenheit, den Presseraum durch einen Hinterausgang zu verlassen und in unsere Büros zurückzueilen.

»Das war erst der Anfang«, stöhnt mein Kollege.

Ich erkundige mich nach seinem Gespräch mit Werber-Ernie und er versichert mir, dass der Mann nicht der Täter sei. Im Gegenteil, Ernie habe durchblicken lassen, dass Schneider ihm noch Geld schulde.

Vor meinem Büro erwartet Bea uns bereits unruhig. Sie habe diesen Marc an der Strippe gehabt. Er mache sich sofort auf den Rückweg und werde sich nach seiner Ankunft direkt bei mir melden. Schneider habe ansonsten lediglich einen Hausanschluss für ein Telefon. Natelgeräte, die auf seinen Namen registriert wären, habe sie nicht auftreiben können.

Michael verspricht ihr, Schneiders Telefonverhältnisse auch noch einmal bei Jean abzuklären, und ich betrete mein Büro, schließe die Tür und brühe mir einen Instantkaffee auf. Wenn meine Leute morgen nicht alle wieder gesund und munter auf der Matte stehen, werde ich Verstärkung beantragen.

Jetzt aber werde ich mir erst einmal Strich vorknöpfen: Denn dass er durch die Stebler Resultate verkünden lässt, die mir noch nicht vorliegen, geht definitiv zu weit.

Das Fernsehen

Strich blieb nach der PK unauffindbar, vermutlich hat er sich in irgendeinen Fresstempel verkrochen. Der Gourmandteufel möge ihn holen!

Ich gondle mit Häberli zum Sendezentrum des Schweizer Fernsehens. Dessen Räumlichkeiten liegen weit draußen im Zürcher Industriegebiet, noch hinter den qualmenden Kaminen der Müllverbrennungsanlage Hagenholz.

Längst ist es dunkel geworden. Der Schnee auf den Straßen ist nur noch rußgeschwängerter grauer Matsch, im besten Fall silbergrau oder zinkfarben, am Straßenrand bereits pechschwarz.

»Jedes Volk hat das Fernsehen, das es verdient«, hustet Häberli plötzlich neben mir. Natürlich kann er es auch jetzt nicht lassen, eine seiner stinkenden Gauloises zu rauchen.

»Spricht das nun für oder gegen uns?«, frage ich meinen Kollegen.

»Weiß ich nicht. Ich habe keinen Fernseher«, sagt er.

Ich schiele zu ihm rüber. Seine zerzauste Erscheinung nährt in mir gewisse Zweifel, ob er wirklich der richtige Begleiter für den Besuch einer Medienanstalt ist. Aber Michael und Bea sind beschäftigt und ich habe schließlich vor ein paar Stunden lauthals nach Häberli geschrien.

Wir kommen kaum vorwärts auf dem Weg Richtung Oerlikon, alle paar Dutzend Meter steht wieder ein Auto mit Sommerreifen quer. Meine Gedanken schweifen weit ab. Zu *Daktari*, der Serie mit *Clarence*, dem schielenden Löwen, und dem umtriebigen Schimpansen *Judy*. Das ist das früheste Fernseherlebnis, an das ich mich erinnere. Mein Bruder und ich konnten es sonntags kaum erwarten. Wir fieberten der neuesten Folge vom frühen Morgen an entgegen wie ausgehungerte Eichhörnchen einer Schale Haselnüsse, stets in großer Angst, Vater wolle doch noch irgendeinen sinnlosen Ausflug mit uns unternehmen. Einen Ausflug, zu dessen Ehren wir läppische Krawättchen und weiße Hemden hätten anziehen müssen.

Es war eine andere Zeit. Eine Zeit, in der es nur das Schweizer Fernsehen gab und sonst gar nichts. Gut, den Tessiner Kanal konnten wir auch noch empfangen und bei gutem Wetter eine flimmernde ARD. Aber letztlich sahen alle Menschen, die fernsahen, dasselbe und unterhielten sich am nächsten Tag darüber. Am Samstagabend ergoss sich der pausbäckige Oberspießer Kurt Felix über die Deutschschweiz und am Montag lief *Flipper.*

Als wir größer wurden, räumte Francis Durbridge die Straßen. *Das Messer.* Ich habe keine Ahnung mehr, worum es in dem Mehrteiler ging. Aber ich weiß noch, dass er furchterregend war und es am Montag auf dem Pausenplatz nur zwei Kategorien von Kindern gab: die, die es gesehen hatten, und die Weicheier und Warmduscher.

Heute können wir über Kabel rund vierzig Sender empfangen. Jeder erlebt sein eigenes, individuelles Fernseherlebnis und muss es mit niemandem teilen. Und kann es auch mit niemandem teilen. Außer mit seinen Familienangehörigen vielleicht, wobei das Erlebnis nur dann befriedigt, sofern man Herr über die Fernbedienung ist.

Meine Frau Leonie und ich wechseln uns damit im Prinzip ab, wobei sie häufiger am Drücker ist, weil sie meist früher zu Hause eintrifft. Sie schwärmt für Arztserien, in denen scharfe Krankenschwestern knackige, junge Ärzte anhimmeln, die im Viertelstundentakt krebskranke Kinder heilen oder Querschnittgelähmte zu rassigen Tennisspielern zusammenflicken. Des Weiteren steht sie auf französische Autorenfilme, Reportagen aus der Tierwelt und Literatursendungen.

Nichts davon interessiert mich. Bei einigen Informationsmagazinen des Schweizer Fernsehens werden wir uns noch am ehesten einig. Beim *Kassensturz* am Dienstag oder der *Rundschau* am Mittwoch.

Schaffe ich es einmal, die Fernbedienung vor Leonie in die Hände zu bekommen, schalte ich nach der Tagesschau auf amerikanische oder, noch lieber, britische Komödien um. Sofern gerade dann welche im Angebot sind. Wenn nicht, kachle ich einfach durch die Kanäle, bis mir die Gehirngänge wackeln.

Endlich erkenne ich das vertraute Signet unseres Fernsehens, rot leuchtet es uns von einem Hochhaus entgegen. Das Gelände ist von Maschendrahtzaun umsäumt, die zentrale Einfahrt abgeriegelt. Ich steuere den Volvo auf einen riesigen, naturbelassenen, holprig-dreckigen Parkplatz rund hundert Meter weiter und hieve mich aus dem Fahrzeug. Möwen kreischen vom Himmel, die Luft riecht modrig, die Temperatur ist im Laufe des Tages gestiegen und liegt nur noch knapp unter null. Häberli stupst mit der Spitze seines abgewetzten rechten Halbschuhs in eine Eisschicht, die eine gewaltige Pfütze bedeckt. Fasziniert beobachtet er, wie das Eis zersplittert und brauner Schlamm zwischen den Ritzen emporschießt. Dann zieht Häberli den Fuß blitzschnell zurück und zündet sich breit grinsend die nächste Zigarette an. Ich deute mit einer Kopfbewegung an, dass ich ihn für einen ziemlichen Kindskopf halte, und wir schlendern zurück zum Haupteingang. Ich erkenne zahlreiche graue Gebäude unterschiedlicher Größe, die sich um ein fünfzehnstöckiges Hochhaus tummeln. Irgendjemand hat mir einmal gesagt, hier draußen arbeiten tausendfünfhundert Leute.

»An diesem Ort entstehen also all die tollen Sendungen«, sage ich zu Häberli.

»Hm«, brummt er.

»Hattest du denn früher mal einen Fernseher?«

»Vor der Scheidung, Boss«, antwortet er. »Anschließend legte ich mir ein Aquarium zu.«

Ich hätte es mir denken können.

Das Portierhäuschen ist belagert von Journalisten anderer Medien, die sich umgehend auf uns stürzen, als sie uns erkennen. Ich drängle mich zwischen ihnen durch, als wären sie Luft, und mache dem Uniformierten hinter der Glasscheibe klar, dass wir erwartet werden. Er greift zum Hörer und bittet uns, kurz Platz zu nehmen, man hole uns gleich ab. Ich bekomme mit, wie sich einer der Journalisten lautstark über unsere Vorzugsbehandlung beschwert und ein anderer am Natel einen Kollegen beschimpft, der offenbar schon in den Innenbereich des Sendezentrums gelangen konnte.

Eine untersetzte Brünette mit wallendem Haar und einem plüschigen, dunkelblauen Anzug schleust uns schließlich durch diverse Drehtüren zum Lift eines dreistöckigen Nebengebäudes. »Ressortleiter Tommy Schlatter erwartet Sie«, flötet sie uns zu.

Wir fahren in den zweiten Stock und folgen der Frau durch einen öden, nach Plastik riechenden Gang, von dem acht Büros abgehen. Wir passieren eine Tür aus Milchglas, hinter der Toiletten und ein Treppenhaus liegen. Ich stehe kurz davor, die Brünette zu fragen, wohin sie uns denn führe. Aber sie wird schon wissen, was sie tut. Kein Mensch kreuzt unseren Weg, die Büros scheinen alle verwaist zu sein. Nochmals ein langer Gang. Graubraun gesprenkeltes Linoleum auf dem Boden, Wände aus beigefarbenen Kunststoffplatten. Alle zehn Meter ein in die Wand geschraubter, roter Aschenbecher, alle fünfzehn Meter eine nackte Neonröhre an der Decke, alle zwanzig Meter eine Glastür, alle dreißig Meter ein Feuerlöscher. Schritt Schneider jeden Tag durch diese öden Gänge? Wahrscheinlich konnte er direkt bis an das Gebäude heranfahren und einen anderen Eingang nehmen.

Endlich sind wir am Ziel. Die Brünette schickt uns in ein geräumiges Büro, in dem drei Leute sitzen und unglücklich in die Welt schauen. Ein Vierter lehnt lässig am Fenstersims.

»Dies hier sind die Herren Staub und Häberli von der Zürcher Kantonspolizei«, erläutert die Frau und huscht aus dem Raum im Vertrauen, dass sich die Fernsehleute schon noch selbst vorstellen werden.

Wer der Chef ist, ist allerdings sofort klar: der massige Mann, der nachdenklich in seinem Stuhl hängt, einem blau überzogenen Ungetüm mit Armlehnen und Rollen. Der Mann zupft sein abgetragenes, hellgraues Jackett zurecht, fährt sich über sein glatt rasiertes, speckiges Doppelkinn, schüttelt seine grauen, unfrisierten Haare und lässt seinen Blick missmutig über uns gleiten.

»Schlatter, Ressortchef Quiz und Spiele«, stellt er sich vor. »Dies hier sind die beiden Redaktoren der Sendung *Coolrun:* Monique von Weissenfluh und Peter Passen. Der Lange dort am Fenster ist Regisseur Victor Stucki. Wir haben Sie früher erwartet.«

Ich betrachte mir die Leute etwas genauer. Monique von Weissenfluh ist auffallend hübsch: pechschwarze Haare, fein geschnittene Gesichtszüge, ein Lächeln zwischen Überlegenheit und Unschuld. Sie dürfte noch keine dreißig sein, trägt einen engen, grasgrünen Kaschmirpullover, einen ockergelbgrau karierten Rock und kniehohe, hellbraune Lederstiefel.

Passen neben ihr sieht aus wie ein Lackaffe. Jedes Härchen sitzt perfekt und seinen Anzug muss er einer Waschmittelwerbung entliehen haben. Immerhin entdecke ich in seinem Allerweltsgesicht dunkle Augenringe, als litte er seit Monaten an schwerer Schlaflosigkeit.

Der Regisseur auf dem Fenstersims sieht nicht viel munterer aus, seine x-förmigen Storchenbeine hängen an ihm wie tote Schläuche und das solariumgebräunte Gesicht ist schwer zerknittert.

Die Brünette von vorhin kehrt zurück. Sie trägt ein Tablett herein, auf dem weiße Tassen, eine Thermoskanne sowie ein Rahmkrüglein und bunt bedruckte Zuckerbeutel liegen.

»Bedienen Sie sich«, fordert uns Schlatter auf und deutet großmütig auf die Köstlichkeiten.

»Darf man hier rauchen?«, fragt Häberli der Ordnung halber, während die Gauloise in seinem Mund bereits qualmt.

Schlatter lässt über sein mächtiges Pult einen abgenutzten Aschenbecher in Richtung Häberli schlittern, während seine Augen kurz aufblitzen. Offenbar erwartet er, dass wir das Gespräch beginnen.

»Yves Schneider«, sage ich, Schlatters Offerten komplett ignorierend. »Hatte der Mann Feinde?«

Schlatters Mundwinkel zucken kurz nach oben. »Neider vielleicht. Aber Feinde? Nicht dass ich wüsste.«

»Er war nicht ganz einfach«, mischt sich die fesche von Weissenfluh ein. »Ein liebenswerter Chaot, auch wenn er uns gelegentlich zur Weißglut getrieben hat.«

»Weshalb denn?«

Sie gönnt mir ein sonniges Lächeln und ich überlege mir,

ob ich sie auch schon einmal auf dem Bildschirm gesehen habe. Aber ich kann mich nicht erinnern.

»Er erschien häufig zu spät oder überhaupt nicht zu Sitzungen und verschlampte chronisch alle Ablaufpläne und Moderationstexte«, erzählt sie.

»Wann haben Sie ihn zuletzt gesehen?«

»Gestern, da haben wir den ganzen Tag geprobt. Und anschließend natürlich gesendet.«

»Ab zwanzig Uhr?«

»Zur Primetime, ja«, nickt sie eifrig.

Ich blicke mich um. Die Regale in dem Raum quellen über vor Videokassetten und schludrig beschrifteten Ordnern, auf dem Fenstersims neben Regisseur Stucki dösen ein paar schrumplige Topfpflanzen.

»Aha«, sage ich und betrachte mir das Schauspiel, wie Häberli mit zusammengekniffenen Augen Kaffee aus seiner Tasse schlürft. Vielleicht wirkt er auf die Anwesenden ja wie ein spleeniger, aber unter der Oberfläche hoch konzentrierter Profi. Mich zumindest irritiert er.

Sonst aber offensichtlich niemanden. Während mich die von Weissenfluh noch immer anstrahlt, blicken Schlatter und Passen gelangweilt in die Ferne und Regisseur Stucki konsultiert gähnend seine Uhr. Auch sie hatten einen langen Tag. Aber ein wenig gesprächiger könnten die Leute trotzdem sein.

»Kommt, erzählt mal was, wir wollen alle nach Hause«, fordere ich sie auf. »Ihr seid die Letzten, die Schneider lebend gesehen haben. Wie war er drauf? Hat er sich irgendwie ungewöhnlich verhalten?«

Die vier schauen sich an. »Nicht wirklich«, meint Passen schließlich mit gerunzelter Stirn.

»Das heißt?«, insistiere ich.

»Er war noch nervöser als sonst«, sagt die von Weissenfluh.

Ich wundere mich etwas über ihr Lächeln, immerhin ermitteln wir hier in einem Mordfall.

»Der Mann war schwer zu führen«, ergänzt Schlatter. »Ein Springinsfeld. Ein Irrwisch, wenn Sie so wollen. Aber als Moderator war er spitze. Sehr beliebt.«

»Hatte er Freunde hier?«

Schlatter kratzt sich am Kinn. »So gut kannte ich ihn natürlich auch nicht. Aber bei den Leuten von der Produktion war er sicher nicht unbeliebt.«

»Allerdings«, lässt sich Stucki vernehmen und blickt schon wieder auf seine Uhr. »Wir hatten viel Spaß mit ihm.«

Es fällt mir schwer, aus den Antworten der vier Fernsehschaffenden herauszufiltern, was für ein Mensch Yves Schneider war. Ein lustiger Chaot? Eine selbstgefällige Diva? Ich schiele hinüber zu Häberli und wäre froh, ihm würde auch einmal eine Frage einfallen. Aber vermutlich träumt er von seinem Aquarium oder einem Lastwagen voller Gauloises.

»Wohin ging Schneider gestern nach der Sendung?«, will ich wissen.

»Wir verzogen uns alle in die *Giesserei Oerlikon* und tranken noch eine Runde«, erzählt Monique von Weissenfluh. »Das ist so üblich.«

»Was heißt ›alle‹?«

»Na, alle eben. Licht, Bau, Requisite, Bildtechnik, Kameraleute, Ton, Skript, Regie. Ein Teil der prominenten Gäste auch. Francine Jordi, Katja Alves, Patrick Frey. Insgesamt ungefähr fünfundzwanzig Leute.«

»So viele?«, rutscht es mir heraus.

»Die Fernsehproduktion ist eine komplexe Sache«, äußert sich Schlatter und rollt mit seinem Stuhl einen halben Meter nach vorn.

»Wann hätte Schneider denn wieder zur Arbeit antreten sollen?«

»Als ob ihn das je gekümmert hätte«, prustet Passen heraus. »Wir mussten froh sein, wenn er zu den Regiebesprechungen erschien.«

»Er hat einen Moderatorenvertrag und wird nach Anzahl der Sendungen bezahlt!«, fährt Schlatter ihn an.

»Genau«, geifert Passen zurück. »Und daneben moderiert er Mode- und Marketingevents, eröffnet Möbelausstellungen und so weiter. Für zweitausend Franken pro Abend! Trotzdem schrie er ständig nach mehr Honorar.«

»Das sind Interna, Peter!«, zischt ihn Schlatter an.

»Na und?«, gibt Passen zurück.

Endlich ist es interessant geworden. Passen mochte Schneider ganz und gar nicht, so viel ist klar. Bei der von Weissenfluh bin ich mir noch nicht ganz sicher.

»Nehmen Sie's uns nicht übel, aber der Ordnung halber muss ich Sie fragen, wo Sie heute Morgen zwischen sieben und neun Uhr waren«, werfe ich in die Runde.

Schlatter und Passen starren mich an, als käme ich eben von der Steinigung ihrer Mütter, und selbst das wärmende Lächeln der von Weissenfluh ist plötzlich weg. Stuckis Miene kann ich nicht beurteilen, weil er aus dem Fenster hinausblickt.

»Stehen wir unter Verdacht, oder was?«, schnaubt Schlatter.

»Natürlich nicht«, sage ich. »Und damit es so bleibt, wäre ich Ihnen sehr verbunden, wenn Sie meine Frage einfach beantworten würden.«

Schlatter gefällt das alles nicht, das ist offensichtlich. Dennoch räumt er nach einer Weile ein, er sei mit dem Hund draußen gewesen. Jawohl, in Mönchaltdorf, wo er wohne, und nein, gesehen habe ihn niemand bei dem Sauwetter.

Passen will mit dem Auto unterwegs gewesen sein, und zwar aus dem Aargau nach Zürich. »Sicher haben Sie irgendwo Aufnahmen einer Überwachungskamera, die das beweisen.«

Stucki gibt an, ab acht mit einem Kollegen in Uster Squash gespielt zu haben.

Und die von Weissenfluh meint forsch: »Ich war bei einem Mann. Bei wem, sage ich nicht.«

Passen wirft ihr einen verächtlichen Blick zu und Stucki lacht kurz hämisch auf.

»Wer übernimmt denn nun die Sendung?«, frage ich weiter.

Schlatter wirft theatralisch die Hände in die Luft. »*Coolrun* stand und fiel mit Schneider. Es ist noch nicht mal klar, ob wir die Sendung weiterlaufen lassen.«

»Was?!«, empört sich Passen. »Das kann doch wohl nicht wahr sein! Da verlieren wir womöglich noch den Job wegen dieser Koksnase!«

Er bemerkt seinen Versprecher in jenem Moment, in dem er ihn begeht. Bleich sackt Passen zurück in seinen Stuhl.

»Koksnase?«, lächle ich süffisant in die Runde.

»Sechzigtausend Leute in diesem Land nehmen Koks«, relativiert die von Weissenfluh rasch. »Und lediglich die Hälfte davon ist abhängig.«

»Darunter Yves Schneider?«

»Ach Unsinn«, wehrt Schlatter ab. »Süchtig war er nicht, dafür lege ich meine Hand ins Feuer.«

»Er schuldet mir noch Geld«, klagt Passen. »Das kann ich jetzt wohl abschreiben.«

»Wie viel denn?«

Passen verstummt. Ich lasse es vorläufig dabei bewenden, bin mir jedoch intuitiv sicher, dass wir uns noch etliche Male mit den Fernsehleuten unterhalten müssen, bis wir den Fall gelöst haben.

»Ich will eine Liste aller Leute, mit denen Schneider hier beruflich oder privat zu tun hatte«, sage ich. »Des Weiteren hätte ich gern seinen Arbeitsvertrag, seine Personalakte sowie Zugang zu seiner Mailbox. Können wir sein Büro sehen?«

»Ich bringe Sie nachher hin«, sagt die von Weissenfluh und Passen wirft ihr erneut einen gehässigen Blick zu.

Häberli entzündet seine nächste Gauloise. Draußen hallen Schritte durch den Gang. Ich erhebe mich und John tut es mir nach, wobei Asche von seiner Zigarette auf den Boden fällt.

»Könnte es sein, dass Schneiders Auto irgendwo hier auf dem Gelände steht?«, überlege ich laut.

»Auf seinem Parkplatz steht die Angeberkarre jedenfalls nicht«, frotzelt Passen.

»Na schön, dann bräuchten wir nur noch ein Foto, auf dem Sie alle zu sehen sind.«

»Wenden Sie sich deswegen an unsere Presseabteilung«, meint Schlatter schnoddrig.

»Geben wir den Herren doch einfach das *Tele* mit!«, kommt uns die von Weissenfluh zu Hilfe. Sie schnappt sich eine Illustrierte von Schlatters Tisch und überreicht sie mir. »Hier finden Sie eine Reportage über die Entstehung von *Coolrun*, samt einem Gruppenfoto des Teams. Darauf können Sie uns alle sehen.«

»Toll«, sage ich lahm. »Verbindlichsten Dank für Ihre Kooperation.«

Schlatter verzieht säuerlich sein Gesicht, Passen blickt zur Seite und Stucki konsultiert schon wieder seine protzige Uhr. Wir verabschieden uns und folgen Monique von Weissenfluh zu Schneiders Büro. Es macht einen überaus aufgeräumten, wenig genutzten Eindruck. An den Wänden kleben stilsicher ausgesuchte Kunstplakate, Pult und Schränke sind praktisch leer.

»Kennen Sie sein Passwort?«, deute ich auf den Dell-Computer auf Schneiders Pult.

»Wo denken Sie hin?«, lacht die von Weissenfluh. »Aber ich könnte nachfragen, ob jemand von der Informatik Zeit für Sie hat.«

»Bitte sehr«, fordere ich sie auf und sie klemmt sich sofort hinters Telefon.

»Warten Sie! Es reicht, wenn in ein, zwei Stunden jemand kommt«, bremse ich sie sogleich wieder. »Als Erstes müssen wir unsere Spezialisten anfordern. Ich denke, wir nehmen einfach mal den Computer vom Netz und versiegeln das Büro.«

»Wie Sie meinen«, sagt sie.

»Bald wird es hier von Leuten wimmeln«, erkläre ich. Eigentlich will ich damit ausdrücken, dass jetzt der geeignete Zeitpunkt dafür wäre, falls Sie uns noch etwas unter sechs Augen sagen möchte. Etwas gärt in ihr, das spüre ich deutlich. Aber sie will es nicht herauslassen.

»Ich kann Ihnen gerne noch eine Videokassette der letzten Sendung mitgeben«, sagt sie lediglich.

»In eurer Sendung wird ziemlich großzügig mit Geld um sich geworfen«, ertönt Häberlis kratzende Stimme unverhofft doch noch.

»Die Gewinne sind von der *Lottoswiss* gesponsert«, entgegnet die von Weissenfluh ihm freundlich und ich betrachte sie fragend. »Man kauft am Kiosk ein *Coolrun*-Los«, klärt sie mich auf. »Dann rubbelt man entweder ein Feld für einen der Sofortgewinne auf oder den peppigen *Coolrun*-Aufdruck. Geschieht Zweiteres, kann man das Los einschicken. Rund drei Millionen Lose gelangen so jährlich hierher. Wir ziehen dann jede Woche nach einem komplizierten Verfahren live den Hauptgewinn. Eine Viertelmillion Franken.«

»Wow!«, entfährt es mir.

»Meine Ex schickt auch immer Lose ein. Aber sie gewinnt natürlich nie«, sagt Häberli und ich könnte nicht sagen, ob er das jetzt bedauert oder begrüßt. Er hantiert mit verkniffenem Gesicht an dem Polizeisiegel herum, das wir nachher an die Tür pappen werden.

»Darf ich Sie hinausbegleiten?«, fragt mich die von Weissenfluh. »Da kann ich Ihnen auch gleich noch das Studio und Schneiders Garderobe zeigen.«

»Aber gern«, sage ich. »Und bitte sorgen Sie dafür, dass jemand kommt und diese Tür verriegelt.«

»Mach ich«, erwidert sie und tippt drei Ziffern in ihr Natel.

»Bist du so weit?«, frage ich John Häberli und er nickt geistesabwesend.

Ein paar Minuten später ist die Tür durch einen Mitarbeiter des Sicherheitsdienstes verschlossen und von Häberli versiegelt. Wir folgen der von Weissenfluh über Gänge und Treppen hinunter ins Studio zwei und geraten in die Proben für eine Gesundheitssendung. Der Moderator staucht gerade ein paar Menschen in weißen Kitteln zusammen, die offenbar nicht begriffen haben, dass sie nie länger als zwanzig Sekunden am Stück reden dürfen. Die von Weissenfluh dirigiert uns weiter in den Regieraum: sirrende Technik, Hunderte blinkender Lämpchen, fünf nachlässig gekleidete Leute vor riesigen Mischpulten. Niemand schenkt uns Beachtung. Im Studio zwei tobt der Gesundheitsmoderator munter weiter, wie wir auf diversen Monitoren erkennen können.

Wir verschwinden wortlos und gehen eine dunkle Treppe hinunter. Die von Weissenfluh schreitet zügig vor uns her.

»Da ist übrigens das Lottostudio«, deutet sie im Vorbeigehen auf eine unauffällige Metalltür.

»Da drin werden die sechs Richtigen gezogen?«, frage ich.

»Lottomaschine und Kameras laufen vollautomatisch«, bestätigt sie. »Die Kugeln werden von einem Vertreter der *Lottoswiss* jedes Mal extra hergebracht. Der ganze Rest wird von der Regie aus ferngesteuert.«

Sie strebt weiter, ich entdecke rechter Hand eine Reihe von unauffälligen Türen.

»Die Künstlergarderoben«, erklärt die von Weissenfluh. »Da, Nummer zwei, hier bereitete sich Yves gestern auf seinen Auftritt vor. Sofern man bei ihm von Vorbereitung sprechen kann.«

»Können wir den Raum sehen?«, will ich wissen.

Sie telefoniert erneut mit dem Mann vom Sicherheitsdienst. Der kommt umgehend und schließt die Tür auf. Die Garderobe erweist sich als bescheidener als erwartet: ein Einzelbett, ein abgetrennter Bereich mit Toilette, Lavabo und Dusche, ein Tisch, ein Stuhl, ein Fernseher und eine Minibar. Ich kann nichts Auffälliges entdecken. Der Raum wurde erst kürzlich klinisch rein gesäubert, der Geruch von Chavelwasser hängt immer noch in der Luft.

»Hier ruhen die Stars?«, frage ich skeptisch.

»Von Köbi Kuhn bis DJ Bobo«, bestätigt sie mir. »Die Garderoben liegen sehr praktisch, da vorn ist gleich der Hauptausgang des Gebäudes.«

Tatsächlich sind es nur wenige Meter bis zu dem Portierhäuschen.

Die von Weissenfluh begleitet uns hinaus in die nach wie vor sehr frische Luft. »Hat mich gefreut«, schüttelt sie uns beiden fest die Hand und bleibt unschlüssig stehen.

Will sie uns vielleicht doch noch etwas beichten? Nein, sie macht kehrt, geht zurück in das Gebäude und lässt uns in der Kälte stehen.

»Diese Lose sind einer der vielen Spleens meiner Frau«, brabbelt Häberli. »Ich spiele lediglich Lotto. Wird allerdings auch von der *Lottoswiss* veranstaltet.«

»Aha«, sage ich und setze mich in Richtung unseres Wagens in Bewegung.

»Interessant, dass die ein eigenes Studio dafür haben. Du kennst doch das Zahlenlotto, Boss, oder?«, redet Häberli weiter. »Die Chance auf sechs Richtige beträgt eins zu acht Komma zwei Millionen. Das entspricht in etwa der Wahrscheinlichkeit, dass ich in Grönland gleichzeitig von einem Albino-Nashorn überrannt und vom Blitz getroffen werde. Obwohl, ich habe dir ja erzählt, dieser Blitz, der direkt in den Mast unseres Fischerboots einschlug auf dem Obersee damals, ich glaube, es war anno 1967 ...«

Ich lasse ihn schwafeln und melde mich vom Auto aus bei der Einsatzzentrale zurück. Bestelle ein Team, das sich Schneiders Büro vornehmen soll, und gebe die Suchanzeige nach seinem Lamborghini auf. Dann brause ich los.

»Ist recht ernüchternd zu sehen, wo die Sendungen produziert werden«, deute ich zurück auf die monströsen Gebäude, in denen nur noch wenige Fenster erleuchtet sind. »Ich hab's mir glamouröser vorgestellt.«

»Ist halt eine Fabrik wie jede andere«, meint Häberli.

»Aber eine mit einem hehren Auftrag«, gebe ich zu bedenken. »Informieren, unterhalten, bilden, aufklären – das braucht schon was. Die Leute vor den Bildschirmen erwarten schließlich einiges.«

»Die würden sich besser auch ein Aquarium kaufen, Boss. Das würde ihnen vermutlich mehr bringen.«

Ich werfe schweigend einen schnellen Blick auf Häberli. In seinem zerknitterten Anzug sieht er aus wie Columbos abgestürzter älterer Bruder mit Zigarette statt Zigarre im

Mund. Mit seinen Lungen könnte man vermutlich ein Fußballfeld teeren. Es grenzt an ein Wunder, dass er überhaupt noch atmen kann.

»Gib mir auch eine Zigarette, John. Meine liegen im Büro.«

Am nächsten Morgen ist unser Team endlich wieder komplett. Wir sitzen in unserem quadratischen, fensterlosen, schmutzig gelben Sitzungssaal an den hufeisenförmig angeordneten Pulten. Es riecht nach feuchten Schuhen und Pulmexsalbe, kaltes Licht fällt aus den nackten Glühbirnen. Bea schnäuzt sich neben dem verstaubten Hellraumprojektor gerade in ein besticktes Taschentuch und Mario, adrett gekleidet wie immer, hüstelt. Auch Gret ist bei uns. Ihre Stimme gleicht zwar immer noch eher einem Röcheln als dem Gesang einer Nachtigall, aber dafür sieht sie schon wieder blendend aus. Sie gefällt mir einfach. Und wenn sie sich ihre schulterlangen weißblonden Haare aus der Stirn streicht und mich mit ihren eisblauen Augen ernst betrachtet, frage ich mich jedes Mal, ob uns nicht doch mehr verbindet als Respekt und große Sympathie. Beziehungsweise mehr verbinden sollte. Aber ich rufe mich dann regelmäßig zur Ordnung und halte mir konsequent vor Augen, dass ich keineswegs unglücklich verheiratet und zudem viel zu alt für sie bin.

Gret stöhnt demonstrativ auf, als sich Häberli umständlich die nächste Zigarette anzündet. Auch Michael wirft ihm einen verärgerten Blick zu. Eigentlich müsste ich John Häberli zum wahrscheinlich hundertsten Mal auf das geltende Rauchverbot in unserem Sitzungssaal hinweisen. Aber für den Moment bin ich einfach nur zufrieden, dass mein ganzes Team anwesend ist. Um zehn muss ich bei unserem Kommandanten, dem Phantom, antreten und es wäre schön, ihm von Fortschritten berichten zu können.

»Willkommen zurück, Kollegen«, beginne ich also. »Michaels Zusammenfassung der bisherigen Ermittlungsergebnisse habt ihr gelesen. Ebenso Strichs Spurenanalyse vom Tatort, den Obduktionsbericht und die Zusammenfassung dessen, was die Kollegen in Schneiders Büro vorgefunden haben – nämlich gar nichts. Weiß sonst irgendjemand etwas Neues?«

»Schneider war vielleicht spielsüchtig«, vernehme ich die staubtrockene Stimme John Häberlis.

»Wie bitte?«

»Kasino Baden«, sagt er lakonisch und nimmt einen tiefen Zug von seiner filterlosen Gauloise.

»Komm, erzähl schon«, fordere ich ihn auf.

John nickt bedeutungsschwanger, holt hörbar Luft, drückt dann aber zuerst die nur bis zur Hälfte gerauchte Zigarette im Aschenbecher vor ihm aus.

»John!«, ermahnt ihn Michael.

»Ich kenne ja Turi Müller«, schwadroniert Häberli endlich los. »Ihr wisst schon, *Müller Hoch- und Tiefbau.* Den Kollegen, mit dem ich einst diesen Rekordwels aus dem Walensee zog. Ein Riesenfisch. Wäre er mir beispielsweise beim Tauchen begegnet – ich wäre böse zusammengefahren, das kann ich euch sagen! Der Kerl zog an der Rute, wir kippten fast vom Boot …«

»Wir kennen die Geschichte, John«, unterbreche ich ihn. »Wo ist denn nun der Zusammenhang zwischen diesem Teufelsfisch und dem Spielkasino?«

Häberlis Redefluss versiegt und er forscht in seinem zerknitterten Jackett nach einer neuen Gauloise. Ich spüre, dass er im Begriff ist, mir den letzten Nerv zu rauben. Der Mann ist kaum je anwesend und tut den lieben langen Tag, was er will. Entweder faselt er stundenlang konfus herum oder er sagt gar nichts, wie gestern bei unserem Besuch in der Fernsehanstalt. Das Einzige, was dagegen spricht, ihn frühzeitig in Pension zu schicken, ist, dass er manchmal doch recht brauchbare Ideen hat. Nur fehlt mir zunehmend die Geduld zu warten, bis sie kommen. Auch Bea klopft bereits nervös mit den Fingern auf den Tisch und Michael verdreht seine Augen.

Endlich brennt die verfluchte Zigarette zwischen Häberlis gelb verfärbten Fingerkuppen und er redet weiter: »Turi Müller ist ein ziemlich vermögender Mann. Aber einfach und bescheiden geblieben und ein begnadeter Fischer, wie erwähnt. Er besucht des Öfteren das Spielkasino Baden und erzählte mir, dass Yves Schneider dort Stammgast war und nur so mit Geld um sich warf. Ich traf Turi gestern spät nachts in der *Bierhalle Wolf.*«

»Welch selbstloser, mutiger Einsatz«, unke ich, aber Häberli kümmert das nicht. Wie alles, was ich zu ihm sage.

»Das würde erklären, warum Schneider sowohl bei seinem Freund Marc als auch bei Werber-Ernie und Redaktor Passen Schulden hatte«, meint Michael. »Und weshalb er so penetrant mehr Lohn forderte.«

»Möglich. Wir gehen der Sache auf jeden Fall nach«, halte ich fest. »Es wundert mich nur, dass die Presse noch nichts davon mitgekriegt hat.«

»Allwissend sind die auch nicht«, äußert sich Gret erstmalig und fährt gleich fort: »Die Tatsache, dass die Tatwaffe ein Sturmgewehr 90 der Schweizer Armee war, deutet meiner Ansicht nach darauf hin, dass die Tat nicht von allzu langer Hand vorbereitet wurde.«

»Wieso?«, fragt Bea.

»Eine Militärknarre ist das, was die Mehrheit der Männer in unserem Land am schnellsten zur Hand hat«, beantwortet Gret die Frage.

Damit hat sie absolut recht. Jeder, der in der Schweiz Militärdienst leistet, und das ist immer noch die klare Mehrheit aller Männer, bewahrt seine Armeewaffe zu Hause auf, sei es das Sturmgewehr 90 oder die Armeepistole SIG P220 für Offiziere. Wenn die ewigen, langweiligen Militärwiederholungskurse mit vierzig endlich vorbei sind, darf man das metallene Ungetüm behalten. Auch bei mir verrostet eins im Keller.

Den meisten Polizisten ist diese Praxis ein Dorn im Auge. Selbstmorde, Nachbarschaftsstreitigkeiten, Amokläufe wie jener in Zug 2001, bei dem vierzehn Menschen starben, oder Familiendramen wie die Hinrichtung der Schweizer Skirenngröße Corinne Rey-Bellet im Mai 2006 durch ihren Mann: Sturmgewehre und Offizierspistolen kosten in der Schweiz jedes Jahr mehr Menschenleben als sämtliche Lawinen, Giftpilze, Badeunfälle und Flugzeugabstürze zusammen. Mehr als dreihundert, laut einer Studie der Uni Lausanne. Dass die Armee nach Hinweisen durch Angehörige, Hausärzte oder Psychologen jährlich rund fünfzig Militärwaffen von potenziellen Gewalttätern konfisziert, nützt da gar nichts. Ebenso wenig fruchten Volksinitiativen von Frauenzeitschriften und Petitionen linker Kreise, die den Wahnsinn beenden wollen. Die schussbereite Knarre im Keller ist ein Schweizer Dogma und der Bundesrat hütet sich wohlweislich, gegen die Waffen- und Schützenlobby anzugehen.

»Eine spontane Tat also?«, frage ich in die Runde.

»Genau. Mord im Affekt«, spekuliert Gret und ein paar Sekunden lang wird es ruhig im Saal.

»Wir nehmen sie uns alle noch mal vor«, erläutere ich dann das weitere Vorgehen. »Die beiden Redaktoren, den Regisseur, den Ressortleiter, Schneiders Lebenspartner Marc und seine beiden WG-Kumpane. Darüber hinaus brauchen wir eine detaillierte Aufstellung von Schneiders Vermögensverhältnissen. Kümmere du dich darum, John. Dann müssen wir endlich Schneiders verdammtes Auto finden, ein brandneuer schwarzer Lamborghini Gallardo kann doch nicht einfach wie vom Erdboden verschluckt sein! Mach du das, Mario. Michael und Gret organisieren die Vernehmungen. Bea, du sprichst mit Schneiders Mutter und seiner Schwester. Das wär's, Leute, an die Arbeit!«

Stühle scharren über das abgeschabte Linoleum und Häberli kippt den Inhalt des vollen Aschenbechers in den Papierkorb neben der Tür. Irgendwann einmal wird er sicher noch einen Brand verursachen.

Zurück in meinem Büro zünde ich mir eine *Muratti* an und versuche, mich auf das Gespräch mit dem Phantom vorzubereiten. Unser Polizeikommandant ist ein zittriger Greis, der seit Ewigkeiten kurz vor der Pensionierung steht und an schwerer Diabetes und Gicht leidet. Aber er ist noch immer im Amt. Vor allem deshalb, weil es unmöglich scheint, einen Nachfolger zu finden, der bei allen Abteilungen auf Akzeptanz stößt.

Viele behaupten, ich würde auf den Posten aspirieren, was völlig aus der Luft gegriffen ist. Wenn ich etwas hasse, sind es Sitzungen. Und wenn ich etwas noch mehr hasse, sind es Sitzungen mit politischen Vorgesetzten und ihren Lakaien. Ich sitze lieber frierend im Wald und beschäftige mich mit erschossenen Fernsehmoderatoren.

Zugegeben, ich habe mal kurz überlegt, wie es wäre, wenn man mir den Job wirklich anbieten würde. Insbesondere, weil mich das, was mir an Gerüchten hinsichtlich der bisherigen Bewerber zu Ohren gekommen ist, wirklich erschaudern lässt. Die beste Kandidatur ist noch jene von Christa

Briner von der städtischen Ermittlung, mit der wir damals die S-Bahn-Erpressergeschichte gemeistert haben. Aber Christa hat sich bei den Politikern mit ihren brachialen Umgangsformen längst um jede faire Chance gebracht.

Meine Speedmaster sagt mir, dass es zwanzig vor zehn ist. Ich rufe Leonie an.

»Fred, ich bin bei der Arbeit«, klagt sie.

»Ich auch. Sag, haben wir heute Abend schon etwas vor?«

»Ich bitte dich, Fred! Wir gehen zusammen essen, weißt du das denn nicht mehr? Ich hab's dir doch am Dienstag noch selbst in die Agenda geschrieben! Du hast versprochen, du würdest in einem geeigneten Lokal einen Tisch reservieren. Sag bloß nicht, dass du heute Abend arbeiten musst! Bei allem Verständnis, aber ...«

»Wäre dir das Kasino Baden recht?«, fahre ich dazwischen und ihr Redestrom versiegt schlagartig.

»Hört sich nicht uninteressant an«, räumt sie schließlich ein. »Wie bist du denn auf diese Idee gekommen?«

»Du neigst dazu, mich zu unterschätzen, Leonie. Manchmal habe ich durchaus meine lichten Momente.«

»Scheint tatsächlich so«, meint sie anerkennend. »Sorry, wenn ich etwas abweisend geklungen haben sollte. Mir gehen hier heute alle ziemlich auf die Nerven.«

»Keine Ursache. Ich hol dich um sieben ab. Oder ist das zu spät?«

»Treffen wir uns doch einfach um halb sieben in der Bar der *Kronenhalle.*«

»Gerne. Ich freue mich.«

»Ich mich auch, Meister! Einen schönen Tag noch. Ach ja, und schau heute lieber nicht in den *Blick,* die überschlagen sich fast mit wilden Gerüchten und Spekulationen.«

Das Phantom empfängt mich wortlos. Es lauert zusammengesunken in einem schweren, weinroten Lederstuhl und deutet mit seinem zittrigen Zeigefinger auf den *Blick*, der vor ihm liegt. *TV-Macher in Angst: Polizei hilflos!*

»Wir arbeiten hart«, sage ich und gebe eine Zusammenfassung unserer bisherigen Erkenntnisse zum Besten.

»Dürftig, sehr dürftig«, murmelt das Phantom. »Brauchst du mehr Leute?«

»Im Moment nicht. Aber danke für das Angebot«, verneine ich seine Frage.

»Falls noch eine weitere Fernsehgröße stirbt, sind wir angeschmiert«, sagt er und fuchtelt aufgeregt mit der Zeitung vor mir herum.

Ich habe allen Respekt vor meinem Vorgesetzten, aber dass ausgerechnet er paralysiert den *Blick* vor mir hin und her schwenkt, macht mich ernsthaft sauer. »Herrgott, Fritz! Das kann doch nicht dein Ernst sein! Wenn irgendwo ein Fahrlehrer erschossen wird, bedeutet das doch auch nicht, dass jetzt alle Automobilisten dieser Welt auf der Abschussliste stehen, oder? Yves Schneider wurde erschossen und sonst niemand! Ein fünfunddreißigjähriger, chaotischer, schwuler Schwafler, der zufällig fürs Fernsehen arbeitete! Wir ermitteln auf die übliche Art. Mit Hochdruck. Was erwartest du denn?«

Das Phantom grinst plötzlich und fragt mich augenzwinkernd: »Willst du nicht mein Nachfolger werden?«

Damit bringt er mich total aus dem Konzept. Ich versuche, Zeit zu gewinnen. »Hörst du denn jetzt wirklich auf?«

»Ich kann nicht mehr, Fred. Und ich will einen anständigen Mann als Nachfolger.«

Ich bin tief gerührt. Immerhin unser Kommandant hält mich für fähig.

»Ich überleg's mir«, sage ich. »Aber ich glaub, ich bin nicht der Typ dafür.«

»Meinst du, ich war das?«, schleudert er mir entgegen.

»Also, ich geh jetzt wieder zurück in mein Büro«, stammle ich unsicher. »Ich werde dich auf dem Laufenden halten.«

Das Phantom sinkt zurück in seinen Sessel und gähnt.

Einigermaßen benommen wanke ich aus seinem Büro. Ich, Fred Staub, Kommandant der Zürcher Kantonspolizei? Immerhin könnte ich hier dann ein wenig ausmisten. Oder mir ein neues, gediegenes Pult liefern lassen. Leonie wäre stolz auf mich und Tochter Anna vielleicht auch. Sohn Per hingegen würde mich mit Häme überschütten. Und erst die Kollegen von den anderen Abteilungen und der Stadtpolizei, allen voran Christa Briner! Ich kann ihre dummen Sprüche jetzt schon hören ... Mehr Lohn brauche ich jedenfalls nicht, ich konnte bislang auch so immer alles bezahlen, wonach es mich gelüstete.

Erst löse ich diesen Fall, nehme ich mir vor. Danach sehen wir weiter.

Die Provinz

Über den mit blauem Filz ausgelegten Spieltischen hängen mächtige Kronleuchter. Ihr Beleuchtungseffekt wird durch die dichten Rauchschwaden, die aus den Zigaretten der gierig spielenden Massen aufsteigen, allerdings leicht getrübt. Zum edel schummrigen Ambiente tragen auch die in dunklem Blau-Rot gehaltenen Teppiche, die bunt illuminierte, üppig bestückte Bar sowie die hellblauen Uniformen der Croupiers und Saalangestellten bei.

Ich sehe nach der Uhrzeit. Viertel nach neun. In einer Dreiviertelstunde habe ich einen Termin beim Geschäftsführer dieses Etablissements. Weiß er, dass ich bereits hier bin? Wahrscheinlich schon, denn die Hallen quellen über vor Überwachungskameras und mein Bild war jüngst mehrfach in der Zeitung.

Meine Frau und ich vertreiben uns die Zeit an einem Roulettetisch. Leonie liegt leicht im Minus und ich beschränke mich darauf, ihr skeptisch zuzugucken. Sie spielt immerhin sehr vorsichtig. Während es um sie herum im Minutentakt monsunartig Jetons auf den Tisch regnet, lässt Leonie auch einmal eine Runde aus und setzt nur kleine Beträge. Gerade bugsiert sie einen mageren Zehn-Franken-Jeton auf Rot und lehnt sich entspannt zurück. Die Kugel springt wild umher in dem rotierenden Roulettekessel, fokussiert von Dutzenden von gierigen Blicken, und fällt schließlich in das Fach der roten Dreißig.

»Trente, rouge.«

Die bebrillte, dunkelblonde Croupière scharrt die Jetons der Verlierer vom Tisch und zahlt die Glückspilze aus, die richtig spekuliert haben. Auch Leonie kriegt einen Zehner, den sie sofort erneut auf Rot setzt.

»Faites vos jeux!«, rollt die Kugel bereits wieder.

Durch Leonies Gewinn ermutigt, werfe ich meinerseits einen Zwanziger-Jeton auf Impair, die ungeraden Zahlen also, weil ich der Leuchtsäule über dem Spieltisch entnehme, dass zuletzt fünf Mal hintereinander gerade Zahlen gefallen sind.

Die Kugel hüpft und klimpert – heraus kommt die rote Zwölf. Leonie gewinnt schon wieder, mein Zwanziger wird hingegen weggewischt.

So nicht, sage ich mir, und setze gleich nochmals zwanzig auf Impair. Ich zünde mir eine *Muratti* an und sehe entsetzt, wie die Kugel ins Fach der Sechsundzwanzig fällt. Schon wieder eine gerade Zahl, unglaublich! Der Rechen in der Hand der Croupière kennt keine Gnade. Dutzende Jetons, darunter auch meiner, verschwinden klackernd in einer Spalte, die vor der Croupière in den Tisch eingelassen ist.

Leonie hingegen hat schon wieder gewonnen, diesmal, indem sie auf Schwarz gesetzt hat. Ihr Lächeln zwischen Triumph und Häme treibt mich weg vom Roulettetisch. Ich trete ein paar Schritte zur Seite, ziehe heftig an meiner Zigarette und blicke mich um. Drei lustig scherzende, ansonsten aber kampferfahren wirkende Männer lungern auf einer verchromten Wendeltreppe herum, die zu einer Tür hinaufführt, hinter der sich wohl das Chefbüro befindet. Eine vorbeihastende Mitarbeiterin strahlt mich an. Ältere Männer kritzeln an Stehtischen hoch konzentriert Notizblöcke voll, im irrationalen Glauben wohl, sie könnten irgendein Gewinnsystem herbeianalysieren.

An einem der Roulettetische steht Victor Stucki, der baumlange Regisseur mit den Storchenbeinen. Was will der denn hier?

Ich schlendere zu ihm hinüber und sage von hinten über seine Schulter hinweg: »Guten Tag, Herr Stucki, welche Überraschung, Sie hier anzutreffen!«

Er wendet sich langsam zu mir um und die junge Blondine neben ihm tut es ihm nach. »Ach, Sie sind's«, meint er missmutig. »Privat oder bei der Arbeit?«

»Beides, Herr Stucki. Und Sie? Vergnügen Sie sich öfters hier?«

»Wäre das ein Verbrechen?« Stuckis blonde Begleiterin mustert mich feindlich. Sie ist sicher mindestens zwanzig Jahre jünger als er, ihr Ausschnitt ist gewaltig.

»Yves Schneider war hier Stammgast«, kläre ich den Regisseur auf.

»Was Sie nicht sagen!«

Blödes Arschloch, denke ich mir und überlege, wie ich ihm das Leben schwer machen könnte. Aber ich wüsste nicht, warum er nicht in diesem Kasino sein dürfte. Dass gestern sein Kollege brutal erschossen wurde, ist schließlich kein Grund.

»Waren Sie mal gemeinsam mit ihm hier?«

»Nicht dass ich wüsste. Wir hatten privat keinerlei Kontakt.«

»Ist das Ihre Freundin?«, deute ich auf die Jungblondine.

Die kneift ihre grellrot geschminkten Lippen zusammen und betrachtet mich wie ein bösartiges Insekt.

Stucki blafft mich an: »Muss ich das beantworten?«

Verschiedene Leute an den Spieltischen haben sich inzwischen neugierig zu uns umgedreht. Ich blase zum Rückzug.

»Viel Glück«, verabschiede ich mich. »Möge die Kugel mit euch sein!«

Ich drücke den Stummel meiner *Muratti* in einen der herumstehenden Aschenbecher und tröste mich mit ein paar Gratiserdnüssen an der Bar. Stuckis Anwesenheit irritiert mich. Verdienen diese Fernsehleute alle so viel Geld? Ich versuche, von Weitem zu erkennen, mit welchen Einsätzen der Regisseur spielt. Mit wesentlich höheren jedenfalls als Leonie, muss ich feststellen. Eben schlendert er, seinen langen Arm um die Blondine gelegt, zum einzigen Blackjacktisch, der schon in Betrieb ist.

»Beim Blackjack hast du als Spieler die besten Chancen«, hat mir Häberli am Nachmittag noch treuherzig versichert und nach meiner Pleite beim Roulette bin ich versucht, Häberlis Rat eine faire Chance einzuräumen. Ich dränge mich ebenfalls an den Tisch, mitten zwischen einen giftig dreinblickenden Aargauer mit einer Rolf-Knie-Krawatte und eine asiatisch aussehende, aber Berner Dialekt parlierende Dame in einem roten Abendkostüm, die mit stoischer Ruhe Fünfhundert-Franken-Jetons auf den Spieltisch wirft. Stucki nervt meine Anwesenheit sichtbar. Aber einfach klein beigeben und gehen will er nicht, im Gegenteil, er wechselt gerade eine Zweihunderternote in Jetons um.

Wir spielen ein paar Runden gegen den Bankier, im steten Bestreben, den geforderten einundzwanzig Punkten möglichst nahe zu kommen, ohne über sie hinauszuschießen. Die Einzige, der die Karten wirklich gut gesinnt sind, ist die Asiatin. Bei mir läuft es miserabel und auch Stucki muss bald frisches Geld aus seinem Jackett fischen. Der Aargauer verlässt nach einer weiteren Niederlage gegen den Bankier sogar wutschnaubend den Tisch und stürmt an die Bar, wo er nach einem Gin Tonic schreit. Kurz darauf gehen dann auch Stucki und seine Blondine.

Ich bleibe noch eine Weile und verliere munter weiter, weil der herausgeputzte Bankier ein Wunderblatt nach dem anderen präsentiert. Schließlich streiche auch ich die Segel. Während eine schmuckbehängte deutsche Rentnerin meinen Platz einnimmt, schlendere ich zurück zum Roulettetisch.

Leonie rutscht maulend ein Stück zur Seite, der Jetonberg vor ihr ist weiter angewachsen.

Ich setze erneut auf Impair. Um mich herum werfen die Leute Spielchips auf den grünen Filz, als wären es Kieselsteine. Tausende von Franken liegen da in Form bunter Plastikscheiben. Die Kugel hüpft, die Spannung steigt, einige wenden ihren Blick ab, vielleicht beten sie. *Pling*, es fällt die Achtundzwanzig und die junge Croupière scharrt das Plastiktreibgut mit stoischem Gesichtsausdruck vom Feld. Immerhin, ein paar Jetons muss sie auch herausrücken, zum Beispiel für diejenigen Spieler, die auf Schwarz gesetzt hatten – zu denen unter anderem natürlich Leonie gehört.

Vier Runden später besitze ich noch einen einzigen, läppischen Zehnerjeton. An den Stehtischen grübeln die älteren Herrschaften immer noch und füllen selbst gebastelte Tabellen mit Gewinnsystemen aus. Die rot gewandete Asiatin am Blackjacktisch setzt unterdessen Tausender, der Aargauer bearbeitet in der Eingangshalle draußen den Bankomaten.

Wieder Pair, die Sechs diesmal. Es ist einfach nicht zu fassen. Dass auch Leonie zur Abwechslung einmal verliert, ist ein schwacher Trost.

Ich werde noch ein letztes Mal auf die vermaledeiten ungeraden Zahlen setzen – irgendwann müssen sie doch kommen! Ungeduldig wedle ich mit einer Hunderternote herum, bis mir die Croupière endlich einen Jeton dafür gibt. Einen Hunderter, obwohl mir fünf Zwanziger eigentlich lieber gewesen wären. Egal. Ich lege das Teil entschlossen auf Impair. Leonie betrachtet mich sorgenvoll.

Der Roulettekessel dreht sich, ich folge den Bocksprüngen der Kugel gebannt – und muss entgeistert zur Kenntnis nehmen, dass sie auf die Vierzehn fällt. Als mein Hunderter mitleidlos vom Tisch gefegt wird, raune ich Leonie frustriert zu, ich müsse jetzt ohnehin zum Geschäftsführer.

»Ich spiele noch ein paar Runden«, meint sie leichthin. »Danach findest du mich an der Bar.«

Ich steige die Wendeltreppe hoch. Die Sicherheitsleute lassen mich ohne weiteres Aufheben passieren, der Geschäftsführer erwartet mich.

Er entpuppt sich als ungefähr vierzigjähriger Österreicher mit einem freundlichen Gesicht. Der Mann trägt einen sehr teuren Anzug, stellt sich als Hermann Schönfelder vor und leiert ungefragt seinen beruflichen Werdegang herunter: Ingenieurstudium der Elektrotechnik, Betreuer von Spielanlagen auf einem Kreuzfahrtschiff, Ausbildung zum Croupier bei *Casino Austria International.* Geschäftsführer von Kasinos in Australien, Norwegen und Tschechien. Seit drei Monaten hier in Baden. Er schenkt mir Mineralwasser in ein bereitstehendes Glas und fragt mich, wie mir sein Kasino gefällt.

»Ihr Kasino ist okay«, antworte ich. »Nur die Karten und Zahlen gefallen mir nicht.«

»Dafür läuft es bei Ihrer Frau«, lächelt er und ich wundere mich ein wenig, woher er das weiß.

»Yves Schneider«, komme ich zum Punkt.

»Lieber Herr Staub, Sie wissen natürlich, dass wir Ihnen gar nichts über unsere Kundschaft erzählen dürfen.«

»Tun Sie's trotzdem!«

»Sonst nehmen Sie nämlich unser prächtiges Kasino auseinander, sehe ich das richtig?«

»Sagen wir so: Wir brauchen diese Information und es wäre uns sehr recht, wenn wir sie möglichst unkompliziert bekommen könnten.«

»Na schön«, lenkt Schönfelder erstaunlich schnell ein.

»Schneider war jede Woche mindestens einmal hier und spielte ausschließlich Blackjack. Teilweise mit beachtlichen Einsätzen.«

»Was bedeutet ›beachtlich‹?«, frage ich nach.

»Ganz so detailliert weiß ich das natürlich nicht. Aber ich habe mir vorhin eine Videoaufzeichnung von letzter Woche angesehen. Vom vergangenen Sonntag, um genau zu sein. Da spielte er mit Hundertern.«

»Und mit welchem Erfolg?«

»Man könnte von einer ziemlichen Pechsträhne sprechen«, sagt Schönfelder. »Er hat viertausendachthundert Franken verloren.«

»Aha. Mit wem war er denn hier?«

»Mit einem jungen Herrn. Ich habe Ihnen einen Ausdruck der Überwachungskamera angefertigt.«

Schönfelder überreicht mir einen Videoprint. Schneiders Zockerkumpan ist deutlich zu erkennen. Sein Lebenspartner Marc ist es aber nicht und auch sonst kein mir bekanntes Gesicht.

»Sie sind sehr kooperativ«, räume ich ein.

»Wenn herauskommt, dass Schneiders Tod auch nur im Geringsten etwas mit unserem Kasino zu tun hat, wäre das für uns sehr unangenehm«, sagt Schönfelder. »Ich wäre Ihnen sehr verbunden, wenn Sie uns als wohlwollende Partner betrachten könnten.«

Nicht, wenn beim Roulette weiterhin solche Scheißzahlen fallen, hätte ich beinahe gesagt. Doch ich kann es mir zum Glück verkneifen. Immerhin scheint der Mann ein mit allen Wassern gewaschener Profi zu sein, der sein Metier versteht und begriffen hat, wann im Geschäftsinteresse mit der Polizei zusammenzuarbeiten ist.

»Könnten Sie abklären, seit wann Schneider Ihr Etablissement besuchte und ob er dabei auch gelegentlich in anderer Begleitung hier war?«

»Das müsste möglich sein«, bejaht Schönfelder die Frage.

»Ich melde mich wieder bei Ihnen«, sage ich und erhebe mich. »Ich gehe jetzt noch mal nach unten. Mal sehen, ob Fortuna zur Besinnung gekommen ist.«

»Viel Vergnügen, Herr Staub. Und grüßen Sie Ihre reizende Frau von mir. Wenn Sie mögen, lade ich Sie beide gerne noch zu einem Glaserl Schampus ein.«

»Das wird nicht nötig sein«, lehne ich das Angebot freundlich ab. »Also, ich melde mich. Und besten Dank!«

»Keine Ursache.«

Ich steige wieder hinab ins Gewusel. Leonie kommt strahlend auf mich zu und präsentiert mir stolz eine Handvoll gewonnene Jetons.

»Was fielen denn für Zahlen?«, frage ich sie. »Sicher weitere zwanzigmal hintereinander gerade, oder?«

»Nachdem du weg warst, kamen nur noch ungerade Zahlen«, erzählt sie und pufft mir scherzhaft in die Rippen. »Hast du was herausbekommen?«

»Mehr, als ich dachte«, antworte ich. »Aber denk nicht, dass der Fall jetzt gelöst ist.«

Leonie hakt sich unter, wir holen an der Garderobe unsere Mäntel und steuern auf den Ausgang zu. Wir verlassen das Kasino um 22.25 Uhr und ich schalte mein Natel wieder ein. Es scheint dem aufgeregten Gepiepe nach inbrünstig darauf gewartet zu haben. Vier Nachrichten auf der Combox und drei Kurzmitteilungen. Man könnte meinen, ich hätte Geburtstag.

Meine Stimmung verschlechtert sich rapide, als ich sehe, dass die Nachrichten allesamt von Michael und Gret stammen und jeweils um einen schnellen Rückruf gebeten wird.

Leonie blickt mich fragend an. Da ich keine andere Wahl habe, rufe ich Michael zurück.

Er nimmt sofort ab: »Endlich, Fredy! Wir haben einen neuen Toten im Kanton.«

»Ein Fernsehmensch?«

»Ist noch unklar, wahrscheinlich nicht. Der Mann hat sich wohl erschossen und sieht übel aus. Sein Haus brennt noch. Aber das Beste kommt erst.«

»Schieß los!«, dränge ich ihn.

»In der Brusttasche seines Hemdes steckt eine große Fotografie von Yves Schneider!«

»Heilige Scheiße!«, entfährt es mir und Leonie bleibt abrupt stehen. »Wo seid ihr denn jetzt?«

»Vor dem brennenden Haus. In Wasterkingen.«

»Wie heißt das Nest?« Seit 1984 bin ich Kantonspolizist. Aber immer noch gibt es in diesem Kanton Orte, von denen ich nie zuvor gehört habe.

»Wasterkingen«, wiederholt Michael. »Im Rafzerfeld, hinter Hüntwangen, an der Grenze zu Deutschland.«

Leonie neben mir wippt mit ihrem Fuß nervös auf und ab und schlottert demonstrativ.

»Muss ich vorbeikommen?«, frage ich überflüssigerweise.

Ich muss, das ist klar. Michael beantwortet meine Frage deshalb erst gar nicht.

»Wie fahre ich am besten?«

»Autobahnkreuz Zürich Nord. Vorbei am Flughafen nach Bülach. Weiter geradeaus nach Eglisau. Durch den Ort, dann kommst du irgendwann an ein Rondell. Dort geht's rechts nach Hüntwangen. Kurz nach der Ortseinfahrt siehst du …«

»Warte, ich muss mir das aufschreiben«, unterbreche ich ihn und bitte Leonie um einen Stift.

Sie hat sofort einen zur Hand und reicht ihn mir stirnrunzelnd. Ich klemme mir das Natel zwischen Kinn und linke Schulter und kritzle den weiteren Verlauf der Strecke in einen kleinen Notizblock, den mir Leonie gütigerweise hält, während ich schreibe.

»Ich bin unterwegs«, verabschiede ich mich in resigniertem Tonfall.

»Was ist los, Fred? Ich dachte, wir hätten wieder mal einen Abend für uns. Angefangen hat's doch gut. Oder nicht?«

Ich umarme sie hilflos. Natürlich wäre mir nichts lieber, als jetzt einfach mit ihr nach Hause zu fahren. Noch einen kleinen Cognac zu nehmen. Den Dingen ihren natürlichen Lauf zu lassen.

»Ich hab mich doch auch gefreut«, jammere ich. »Aber ich kann es nicht ändern! Sie haben eine Leiche gefunden, die einen eindeutigen Zusammenhang mit Schneider hat. Ich muss an den Tatort, so sehr es mir auch zuwider ist.«

»Du Ärmster«, höhnt Leonie und entwindet sich theatralisch meinen Händen. Sie ist derlei Irritationen unseres Privatlebens durchaus gewöhnt und hat sich nie nachhaltig darüber beschwert. Sie tut es auch jetzt nicht. Ich selbst ärgere mich weit mehr über die Störung.

»Sei nicht böse«, sage ich und ziehe meine Frau erneut an mich.

»Bin ich nicht«, meint sie. »Mach mir einfach keinen Unsinn da draußen.«

Ich gebe ihr einen Kuss und sie erwidert ihn heftig. Vielleicht breche ich heute einfach die ungeschriebenen Regeln und fahre trotz des neuen Leichenfundes nach Hause. Leonie wäre hocherfreut. Und hoch empfänglich, wie mir ihre emsige Zunge signalisiert. Wir umfassen einander mit allen Gliedern wie Schlingpflanzen, von Weitem könnte man uns für liebestolle Teenager halten.

Was würde es schon ändern, wenn ich die Leiche einfach meinen Kollegen überließe? Michael und Gret sind beide mindestens so schlau wie ich. Was sehen sie nicht, was ich sehen könnte? Irgendein kleines Detail vielleicht. Den Hauch einer Stimmung. Einen verborgenen, unsichtbaren Zusammenhang.

»Macht es dir was aus, mit dem Taxi nach Hause zu fahren?«

»Aber ja«, flötet Leonie und wir halten uns noch ein paar Sekunden mit wildem Knutschen auf. Dann boxt sie mir sanft und scherzhaft in den Bauch, löst sich und stolziert zurück zum Eingang des Kasinos.

Schande, verfluchte!

Ich eile zu unserem Toyota in der Tiefgarage des Kasinos und bin wenig später bereits auf der Autobahn. Das Radio lasse ich aus. Wenn ich schon mitten in der Nacht mutterseelenallein auf einer verwaisten Autobahn zu einem Tatort rasen muss, dann will ich wenigstens meine Ruhe haben. Ich komme am Flughafen vorbei, der um diese Uhrzeit beleuchtet ist wie eine intergalaktische Raumstation. Dafür ist es zwischen Bülach und Eglisau zappenduster. Wie viel habe ich eigentlich getrunken in diesem Kasino? Längst habe ich das Fernlicht eingeschaltet, weiß reflektierende Leitplanken leiten mich über einen kurvenreichen Hügel. Endlich, Eglisau. Die Brücke über den Rhein. Das von Michael erwähnte Rondell. Links ein gigantisches Kieswerk. Eine schnurgerade Straße. In weiter Entfernung kommen mir zwei Autos entgegen. Einen Campari, rund drei Deziliter Wein zum Essen und zwei Bier in der Spielhalle, gebe ich mir die späte Antwort auf meine Frage. Die Autos nähern sich schnell, ich schalte das Fernlicht aus. Zu viel habe ich getrunken. Mein Blut müsste außerirdisch sein, sollte es nicht mehr als die erlaubten 0,5 Promille Alkohol aufweisen. Die Autos schießen an mir vorbei wie Raketen.

Endlich Hüntwangen, das *Restaurant Linde* linker Hand. Schon wieder ein Kreisel. Ich drücke mein Gesicht nahe an die Windschutzscheibe. Da, ein weißes Ortsschild, es ist tatsächlich Wasterkingen. Ein ewig langer Maschendrahtzaun, der wohl das Kieswerk begrenzt. Die Straße ist menschenleer. Und wirklich lang. Ich frage mich schon, ob ich richtig bin, als unverhofft die angekündigte Einfahrt auftaucht. Ich bremse abrupt und die Hinterräder brechen auf dem steifgefrorenen Schneematsch ein wenig aus. Ich solle die zweite Einfahrt nehmen, hat Michael gesagt. Ist weiter vorn noch eine? Unschlüssig rolle ich im Schritttempo weiter und da sehe ich sie. Das hysterische Geschrei einer Feuerwehrsirene dröhnt in meinen Wagen. Ich fahre an einem hell beleuchteten, vereisten Dorfbrunnen und einem grün schimmernden *Volg*-Schild vorbei ein Sträßchen hoch. Komme aber nicht sehr weit, weil der Weg von mehreren Feuerwehrfahrzeugen blockiert ist. Ich lasse meine Karre stehen und laufe zu Fuß hinauf. Es riecht nach Rauch, Pferdedung und verbrannter Erde.

Nun bin ich auf einer Anhöhe. Mir bietet sich ein surrealer Anblick. Eben noch von trägem Dunkel umspült, brandet mir jetzt gleißendes Licht entgegen. Scheinwerfer funkeln, Ventilatoren rotieren, weißer Schaum spritzt, glühende Funken wirbeln in den Himmel. Es ist ein abstraktes Geschmiere in Orange, Schwarz und Weiß, in dem die Konturen fließend ineinander überzugehen scheinen. Ich höre kommandierende Feuerwehrmänner, brechende Balken, zischende Schläuche, berstendes Glas, aufgeregt palavernde Anwohner. Das stattliche Bauernhaus im Zentrum des Geschehens qualmt gewaltig. Rote Feuerwehrautos bilden ringsum eine Art speiende Wagenburg und wässern aus allen Rohren.

Grets schlanke Figur löst sich aus dem Farbenbrei und tänzelt auf mich zu. Sie packt mich am Oberarm und lotst mich zu einem etwas abseits stehenden Ambulanzwagen. Darin liegt auf einer Spitaltrage der Tote.

»Wir mussten ihn von dem Haus wegbringen, sonst wäre er verschmort«, erklärt sie mir.

»Was genau ist denn passiert?«, frage ich sie.

»Um 21.30 Uhr brach das Feuer aus, sagen die Leute. Vom Erdgeschoss aus. Jemand rief die Feuerwehr. Die kam schnell und stürmte tollkühn in das brennende Gebäude. Im oberen Stock fanden sie diesen Mann hier und schleppten ihn hinaus. Er war aber bereits tot. Schusswunde im Kopf.«

»Sicher?«

»Ohne Zweifel. Einer der Dorfbewohner ist Veterinär und erkennt, wann es sich bei einer Verletzung um eine Schusswunde handelt und wann nicht. Außerdem lag neben dem Toten eine Armeepistole.«

»Was ist mit diesem Foto von Schneider?«, will ich wissen.

Gret zieht es, sicher verstaut in einem Plastikbeutel, aus ihrer gelben Schutzjacke. Schneider, wie er leibte und lebte. Im A6-Format, ein anzügliches Grinsen im Gesicht. Auf der Rückseite in krakeliger Handschrift seine Telefonnummer.

Ich trete fast in einen Pferdekothaufen, als ich in das Ambulanzfahrzeug klettere. Ein Mann in weißer Krankenhauskleidung sitzt neben dem Toten und blättert gelangweilt in der *Mittelland-Zeitung.*

»Sind Sie endlich der Kriminaltechniker?«, pflaumt er mich an.

»Nein, ich bin der Weihnachtsmann«, gebe ich zurück. »Ich wünsche, den Toten zu sehen.«

»Tun Sie sich keinen Zwang an«, meint der Mann und widmet sich wieder seiner Lektüre. Ich verspüre nur geringe Lust, die schmierige Plane, die den Toten bedeckt, zurückzuschlagen.

»Die Schusswunde im Kopf ist das Einzige, was Rückschlüsse auf Gewalteinwirkung zulässt«, hilft mir Gret.

Ich überwinde mich, greife nach dem Plastik und ziehe es sorgsam zurück. Der Anblick ist zum Glück weniger schlimm als erwartet: Rund um das Einschussloch an der rechten Schläfe wurde die Leiche bereits gesäubert, ihre Augen sind geschlossen. Der Mann ist etwa vierzig und glatt rasiert. Das mittellange Haupthaar ist grau, die Zähne sind ähnlich gelb verfärbt wie die von Häberli. Das Gesicht ist verzerrt, weniger vor Angst und Schmerz, als vielmehr vor Überraschung. Ausgetreten ist die Kugel hinter dem linken Ohr.

»Trug er außer dem Foto sonst noch etwas bei sich?«, frage ich Gret.

»Nein«, antwortet sie und die Zeitung neben uns raschelt.

»Gute Unterhaltung noch«, wünsche ich dem Mann von der Ambulanz, als wir aus dem Wagen steigen.

»Es könnte Selbstmord sein«, sage ich zu Gret.

Sie stimmt mir grundsätzlich zu, wirft aber die Frage auf, warum der Mann dann vorher sein Haus angezündet habe. »Die Waffe, die neben dem Toten gefunden wurde, liegt in meinem Wagen«, ergänzt sie.

Wir drücken uns an dem qualmenden Haus vorbei. Der Dachstock ist halb eingestürzt, einige Trümmer davon schmauchen im Garten, geborstenes Glas glitzert im Scheinwerferlicht. Es handelt sich um ein sehr altes Bauernhaus. Steinerner Treppenaufgang zur Haustür. Zwei Stockwerke über mächtigen Kellerräumen. Sprossenfenster, Blumenkästen,

Fensterläden. Ein zerdrückter Mercedes mit Zürcher Kennzeichen unter einer eingestürzten Pergola.

Gret läuft vor mir her, ihre weißblonden Haare blenden mich fast in dem stechenden Licht. Ich sehe Michael im Gespräch mit einigen Anwohnern. Auch unsere Abteilungspfeife Mario strolcht herum, in einer protzigen orangefarbigen Feuerwehrjacke. Bea hingegen versinkt in einem türkisblauen Skianzug und kredenzt den erschöpften Feuerwehrmännern Kaffee aus ihrer roten Thermoskanne.

Wir spazieren weiter zu Grets Dienstwagen, der etwas abseits steht. Außerhalb des Lichtkreises rund um das Haus ist es stockfinster, der Boden ist gefroren. Aus einem nahen Stall meckern Schafe, ein fahler Mond steht am Himmel.

Gret reicht mir schweigend die Pistole. »Eine SIG, neun Millimeter. Das Magazin ist halb leer, es wurde kürzlich aus der Waffe geschossen.«

»Auf den Toten«, mutmaße ich und sehe, dass Michael angelaufen kommt, mit Mario im Schlepptau.

»Hallo, Fredy«, begrüßt Michael mich und fragt Gret: »Hast du die Fingerabdrücke?«

»Klar«, sagt sie und zeigt uns ein paar saubere Abdrücke, die sie dem Toten abgenommen hat. »Jetzt schauen wir mal, ob wir auf der Pistole dieselben finden.« Gret öffnet den Kofferraum, hievt eine blaue Plastikkiste heraus und macht es sich dann im Wagen gemütlich.

»Willst du nicht auf die Spurensicherung warten?«, frage ich sie durch das halb geöffnete Fenster.

»Ich bitte dich, Fred, das gehört doch zur Grundausbildung! Ich kann das selbst.«

»Wenn du meinst.«

»Der Tote heißt Antonio Antoluzzo«, berichtet mir Michael. »Die Dorfbewohner behaupten, sie würden ihn kaum kennen. Er habe das Haus vor zwei Jahren einer Erbengemeinschaft abgekauft und nur selten genutzt.«

»Was reden sie sonst noch?«

»Die Leute sind verdammt misstrauisch. Gesehen oder gehört hat natürlich niemand was. Die Nachbarn in der Siedlung dort drüben haben immerhin die Feuerwehr gerufen.«

»Vorhin habe ich jemanden das Wort ›Schwuchtel‹ tuscheln hören«, mischt sich Mario ungefragt ein.

Michael straft ihn mit einem bösen Blick.

»Tut mir leid, Michael«, windet sich Mario. »Aber ich dachte, es könnte wichtig sein.«

»Schon okay«, meint Michael großmütig. »Ich erschrecke nur immer ein wenig, wenn ich den Begriff so unvermittelt höre. Tatsächlich faselte auch der Veterinär abschätzig etwas von einem ›Freund‹ des Toten, als ich ihn danach fragte, ob Antoluzzo allein lebte.«

»Sind identisch, die Abdrücke«, prahlt Gret aus dem Auto heraus. »Es sieht wirklich alles nach Selbstmord aus.«

»Sollen wir jetzt jubeln, oder was?«, versetze ich ihr einen kleinen Dämpfer.

»Was wollte dieser Antoluzzo denn mit Schneiders Bild?«, äußert sich Mario schon wieder ungefragt.

»Klär mal das Autokennzeichen des zertrümmerten Autos ab«, scheuche ich ihn weg. »Los, los, das kann wichtig sein!«

Er verzieht sich beleidigt und Gret steigt wieder aus dem Wagen. Michael starrt nachdenklich in den Himmel.

»Wir müssen mehr über den Toten wissen«, sage ich. »Gibt's hier einen Gasthof oder so was?«

»Versuchen wir's rauszufinden«, schlägt Michael vor und strebt zurück zu der Menschenansammlung um das inzwischen nur noch leicht qualmende Haus.

Es bedurfte ein paar Worte. Zunächst freundliche, verständnisvolle, danach weise, ehrliche und zuletzt bestimmte, fordernde. Schlussendlich gab der feiste Wirt der *Traube* nach und machte sein eben erst geschlossenes Lokal außerplanmäßig wieder auf. Darin sitzen wir jetzt dicht gedrängt im Rauch der Pfeifen, Stumpen und Zigaretten. Die paar mürrisch dreinblickenden Dorfbewohner, die uns nach langem, eindringlichem Zureden hierher begleitet haben, haben sich hinter dem Dorfveterinär zusammengerottet. Der zumindest scheint uns zu unterstützen und gab mir auf dem Weg zur *Traube* den weisen Ratschlag, als Erstes eine Runde Obstschnaps zu offerieren. Das mache ich denn auch und tatsächlich, die Stimmung in dem niedrigen, mit Tannenholz verkleideten Raum hellt sich sofort etwas auf. Die Mutigeren beglotzen bereits lüstern unsere Gret, während die anderen immerhin schon tuscheln. Von mir aus können sie zwanzig Flaschen des regionalen Birnenschnapses saufen und Gret nach ihrer Telefonnummer fragen, solange sich nur ihre Zungen lockern. Meine eigene Zunge allerdings zerspringt fast, als ich, vom Veterinär ermuntert, das erste Glas des Fusels in mich hineinschütte, ex und hopp, wie es in der Dorftradition zu liegen scheint. Der Veterinär heißt im Übrigen Samuel Heer und könnte einem alten Schweizer Schwarz-Weiß-Film entsprungen sein: müde, aber gütige braune Augen und ein hellgraues Ziegenbärtchen, Hände wie ein Schlosser, die Körperhaltung verspannt wie ein störrischer Esel.

»Also, Leute«, schwinge ich mich zu einer kleinen Ansprache auf. »Wasterkingen ist ein friedliches Dorf, das weiß ich wohl. Man kennt sich und man grüßt sich und wer Mist baut, darf nicht damit rechnen, damit durchzukommen. Wir sind ja nicht in der Stadt, oder?«

Der eine oder andere brummelt Laute der Zustimmung, Heer schiebt mir wortlos ein weiteres Glas Birnenschnaps zu.

»Dieser Antoluzzo ist möglicherweise irgendwie in den Mord an dem Fernsehmoderator Schneider verwickelt«, fahre ich fort. »Ihr wollt ja gewiss nicht, dass morgen die gesamte Schweizer Presse in euer Dorf einfällt, oder?«

Ich hole tief Luft und stürze den zweiten Schnaps hinunter. Er raubt mir den Atem und verätzt mir die Luftröhre und die Magenwände. Aber niemand soll sagen, dass ich in diesem lausigen Provinznest nicht mein Bestes gegeben hätte.

»Großartig, dieser Obstler«, krächze ich und lamentiere weiter: »Falsche Bescheidenheit oder Vorsicht ist fehl am Platz. Erzählt uns, was ihr über Antoluzzo wisst, und wir rauschen ab und ihr habt wieder eure Ruhe. Ihr Wasterkinger lasst euch ja sicher nicht den Mund verbieten, wenn ich euch richtig einschätze.«

Ich ernte zustimmendes Gemurmel und ein hagerer Typ in einem speckigen Jeansoverall will wissen, ob es wahr sei, dass Antoluzzo Selbstmord begangen habe. Keine Ahnung, woher er die Information hat. Aber ich rücke lieber mit allem heraus, was wir haben, als nochmals einen dieser Teufelsschnäpse zu trinken.

»Selbstmord ist derzeit am wahrscheinlichsten, da liegt ihr richtig«, bestätige ich.

»Man hört, Antoluzzo habe erst vor Kurzem im Lotto gewonnen«, poltert ein dicker Mann mit aufgedunsenem Gesicht und einer Pfeife im Mund. »Da bringt man sich doch nicht um!«

»Und warum sollte er vorher das Haus anzünden, ist doch vollkommen idiotisch«, fällt der Hagere ein.

Weitere Stimmen melden sich: »Über drei Millionen waren es angeblich.«

»Kein Wunder hatte er viel Besuch in letzter Zeit!«

»Seltsames Gesindel lungerte hier herum.«

»Dieses Drama überrascht mich gar nicht, der Mann war doch nicht ganz dicht.«

»Grüßte niemanden und veranstaltete Schwulenorgien.«

»Keinen Franken ließ er im Dorf zurück, lag wohl unter seiner Würde.«

»Habe nie begriffen, warum er diesen Hof gekauft hat.«

Ich werde nächste Woche einen Vorrat an Birnenschnaps in unserem Zürcher Verhörraum einlagern, nehme ich mir vor. Das Zeug wirkt wie ein Zaubertrank. Aus eben noch misstrauischen Schweigern sprudelt der Klatsch heraus wie Quellwasser aus einem löchrigen Berg. Antoluzzo war also schwul und fühlte sich in Wasterkingen nur sehr bedingt zu Hause, was ich ihm bestens nachfühlen kann. Was aber war das für eine Geschichte mit dem Lottogewinn?

»Er hat im Zahlenlotto gewonnen?«, hake ich nach.

»Todsicher, ich hab's auch gehört«, meint eine der wenigen Frauen im Raum, eine dürre Person mit feuerrotem Wuschelhaar in einem selbst gestrickten, bunt gescheckten Wollpullover. »Anschließend kaufte er in Deutschland drüben seinen Mercedes.«

»Sein Liebhaber plauderte das jedenfalls großkotzig herum«, stimmt ihr der Hagere im speckigen Overall zu. »War gekleidet wie ein Transvestit, aber soweit zu ertragen, die Tunte. Weit gesprächiger jedenfalls als Antoluzzo.«

»Trank Antoluzzos Liebhaber Birnenschnaps?«, wage ich einen Einwurf.

»Er hat bei mir im *Volg* zwei Flaschen davon gekauft«, prahlt der feiste Pfeifenraucher aus den hinteren Reihen. »Ehrlich, erst letzte Woche.«

»Wisst ihr, wie die Tunte heißt?«, frage ich weiter.

»Hollenstein«, schallt es im Chor zurück.

»Arbeitet beim Fernsehen«, fügt die Wuschelhaarige hinzu.

»Beim Fernsehen?«

Michael, Gret und ich schauen uns vielsagend an.

»René mit Vornamen«, ergänzt jemand.

Michael erhebt sich sachte und gibt mir zu verstehen, dass er nach draußen geht, um zu telefonieren.

»Wie war das mit diesen Schwulenpartys?«, frage ich, nachdem die Tür hinter ihm ins Schloss gefallen ist.

Einen kurzen Moment wird es ruhiger. Veterinär Heer zupft nervös an seinem Ziegenbart herum und weiter hinten im Raum zischt die Wuschelhaarige ihren Mann an.

»Los, Leute, es hört ja niemand mit«, ermuntere ich das Publikum, aber niemand getraut sich so richtig.

»Es kam vor, dass an einem Freitag- oder Samstagabend plötzlich viele hübsch zurechtgemachte junge Männer im Dorf aufkreuzten«, äußert sich Veterinär Heer schließlich vorsichtig. »Aus Antoluzzos Keller dröhnte dann bis in die frühen Morgenstunden laute Musik.«

»Heute auch?«

»Wir bekamen nicht mal mit, dass Antoluzzo im Dorf war«, nuschelt der Dicke mit der Pfeife.

»Und dieser René Hollenstein? War der heute zufällig hier?«, will ich wissen.

Allgemeines Kopfschütteln. Geflüster. Vierzehn Individuen zähle ich im Raum und doch wirken sie wie eine homogene Masse.

»Nein, Hollenstein sahen wir zuletzt am vergangenen Sonntag«, sagt Heer schließlich.

Michael kommt zurück und deutet mir auf der Türschwelle an, dass er mich unter vier Augen sprechen will. Ich bin mir nicht sicher, ob ich Gret wirklich allein in diesem Spunten zurücklassen kann. Aber ich rapple mich dann doch hoch und torkle zu Michael. Der Schnaps zeigt spürbar seine Wirkung.

»Entschuldigt einen Moment, man schreit nach mir«, speise ich die Masse ab. »Ich komme gleich zurück. Nehmt ruhig noch eine Runde Klaren auf meine Kosten. Wäre ja eine Sünde, wenn die Flasche nicht leer würde an einem solchen Tag.«

Anerkennende Laute ertönen, ein paar Leute klatschen sogar. Wenn ich so weitermache, wählen sie mich nächstes Jahr noch zum Gemeindepräsidenten.

»Was gibt's?«, frage ich Michael, als wir vor der Tür stehen.

»Ich habe diesen René Hollenstein erreicht«, berichtet er. »Er wohnt in Zürich, im Kreis 4, nahe der Bäckeranlage, will aber sofort herkommen.«

»Sehr gut.«

»Ein Fernsehmann, da klingelt es natürlich laut in meinen Ohren.«

»Und wie«, stimme ich ihm zu.

Michael stapft rhythmisch auf den schneebedeckten Boden und lässt seine Arme kreisen, es zieht deutlich wieder an. Mich scheint der Birnenschnaps allerdings gegen die arktischen Temperaturen immun gemacht zu haben.

»Er kommt direkt zu Antoluzzos abgebranntem Haus«, sagt Michael. »Ich gehe dann mal dorthin.«

»Ich schließe mich an.«

»Geh zurück zu Gret«, rät er mir lächelnd. »Denk daran, dass hier in Wasterkingen die letzte Hexe im Kanton Zürich hingerichtet wurde.«

»Ist das so?«

»Das ist so, Fredy. 1701 war das. Und auch der legendäre Mord an Paula Roth, der als ›Hexe vom Albulatal‹ bezeichneten *Bellaluna*-Wirtin, wurde 1988 hier ausgebrütet. Ich glaube sogar, in der *Traube.* Ich ruf dich an, wenn Hollenstein da ist.«

Geschlagen wanke ich zurück. Michael ist ein wandelndes Lexikon der Kriminalgeschichte. Ich frage mich wieder einmal, wozu er überhaupt einen Vorgesetzten braucht. Zumal einen, der heute deutlich mehr getrunken hat, als ihm guttut. Vor meinem benebelten geistigen Auge erscheint bereits der Pöbel, der Gret auf den Scheiterhaufen zerrt.

Als ich zurück in die *Traube* poltere, erlebe ich jedoch eine Überraschung: Gret amüsiert sich königlich und prostet mit geröteten Wangen gerade dem alten Veterinär zu, der ungeniert ihre spitzen Brüste mustert. Als sie mich sieht, kippt sie das Glas, ohne eine Miene zu verziehen, in einem Zug hinunter. Heftiger Applaus belohnt diese Heldentat. Vielleicht sollte ich mich auf den Posten des Kommandanten zurückziehen und die Feldarbeit jüngeren Kräften überlassen.

Aber vorher genehmige ich mir noch ein Glas Birnenschnaps.

Der Irrtum

In meinem Kopf schleichen auch sechsunddreißig Stunden später immer noch rudelweise Kater umher und ich bilde mir ein, dass ich nach wie vor nach Rauch und Birnenschnaps stinke.

Aber der Fall Schneider scheint gelöst. René Hollenstein, Antoluzzos langjähriger Lebenspartner, räumte noch am Ort des Geschehens ein, er habe vor etwa einem Monat ein Verhältnis mit Yves Schneider begonnen. Antoluzzo sei damit nicht klargekommen und habe sie beide übel terrorisiert und dabei durchaus auch Morddrohungen ausgestoßen. Der Schluss, dass Antoluzzo im Liebeskummer erst Schneider erschoss und am Tag darauf Selbstmord beging, liegt nahe.

Es passt alles bestens zusammen: Hollenstein ist der Mann an Schneiders Seite auf dem Bild der Überwachungskamera, das ich im Kasino erhielt. Die Feuerwehrmänner entdeckten im Brandschutt nicht nur zwei verschmorte Kanister, die einst Brandbeschleuniger beinhalteten, sondern auch das Sturmgewehr, mit dem Schneider laut des provisorischen Zwischenberichts der Ballistiker erschossen wurde. Die SIG-P220-Pistole, die neben Antoluzzo lag, gehörte ihm selbst. Der Kriminaltechnische Dienst fand darauf, wie Gret einige Stunden zuvor, nur Antoluzzos eigene Fingerabdrücke.

Antoluzzo kam am Donnerstagmorgen zu spät und in aufgelöstem Zustand zur Arbeit in die Zürcher Zentralbibliothek, wo er die Abteilung für juristische Bücher leitete. Darüber hinaus bestätigte uns Yves Schneiders Partner Marc kleinlaut, dass Schneider ihm vor wenigen Tagen eröffnet habe, mit einem neuen Liebhaber liiert zu sein, den er beim

Fernsehen kennengelernt habe – Hollenstein betreut bei *Coolrun* die Bildbearbeitung.

Wir zurrten die Indizien fest und übergaben sie am Samstagabend um zwanzig Uhr der Presse. Die Journalisten ereiferten sich, als sei soeben der Üetliberg durch eine Eruption zerrissen worden, gegen welche die Explosion des Krakatau ein leises Popcornrascheln war. Immerhin lobten sie uns über den grünen Klee und erklärten mich zum Helden erster Klasse. Zurzeit hätte ich vermutlich sogar gute Chancen, zum Stadtpräsidenten gewählt zu werden.

Ja, alles im Fall Schneider passt bestens zusammen. Fast zu gut. Aber wer wollte ernsthaft klagen, wenn die Lösung schon einmal schnell und klar daherkommt? Einzig Michael gefällt die Sache nicht, ohne dass er jedoch sagen könnte, weshalb. Und Strich weigert sich, hundertprozentig auszuschließen, dass Antoluzzo auch einem überaus raffinierten Mörder zum Opfer gefallen sein könnte. Ein schaler Nachgeschmack bleibt, aber Eifersuchtsdramen gehören eben zu den gefährlichsten Naturereignissen auf unserem Planeten. Und selbstverständlich treffen sie Schwule genauso oft wie alle anderen.

Ich kam gestern um ein Uhr nachts erleichtert, aber völlig kaputt nach Hause und weckte Leonie, um ihr die freudige Botschaft zu berichten. Sie quittierte mit einem wohligen Seufzen, drehte sich um und schlief sofort wieder ein.

Dafür peitscht sie mich heute bereits um neun gnadenlos aus dem Bett und jagt mich an den Frühstückstisch. Batterien von Konfitüren- und Honiggläsern stehen bereit, dazu frisch aufgebackene Gipfel und die *Sonntags Zeitung*. Ich frage mich, was Leonie im Schilde führt, erheben wir uns doch am Sonntag normalerweise eher individuell. Irgendetwas hat sie ausgeheckt, das spüre ich deutlich. Aber was immer es ist, sie lässt mich schmoren, blättert munter durch ihre *NZZ am Sonntag* und liest mir ab und zu ein paar Zeilen vor, die sie für besonders gelungen hält. Naturgemäß vor allem solche, die sich mit der Klärung des Mordfalls Schneider befassen.

»Sieh mal diese Bildunterschrift: *Hauptmann Staubs attraktive Assistentin Gret Kraus mit der Tatwaffe*«, prustet sie heraus. »Da wird Gret sicher viel Freude haben, Fred!«

Ich knurre vernehmlich. Denn auch die *Sonntags Zeitung* stellt den Fall als so einfach zu lösen dar wie eine Einschlafübung für Faultiere.

»Gehen wir nachher in die Sauna, Fred?«, überrumpelt sie mich plötzlich in nichtssagendem Tonfall – und endlich weiß ich, auf welchen Freizeitwahnsinn mich das Frühstück vorbereiten soll.

»Wie bitte?«

»In die Sauna im Seebad Enge. Das würde uns doch wirklich guttun.«

Ich weiß, dass jeder Widerspruch zwecklos ist. Vor allem, nachdem ich sie am Freitag vor dem Kasino habe stehen lassen. Doch kampflos will ich mich dennoch nicht geschlagen geben.

»Ach, ich weiß nicht, Leonie. Da ist doch alles voller knackiger junger Leute.«

»Willst du damit sagen, dass ich nicht mehr knackig genug bin für dich? Der du ja von attraktiven Assistentinnen umschwärmt wirst?«

»Ich bitte dich, Leonie. Ich spreche von mir.«

Sie mustert mich kritisch und meint: »Na, so schlimm ist es auch wieder nicht.«

»Da bin ich aber froh. Aber überleg mal: Es werden mich doch alle blöd anstarren. Ich war ja genug in den Medien in den vergangenen Tagen. Du weißt, ich hasse es, nackt angestarrt zu werden.«

»Nackt erkennt dich doch keiner«, behauptet sie. »Annemarie Studer will übrigens auch mitkommen.«

Ihre Lieblingsfreundin, auch das noch. Die Sache ist von langer Hand vorbereitet worden, so viel ist klar. Das habe ich nun davon, dass ich planlos in den Sonntag hineinschlief. Ich zapple wie eine hilflose Fliege im Netz.

»Die Hitze«, greife ich zum letzten Mittel. »Du weißt, dass ich voriges Mal ein leises Herzflimmern verspürte. Die Sauna könnte gefährlich sein für mich, Leonie.«

»Das Herzflimmern kam vom Anblick dieser keuchenden Rothaarigen neben dir, Fred.«

Na gut, ich gebe mich geschlagen. »Aber in den See springe ich nicht, das schwöre ich dir!«

»Ich weiß, dein Herz«, frotzelt meine Frau. Aber sie lächelt zufrieden dabei. Triumphe sind besonders schön, wenn man sie hat kommen sehen. Leonies Übermut schwappt beinahe über, sie versteigt sich gar zu der Bemerkung: »Der Fall war wirklich nicht allzu kompliziert, oder?«

»Er war viel zu einfach«, sage ich und drücke damit etwas aus, was mir erst jetzt richtig bewusst wird. Aber andererseits muss ja nicht immer alles kompliziert sein.

»Haben Studers denn eigentlich keine eigene Sauna?«, frage ich sie.

»Doch. Aber ganz so schön wie die in der Enge ist sie nicht. Und Franz ist im Ausland und Annemarie weiß nicht genau, wie man ihre Sauna bedient.«

»Hoffentlich wissen es die Leute in der Enge«, knurre ich. »Ich verspüre nicht den Ehrgeiz zu verbrennen.«

»Wenn schon, wirst du verdampfen, Meister«, säuselt Leonie.

Eine Stunde später hocke ich auf glühend heißen Holzbrettern und sehe den Schweiß an mir hinunterperlen. Die Sauna ist rammelvoll und ich könnte nicht sagen, dass ich mich sonderlich wohlfühle. Rechts neben mir grunzt ein schweißüberströmter junger Mann bei jedem Atemzug wohlig wie ein sich im Schlamm suhlendes Schwein. Zu meiner Linken sitzt ein fetter Bartträger, der dreist meine liebe Ehefrau beglotzt. Leonie ist tatsächlich noch immer sehr knackig und auch Annemarie Studers Figur ist nicht zu verachten, wenngleich sie um die Hüften schon etwas Speck angesetzt hat.

Ein Schweißtropfen hängt kitzelnd an meiner Nase. Ein weiterer Mann poltert in die bereits voll besetzte Kabine, während Leonies fetter Freund drei Holzlöffel Wasser auf die glühenden Steine des Saunaofens schüttet. Es zischt und dampft, eine heiße Wolke versengt mir fast die Augen und ich merke, dass ich langsam genug habe. Lange kann es nicht mehr dauern, bis sich das Fleisch von meinen glühenden Knochen löst.

Ich gebe Leonie ein Zeichen der Kapitulation und wanke zur Tür hinaus unter die Dusche. Todesmutig drehe ich am Wasserhahn.

Es ist, als griffe ich in ein Starkstromkabel.

Ich trete prustend zurück und halte nur noch die Zehen in den Eisregen. Das Wasser spritzt und erinnert mich unverhofft an die Löschversuche der Feuerwehr vor dem brennenden Bauernhaus in Wasterkingen.

Antoluzzo steckte also im Keller sein Haus in Brand, ging ins obere Stockwerk und erschoss sich, fährt es mir durch den Kopf. Okay, warum nicht. Das umgekehrte Verfahren wäre schwieriger gewesen. Leider hörte niemand den Schuss. Aber das kann vorkommen zu Tageszeiten, in denen die Bevölkerung vor dem Fernseher hängt.

Konzentriere dich auf die Herausforderungen der Gegenwart, Staub, ermahne ich mich und schleppe mich auf zitternden Beinen aus der Dusche. Ich werfe mir meinen Bademantel über, schlüpfe in meine Badelatschen und schreite vorsichtig über die Holzplanken Richtung See. *Achtung, Rutschgefahr* ist auf einem Warnschild zu lesen und tatsächlich schimmert auf dem Holz da und dort blankes Eis. Blecherne Treppen führen in das ein Grad kalte Folterwasser des Zürichsees. Ohne mich, definitiv. Ich bleibe einfach stehen und lasse mich von der Luft kühlen. Eisig genug ist sie, auch wenn sich die Sonne langsam durch das milchige Weiß kämpft. Die Bäume und Gebäude am gegenüberliegenden Zürichhorn sind als braungrüne Konturen erkennbar.

Wo bleibt Leonie? Unterhält sie sich schwitzend mit ihrem fettleibigen Bewunderer? Oder zerläuft sie hilflos wie ein Schmelzkäse, nachdem sie ein Infarkt ereilt hat? Nein, soeben sehe ich sie die Tür aufstoßen und ins Freie laufen, gefolgt von der krebsroten Annemarie. Da mir noch halbwegs warm ist, will ich mir das Spektakel, wie sich die beiden in den See stürzen, natürlich nicht entgehen lassen. Schnatternd eilen sie an mir vorbei und werfen die Bademäntel von sich. Kein schlechter Anblick, die beiden, das will ich zugeben. Leonie geht mutig voran. Ich höre es platschen und Sekundenbruchteile später ertönt ein spitzer Schrei, den ich dem Kälteschock zuordne. Annemarie steigt die Stufen, die in den See führen, etwas behutsamer hinunter, doch auch ihr entweichen offenkundige Schmerzlaute.

Wie ich so in den immer greller werdenden Nebel starre, sehe ich vor meinem inneren Auge plötzlich wieder Schneiders blutüberströmten Leichnam im Schneegestöber liegen. Wie praktisch, dass wir mit Antoluzzo den Täter schon gefunden haben. Sonst wären wir nämlich immer noch am

Anfang der Ermittlungen und ich müsste mich in staubigen Büros zu Tode quasseln, statt in der Sauna meine Herzkammern zu provozieren.

Hoffentlich habe ich nichts übersehen. Oder überhört. Auf einmal habe ich das Gefühl, irgendein Wort, ein Begriff, ein Nebensatz, eine auf den ersten Blick belanglose, kleine Bemerkung gäre in mir und suche sich den Weg in mein Bewusstsein. Doch leider vergeblich.

Am Horizont schält sich weiter die Sonne aus dem Nebel, jede Sekunde wird sie klarer, in Kürze wird ihr Licht den grauen Dunst durchbrochen haben. Ich frage mich, wie lange Leonie und Annemarie noch in dem grimmig kalten Wasser ausharren wollen. Hoffentlich beabsichtigt meine Gattin in ihrer Euphorie nicht, den See zu durchqueren. Zum guten Schluss muss ich sie womöglich noch retten.

Nein, da tauchen die beiden wieder auf und ziehen sich bibbernd an der Trittleiter aus dem kalten Nass. Der Bademantel, den Leonie sich überwirft, ist rot, registriere ich, Annemarie Studers Exemplar blau.

Schneiders Jogginganzug. Der Mann war doch nicht joggen bei diesem Wetter, verdammt noch mal! Gut, vielleicht bat Antoluzzo Schneider um eine Aussprache, zu der dieser in seinen Sportsachen erschien. Aber warum stieg Schneider dann mitten im Wald in dünner Joggingbekleidung aus dem warmen Wagen? Mal ganz abgesehen davon, dass Strichs Team gar keine Wagenspuren gefunden hat?

Leonie und Annemarie Studer laufen tropfend an mir vorbei in den Ruheraum, um dort Lärm zu verbreiten, und fordern mich auf nachzukommen. Die beiden kleben zusammen wie Pech und Schwefel und verbringen einen Großteil ihrer Freizeit zusammen. Wenn sie nicht in der Sauna braten, reiten sie mit ihren Pferden durch den Wald.

Die Hufspuren! Was ist denn mit denen? Haben wir all das ignoriert, nur weil ein Toter Schneiders Bild bei sich trug?

In dieser Sekunde verändert sich das Tageslicht, als hätte jemand einen Schalter gedrückt. Die Sonnenstrahlen brechen durch den Nebel, spiegeln sich an der Seeoberfläche und knallen mir voll ins Gesicht, sodass ich die Augen zusammenkneifen muss.

Nimm das als Wink, den Fall Schneider noch nicht so schnell ad acta zu legen, Staub, sage ich mir. Ich neige zum Starrsinn, behaupten die Kollegen. Und: Jawohl, bevor ich nicht alles weiß in diesem Fall, werde ich ihn nicht abschließen, mögen mich meine Kollegen dafür verfluchen, so sehr sie wollen! Ich will zumindest wissen, wie Schneider in den Wald gekommen ist. Irgendetwas an unserer schnellen Lösung ist faul, darauf wette ich.

Eine Wolke schiebt sich vor die Sonne, das Licht wird mit einem Schlag wieder gelblich fahl und ich merke, dass ich friere. Ich watschle in den Ruheraum und flüstere Leonie ins Ohr, dass ich ins Büro muss.

»So plötzlich?«, wundert sie sich.

»Mir ist eben etwas eingefallen«, sage ich.

»Wusste ich's doch, dass dir die Sauna guttut«, spottet sie.

Ihr ist ohnehin klar, dass sie mich nicht aufhalten kann. Und mein vorzeitiger Abgang trifft sie auch nur mäßig, da ja ihre beste Freundin in Wolldecken gehüllt neben ihr liegt.

»Bist du zum Abendessen zurück?«, fragt Leonie lediglich und ich bejahe.

»Ich nehme das Tram«, füge ich hinzu.

»Nimm ruhig den Toyota, Fred«, mischt sich Annemarie Studer ein, die natürlich alles mitbekommen hat. »Ich habe ja auch einen Wagen dabei.«

»Schwitzt brav«, sage ich in voller Lautstärke. »Und lasst euch nicht von fremden Männern anlabern!«

Der Fettwanst zwei Liegestühle weiter zuckt leicht zusammen.

»Bis heute Abend«, gähnt Leonie und greift nach einer herumliegenden Frauenzeitschrift.

Ich gehe in die Garderobe, dusche heiß, ziehe mich an, gebe den Schließfachschlüssel zurück und gehe. Kaum draußen, greife ich zum Natel und rufe Michael an.

Der behauptet, er sei selbst kurz davorgestanden, sich bei mir zu melden, und lädt mich zu sich nach Hause an die *Obere Zäune* ein, Gret sei auch schon da.

Aha, denke ich. Die beiden verstehen sich gut und gehen auch manchmal zusammen aus. Aber dass sie jetzt schon den Sonntagnachmittag gemeinsam verbringen, ist mir neu und irgendwie unangenehm, auch wenn ihr Beisammensein naturgemäß kaum eine sexuelle Komponente beinhalten dürfte. Eine Komponente, die, was Gret betrifft, eher mir zustehen würde. Und vielleicht sogar könnte, wenn ich nicht ein solcher Angsthase wäre.

Welch dummer Quatsch, Staub, weise ich mich zurecht. Klar, Gret ist attraktiv, gescheit und sehr sympathisch. Jeder Mann wäre gern näher mit ihr zusammen, warum sollte ich eine Ausnahme sein? Die Tatsache, dass ich Gret anziehend finde, bedeutet gar nichts. Nichts jedenfalls, was nach konkreten Taten oder Worten schrie.

Fakt ist, dass ich über den Fall Schneider reden muss und Michael und Gret meine mit Abstand besten Mitarbeiter sind. Kollegen, die ebenfalls nicht gewillt zu sein scheinen, sich mit der bisherigen Version der Ereignisse zufriedenzugeben. Geistesverwandte. Verbündete. Gute Freunde.

Eine Stunde später sind wir auf dem Weg nach Wasterkingen. Wir haben in Michaels topschicker Altstadtwohnung bei ein paar wohlschmeckenden Espressi einen Katalog der offenen Fragen erarbeitet und hoffen, im Rafzerfeld ein paar von ihnen beantworten zu können. Wie kam Schneider in den Wald? Wann und wie viel Geld gewann Antoluzzo im Lotto? Wer erbt seine Millionen? Könnte er auch einem raffinierten Mord zum Opfer gefallen sein? War Schneider je in Wasterkingen? Verkehrten Schneiders WG-Mitbewohner oder seine Fernsehkollegen in dem Kaff? Wurden in der Gegend unbekannte Reiter gesichtet? Warum hörte niemand den Schuss?

Den Rhein bei Eglisau haben wir überquert, wir brausen schon auf Hüntwangen zu. Michael sitzt am Steuer und fährt ziemlich schnell. Zum Glück ist die Fahrbahn inzwischen vom Schnee geräumt.

»Spielt ihr eigentlich auch Zahlenlotto?«, fragt Gret, die auf der Rückbank sitzt.

»Bei *Euro-Millions* habe ich schon mitgespielt«, bejaht Michael die Frage, »es kam aber nichts dabei heraus.«

»Und du, Fred?«, forscht sie weiter.

»Um Himmels willen!«, rufe ich. »Es reicht, dass Leonie ständig diese Lose kauft. Obwohl sie doch alles hat, was sie zum Leben braucht.«

»Deine Frau sucht wohl den Nervenkitzel«, vermutet sie.

»Ihr denkt, ich sei ihr nicht spannend genug?«

Beide lachen und Gret meint: »Es spricht ja nichts dagegen, sein Glück ein wenig herauszufordern, oder? Obwohl ich keine Ahnung hätte, was ich mit den Millionen anfangen sollte.«

»Eben«, sage ich.

»Für viele ist das Zahlenlotto die letzte Hoffnung«, philosophiert sie vor sich hin. »Sie sind davon überzeugt, der große Gewinn könnte ihr Leben mit einem Schlag ins Positive drehen.«

»Du auch?«

»Nein. Aber ich spiele trotzdem jeden Samstag für sechs Franken«, räumt sie ein.

»Ich hätte schon ein paar Ideen zur Verwendung der Millionen, falls du mal gewinnen solltest«, scherzt Michael.

»Hört, hört«, spöttelt Gret zurück.

Auch bei Tageslicht macht Wasterkingen einen überaus verschlafenen Eindruck. Dorfidylle pur. Ein mächtiger Stapel voller Holzscheite, ein Spaziergänger mit einem Berner Sennenhund, ein Geländewagen mit einem Aufkleber der rechtspopulistischen SVP, eine Schweizerfahne in einem ungepflegten Garten, dick vermummte Kinder bei einer Schneeballschlacht.

Die *Traube* ist noch geschlossen und um das abgefackelte Bauernhaus ziehen sich in einem großen Kreis rot-weiß gestreifte Absperrbänder. Wir umrunden den Trümmerhaufen, können aber niemanden entdecken. Deshalb spazieren wir zu dem Haus des Veterinärs, einem düsteren Gehöft mit Fachwerk und verwitterten, braunen Fensterläden.

»Sie schon wieder«, begrüßt er uns wenig begeistert. »Und das nur fünfzehn Minuten nachdem endlich die Kriminaltechniker abgezogen sind. Versprachen Sie nicht, uns in Ruhe zu lassen?«

»Guten Tag, Herr Heer. Wir möchten Ihnen lediglich ein paar Fotos zeigen.«

»Wenn's sein muss. Kommen Sie rein.«

Er winkt uns an einen schweren, runden Eichenholztisch im Wohnzimmer und stellt uns seine Frau vor, eine scheue, schmale Gestalt in einem schwarzen Hosenanzug. Wir erhalten ein Glas Rhäzünser, aber keine Informationen. Samuel Heer kennt niemanden aus unserer Fotosammlung. Und über den Lottogewinn von Antoluzzo weiß er auch nicht mehr, als der Dorftratsch hergibt.

»Haben Sie hier in den letzten Tagen unbekannte Reiter gesehen?«, fragt ihn Gret und auch das verneint der Veterinär. Seine Frau hat inzwischen verstohlen den Fernseher eingeschaltet und verfolgt von einem geblümten Sofa aus gebannt eine Reportage, die Sensationelles aus der Welt der Erdmännchen in der Kalahari zu berichten weiß.

Wir verabschieden uns ziemlich schnell wieder und schlendern zurück zu dem abgebrannten Hof, so schlau wie zuvor. Immerhin gesellen sich jetzt vereinzelte Dorfbewohner zu uns. Darunter die Frau mit dem roten Wuschelhaar, die mir schon Freitagnacht in der *Traube* aufgefallen ist.

Ich zeige ihr die Bilder, die wir mitgebracht haben, ohne mir davon etwas zu versprechen. Keine Reaktion bei Schneider, seinem Partner Marc, seinen WG-Kumpanen Jean und Werber-Ernie. Keine Regung bei den Redaktoren von Weissenfluh und Passen sowie Ressortleiter Schlatter. Aber ein plötzliches Aufmerken bei dem Foto von Regisseur Victor Stucki.

»Der war hier«, behauptet die Rothaarige und fuchtelt mit ihrem knochigen Zeigefinger vor dem Foto herum. »In einem weinroten Jaguar.«

»Sind Sie sich sicher?«, frage ich aufgeregt.

»Er kurvte sinnlos im Dorf umher und fuhr dann wieder weg«, behauptet sie.

»Wann war denn das?«

»Ich glaube, am Freitag.«

»Vorgestern, an dem Tag, an dem Antoluzzo zu Tode kam?«, bedrängt Gret die Frau.

Die nickt eifrig: »Genau da!«

»Um welche Uhrzeit ungefähr?«

»So gegen halb fünf am Nachmittag«, antwortet die Wuschelköpfige bestimmt.

»War er allein?«, fragt Gret weiter.

»Ich habe niemand anderen im Auto gesehen.«

»Am Abend war er mit Begleitung im Kasino Baden«, tuschle ich Gret zu.

»Davon hast du uns gar nichts erzählt, Fred«, meint sie vorwurfsvoll.

»Sorry. Ich dachte, es sei nicht wichtig. Jetzt sieht die Sache natürlich anders aus.«

»Ein wahres Wort«, erdreistet sich meine Kollegin und wendet sich wieder der rothaarigen Frau zu: »Haben Sie den Jaguar früher schon mal im Dorf gesehen?«

»Ganz sicher nicht«, lautet die klare Antwort. »Daran würde ich mich erinnern.«

In diesem Moment fährt René Hollenstein vor. Er parkt seinen silberfarbenen Audi quattro mitten in dem rußgeschwärzten Schnee. Mir scheint, Hollenstein zögert ein paar Sekunden, bevor er aussteigt. Doch dann schlurft er mit hängenden Schultern auf uns zu. Er sieht übernächtigt aus, sein teurer Mantel hängt an ihm herunter wie ein nasser Sack, violette Augenringe entstellen das kantige Gesicht unter seiner Millimeterfrisur.

Hollenstein blickt finster an uns vorbei und zischt die Rothaarige an: »Guten Tag, Frau Meier! Über wen zerreißen Sie sich jetzt das Maul? Sie blöde Krähe!«

»Ganz ruhig!«, sage ich und ziehe ihn fort. Hollenstein riecht eindeutig nach Alkohol. Er schubst mich unsanft weg, macht kehrt und steigt über das rot-weiße Absperrband. Michael und ich schauen uns an. Dann folgen wir ihm in wenigen Metern Abstand zu den Überresten des abgebrannten Hauses, während Gret bei der leicht konsternierten Frau Meier zurückbleibt.

»Antonio, du verdammter Idiot!«, brüllt Hollenstein plötzlich los und tritt mit dem Stiefel in die Asche, dass sie nur so durch die Luft wirbelt. »Verdammte, verfickte, blöde Scheiße!«

Michael reißt ihn unsanft zurück: »Hollenstein, was soll denn das?«

Glasige Augen stieren uns an. Hollensteins ganzer Körper versteift sich komplett. Nur sein Atem geht immer noch heftig, wie man an den Wölkchen vor seinem Mund unschwer erkennen kann.

»Was soll das?«, fragt Michael erneut.

»Ihr Scheißbullen, ihr habt doch keine Ahnung!«, geifert Hollenstein und versucht, Michael abzuschütteln. So langsam beginnt Hollenstein, mich aufzuregen. Sein langjähriger Lebenspartner ist tot und sein Blutalkoholpegel eindeutig zu hoch. Aber trotzdem.

»Benehmen Sie sich gefälligst«, schnauze ich ihn an. »Oder möchten Sie lieber in eine Zelle verfrachtet werden?«

Hollenstein scheint es sich zu überlegen, immerhin hält er kurz inne und starrt uns wie versteinert an. Dann verdrehen sich seine Augen plötzlich, die Lippen beginnen krampfartig zu zucken und die Hände schlagen unkontrolliert aus. Fehlt nur noch, dass ihm Schaum aus dem Mund trieft. Ein tiefes, schweres Stöhnen – und unverhofft sackt der Mann in sich zusammen. Er knickt einfach ein und fällt rücklings in den Dreck. Wilde Zuckungen schütteln Hollenstein, man könnte meinen, er leide an einem epileptischen Anfall. Wir kauern uns zu ihm nieder und reden besänftigend auf ihn ein. Aber er wimmert nur, dass wir keine Ahnung hätten.

»Sehr richtig, Hollenstein«, stimme ich ihm zu. »Aber wir hätten gerne eine. Helfen Sie uns doch!«

»Das kann ich nicht.«

»Können Sie nicht? Oder wollen Sie nicht?«

Dann folgt nur noch Schluchzen. Der Mann tut mir leid. Die Ereignisse haben ihn hart getroffen. Als ich ihn aufzurichten versuche, durchfährt ihn erneut ein Schauder und er rollt sich ächzend zur Seite.

»Himmel, was machen wir denn jetzt bloß mit ihm?«, stöhnt Michael.

»Keine Ahnung«, sage ich und zünde mir eine *Muratti* an. Ihr Rauch steigt gemächlich hinauf in die Dunstglocke über unseren Köpfen. Im Unterschied zu Zürich konnte die Sonne hier auf dem Land den Hochnebel nicht durchstoßen.

Gret stapft auf uns zu. Sie betrachtet den am Boden herumjammernden Hollenstein stirnrunzelnd. »Wollt ihr den Mann ewig so liegen lassen?«, fährt sie uns an und lässt sich neben dem Häufchen Elend nieder.

Soll sie ruhig versuchen, Hollenstein wieder auf die Beine zu bringen, wenn sie sich einbildet, es besser zu können als wir, denke ich und trete ein paar Schritte zur Seite, um genüsslich weiter an meiner Zigarette zu ziehen. Michael hingegen wirft grollend ein paar Schneebälle in Richtung eines alten Birnbaums.

Tatsächlich bringt Gret Hollenstein nach ein paar Minuten dazu, sich zu erheben und uns zu unserem Wagen zu begleiten. Weibliche Fürsorge kann vieles bewegen, erkenne ich wieder einmal. Auch ich würde versuchen, nicht als totaler Dorftrottel dazustehen, wenn mir Gret etwas ins Ohr flüstert und mich liebevoll an der Hand nimmt.

Hollenstein klammert sich an meine Kollegin wie ein Schimpansenbaby an seine Mutter. Es ist ein schönes, trügerisch friedliches Bild im tristen, kalten Grau. Das denkt sich wohl auch Veterinär Heer, der wie eine gefrorene Statue neben unserem Wagen steht, die Hände tief in den Manteltaschen vergraben. Zwischen seinen dünnen Lippen steckt eine qualmende Pfeife, auf dem grauen Haarschopf thront eine lächerliche Zipfelmütze. Als wir bei ihm angelangt sind, verrät er uns, dass die *Traube* jetzt geöffnet habe, falls wir in die Wärme wollten. Dann fällt sein stoischer Blick auf den armen Hollenstein, der sich immer noch auf Gret stützt und greint.

»Haben Sie irgendein Beruhigungsmittel zu Hause?«, frage ich.

Heer bejaht: »Soll ich Ihnen eines vorbeibringen?«

»Das wäre nett«, lächelt ihn Gret an und Heer macht sich umgehend auf den Weg.

Wir hieven Hollenstein auf den Rücksitz unseres Wagens und steigen selbst vorn ein. Etwas wärmer als draußen ist es immerhin.

Michael setzt sich nach hinten neben Hollenstein. »Geht's wieder?«, fragt er ihn.

Hollenstein brummt undeutlich etwas, was wie »Verdammte Scheiße, blöde« klingt.

»Können Sie uns sagen, was Regisseur Victor Stucki hier draußen verloren haben könnte?«, wende ich mich zu ihm um. »Man hat ihn am Freitag hier gesehen.«

Hollenstein erstarrt schlagartig zu Stein. Ich glaube, er stellt sogar das Atmen ein. Die Zeit scheint stehen zu bleiben, niemand bewegt sich, es ist totenstill. Wie lange, weiß ich nicht. Viele Sekunden höre ich jedenfalls nur meine Speedmaster ticken. Ich stehe kurz davor, Hollenstein zu kneifen, um zu sehen, ob er überhaupt noch lebt, als ich die Schweißperle sehe. Sie ist winzig, nur der Hauch einer Perle eigentlich, eher spür- denn sichtbar. Aber sie ist da, wächst mitten aus Hollensteins glatter Stirn. Tatsache ist: Der Mann schwitzt. Und heiß ist es nun wirklich nicht in unserem Wagen. Der Grund muss Stucki sein.

»Na?«, ermuntere ich ihn.

»Ich sage nichts mehr«, räuspert sich Hollenstein.

»Rücken Sie raus mit der Sprache oder Sie kriegen ernsthafte Probleme«, droht ihm Michael. »Was wollte Stucki hier, wie gut kennen Sie ihn? Was wissen Sie? Oder was vermuten Sie gegebenenfalls?«

Doch Hollenstein schweigt. Er schweigt beharrlich und nachhaltig. Alle unsere Versuche, ihn zum Reden zu bringen, scheitern. Michaels Härte verpufft genauso wirkungslos wie Grets Mitgefühl und mein Dauergeschwafel. Einzig zum Schlucken einer Beruhigungstablette können wir Hollenstein überreden.

Wir haben eigentlich keinerlei Handhabe, ihn festzuhalten. Trotzdem rufen wir einen Streifenwagen herbei und lassen ihn abführen. Suizidgefahr muss als Begründung reichen, auf dem Polizeiposten wird er wenigstens beobachtet. Sein Auto fahren wir ihm nach, einer der Streifenpolizisten klimpert bereits unruhig mit dem Schlüssel.

»Fahren wir zu Stucki«, schlägt Michael vor, kaum sind die Kollegen außer Sicht.

»Machen wir erst mal hier fertig«, widerspreche ich ihm. »Kämmen wir das Dorf durch, vielleicht hat noch jemand anders etwas gesehen oder gehört. Aber klär ruhig mal ab, wo Stucki steckt.«

»Okay«, sagt er wenig begeistert.

Gret meint: »Hollenstein kennt Stucki und scheint ihn zu fürchten, das ist augenfällig. Außerdem war Stucki am fraglichen Tag hier. Wir sollten ihn schleunigst einvernehmen, wenn du mich fragst. Die Kollegen sind doch gestern schon durch das ganze Dorf gezogen.«

»Ja, aber ohne Stuckis Bild«, halte ich an meinem Plan fest. »Wir teilen uns auf und treffen uns in einer Stunde in der *Traube.* Kommst du allein klar?«

»Fred, ich bitte dich«, verdreht sie ihre wässrigblauen Augen und marschiert los.

Michael geht zum Wagen, um zu telefonieren, und auch ich setze mich in Bewegung. Mein Blick wandert über die Trümmer des abgebrannten Bauernhauses. Was mache ich eigentlich an einem Sonntag hier draußen? Warum ist ungefähr jeder dritte verdammte Tote in diesem Kanton mein Problem? Weshalb ist immer nur die Hälfte meiner Mannschaft am Schuften? Warum nur verstärkt sich jede Stunde das Gefühl, die Lösung des Falls läge offen vor mir, wenn ich sie nur sehen würde?

Ich bleibe stehen und betrachte geschlagene fünf Minuten den knorrigen Birnbaum, den Michael vorhin mit Schneebällen beworfen hat. Dann rufe ich Häberli an, erreiche aber natürlich nur die Combox.

Mario nimmt meinen Anruf wenigstens entgegen. »Ich will sämtliches Hintergrundmaterial über Victor Stucki«, halte ich mich nicht lange auf. »Werdegang, Zeugnisse, Vermögensverhältnisse und so weiter.«

»Es ist Sonntag, Fred«, wendet er schüchtern ein.

»Na und?«, blaffe ich ihn an. »Das war's vor sieben Tagen auch schon! Gret, Michael und ich wühlen uns momentan durch den Wasterkinger Morast. Beschaff mir gefälligst diese Informationen!«

»Ich weiß nicht, ob heute viel auszurichten ist, Chef«, zeigt er sich renitent. »Wozu brauchen wir die Informationen überhaupt?«

Keine Ahnung, ehrlich gesagt. In erster Linie wohl, damit ich das Gefühl loswerde, immer dieselben Idioten verrichteten die ganze Arbeit.

»Stucki war am Freitag hier. Je mehr wir über ihn wissen, umso besser«, spreche ich ein wenig freundlicher in mein Natel.

»Ich werde sehen, was ich tun kann«, versichert er mir.

»Zeig ruhig mal, was du draufhast, Mario!«, ermuntere ich ihn und unterbreche die Verbindung. Überlege mir kurz, ob ich auch noch Bea aufscheuchen soll. Lasse es aber bleiben, weil mir klar ist, dass sie nur die beleidigte Leberwurst mimen wird, weil wir sie nicht nach Wasterkingen mitgenommen haben. Ich werde sie später informieren, nehme ich mir vor und sehe, dass Michael mich nervös zu unserem Auto winkt.

»Victor Stucki ist gerade im Fernsehstudio bei der Arbeit, er führt die Regie bei *Sport am Wochenende*«, teilt er mir mit. »Ihn vor acht Uhr abends zu stören, sei absolut unmöglich.«

»Ich will, wie gesagt, ohnehin erst noch mal durchs Dorf. Die Stimmung hier gefällt mir nicht«, entgegne ich. »Irgendwer hier weiß sicher noch etwas, ich könnte darauf wetten.«

Michael blickt mir skeptisch in die Augen. »Wir müssen in erster Linie mit Stucki reden, Fredy.«

»Auf dem Rückweg«, sage ich und erinnere mich daran, dass ich Leonie versprochen habe, zum Abendessen zu Hause zu sein. »Oder morgen. Aber jetzt schütteln wir dieses Dorf durch.«

Fünfzig Minuten später sitzen wir in der *Traube* bei Nussgipfel und Milchkaffee. Das Lokal ist praktisch leer, zwei ältere Frauen schlürfen einen Tee und am Stammtisch blättert ein einsamer Trinker gelangweilt im *Sonntags Blick* herum. Aus der Küche rieselt Radio DRS1 und die Nussgipfel sind staubtrocken.

Immerhin hat Gret noch zwei weitere Zeugen aufgestöbert, die Stuckis roten Jaguar am Freitag in Wasterkingen gesehen haben. Michael hat gar einen Pferdezüchter aufgetrieben, der sich sicher ist, Stucki schon vor rund drei Monaten einmal hier bemerkt zu haben.

Ich persönlich kam auf meiner Runde nicht sehr weit, weil ich schon an der zweiten Tür von einem verschrobenen alten Zittergreis aufgehalten wurde, der mir ausführlich die Ängste der Dorfbevölkerung während des Zweiten Weltkriegs schilderte. Keine Nacht hätten sie hier ruhig geschlafen, jede Stunde den Einmarsch von Hitlers Horden befürchtet. Und dann die Flüchtlinge. Arme Teufel, einem von ihnen sei vor seinen Augen in den Rücken geschossen worden, obwohl er bereits auf Schweizer Boden stand.

»Wie weit ist es denn eigentlich von hier bis zur Grenze?«, wende ich mich an den Wirt, der in einer fleckigen Schürze hinter dem Tresen herumlümmelt.

Er schlurft heran, öffnet das Fenster und deutet hinaus: »Seht ihr den Hügel dort drüben? Der gehört schon zu Deutschland.«

Ich bin aufgestanden, um ihm über die Schulter zu blicken. Nicht mal ein Kilometer.

»Wird die Grenze überwacht?«

»Nur sehr sporadisch«, lacht er zynisch. »Meistens kann man einfach hinüberspazieren.«

»Kommen manchmal deutsche Touristen hierher?«, will Gret wissen.

Der dicke Wirt bohrt in seinem rechten Ohr herum und legt die fleischige Stirn in Falten. »Im Sommer schon, mit Fahrrädern«, erzählt er schließlich. »Jetzt im Winter ist Flaute.«

»Haben Sie Antoluzzo je reiten sehen?«, fragt Gret weiter.

»Ganz sicher nicht«, meint der Wirt und will wissen, ob wir glaubten, die Schwaben hätten irgendetwas mit der Sache zu tun.

»Wieso sollten sie?«, erwidere ich und verlange nach der Rechnung.

»Achtundzwanzig Franken vierzig«, sagt der Mann wie aus der Pistole geschossen. Ich gebe ihm dreißig und sage, es stimme so, aber die Nussgipfel seien etwas trocken.

»Der nächste Gault-Millau-Tempel steht in Bachs«, pariert er salopp und wir verziehen uns.

Wir stehen schon auf der Steintreppe vor der *Traube,* als der alte Heer angekeucht kommt und uns fragt, ob er die Fotos nochmals sehen dürfe. Michael zeigt sie ihm.

»Hm«, sagt Heer und schüttelt nachdenklich seinen Kopf.

»Was denn?«, frage ich nach.

Heer deutet mit seinem knorrigen Zeigefinger auf den kleinen Jean aus Schneiders WG: »Den habe ich auch schon hier gesehen. Vor rund drei Wochen, als ich mit dem Hund draußen war. Er spazierte mit Antoluzzo in den Rebhügeln herum.«

Michael und ich sehen uns an. Kaum haben wir den ollen Stucki im Fadenkreuz, schwärt bereits die nächste Eiterbeule. Der Scheißfall wird immer nervtötender. Die offizielle Version, dass Antoluzzo aus Liebeskummer erst Schneider und dann sich selbst erschoss, dürfte bald in sich zusammenfallen. Womit wir vor dem Nichts stünden. Denn uns mangelt es an allem: an Zeugen, Spuren und Ideen. Zudem fehlt uns auch nur der leiseste Schimmer eines Motivs.

Michael hängt bereits an seinem Natel und versucht, Jean zu erreichen. Aber der nimmt den Anruf nicht entgegen. Michael zuckt resigniert mit den Schultern und auch mich beschleicht ein Gefühl der Ohnmacht. Ich wäre in der Stimmung umzukehren und in der *Traube* einen dreifachen Birnenschnaps zu ordern. Doch Gret drängt es zu Stucki und ich möchte ihr gegenüber nicht den Eindruck erwecken, ich hätte diese Scheißermittlung übersatt und schlüge mich am liebsten in die Büsche. Obwohl genau das der Fall ist. Aber es ist schließlich meine eigene Schuld, dass in diesem offiziell bereits abgeschlossenen Fall noch weiter herumgestochert wird.

Das Studio

Das Fernsehgelände wirkt noch trostloser als bei meinem letzten Besuch. Die gleichen vereisten Pfützen auf dem Parkplatz, das gleiche dämliche Möwengeschrei in der Luft. Auch der Pförtner ist derselbe und empfiehlt uns, in die Kantine hochzugehen und dort zu warten. Er informiere derweil die Pressestelle, der diensthabende Mann fände uns dann schon.

Gret, Michael und ich tun, wie uns geheißen, und entern die Kantine. Sie strahlt mit ihrem bunten Farb- und Stilgemisch den Charme einer leeren Spielzeugkiste aus. Immerhin gibt es etwas zu essen und bald sitzen wir mit dampfenden Tellern an einem der orangefarbenen Tische. Es ist nicht viel los: Ein in die Jahre gekommener Tagesschau-Moderator hetzt vorbei und an der Fensterfront hocken ein paar Kulturheinis mit schwarzen Hornbrillen und ernsten Mienen. Später biegt gackernd ein Schwarm leicht geschürzter Balletttänzerinnen um die Ecke, welche die Erotik eines Versandhauskatalogs ausstrahlen.

Das Menü immerhin, Lammkoteletts mit Polenta und Ratatouille, schmeckt lecker. Ich überlege mir gerade, ob ich noch ein zweites nehmen soll, als der Mann vom Pressedienst auftaucht. Er schwenkt mit breitem Grinsen eine Flasche Weißwein und ein paar Gläser.

»Willkommen beim Schweizer Fernsehen!«, begrüßt er uns.

Wir schütteln ihm brav die Hand und wollen wissen, wann wir Stucki sprechen können.

»Bald«, spricht er uns beruhigend zu. »Herr Stucki kommt im Anschluss an die Sendung direkt zu uns.«

Ich blicke auf meine Speedmaster und stöhne innerlich auf. Es ist Viertel vor sieben. Wenn ich mich recht erinnere, endet *Sport am Wochenende* jedoch erst um halb acht. Ich verspüre nicht geringe Lust, diesen Stucki direkt aus dem Studio heraus abzuführen. Aber mir ist bewusst, dass derzeit Hunderttausende Zuschauer in diesem Land gebannt an den Bildschirmen hängen und sich *Sport am Wochenende* anschauen, darunter sicher auch mein Sohn Per. Und man soll den Leuten ja nicht den Tag vermiesen, nur weil der eigene bereits ruiniert ist.

Ich sollte die Gelegenheit nutzen, um von dem leutseligen Presseverantwortlichen mehr über die Interna unseres großartigen Schweizer Fernsehens zu erfahren. Allerdings interessieren mich Geschichten aus den Eingeweiden dieses halbstaatlichen Bastards, der von Konzessionsgeldern lebt und dennoch ständig Werbung in den Äther schickt, nicht im Geringsten. Ich will nach Hause und sonst gar nichts. Schon gar keinen Weißwein. Lieber dämmere ich dumpf vor mich hin und betrachte gelangweilt den ruckartig kreisenden Sekundenzeiger meiner Uhr.

Gret und Michael dagegen parlieren munter mit dem Pressemenschen, aus dessen Gesichtsmitte drohend eine rot geäderte, riesige Nase aufragt. Sie laben sich an dem Weißwein und schwingen sich schließlich zu einer kleinen Privatführung auf. Man redet mir zu mitzukommen. Aber ich winke ab. Ich bleibe hier sitzen, bis der vermaledeite Stucki endlich auftaucht.

Die drei rauschen davon. Sie hinterlassen eine leere Weinflasche und einen mies gelaunten Hauptmann. Ich klaube das Natel aus meiner Jackentasche hervor und schreibe Leonie ein SMS mit Worten bitterer Reue. Irgendwann wird sie es satthaben, mit einem Kriminaler auf Abruf zusammenzuleben, der nicht einmal an einem Sonntagabend zu Hause ist und stattdessen in einer halb leeren Kantine auf einen nicht mal wirklich Verdächtigen wartet.

Immerhin ist es die Kantine unseres Schweizer Fernsehens, rede ich mir zu. Viele Gesichter sind mir vertraut. Eben schlendert ein bekannter Sportreporter, mit einem leeren Glas bewaffnet, zu einem grauen Plastikfelsen, aus dem Trinkwasser sprudelt. Eine attraktive schlanke Frau mit pechschwarzem Haar gesellt sich scherzend zu ihm. Als sie sich umdreht, erkenne ich sie. Es ist *Coolrun*-Redaktorin Monique von Weissenfluh. Sie erkennt mich ebenfalls und strahlt mich an, als sei ich ein Glückskäfer. Kurz entschlossen lässt sie den Sportheini stehen und setzt sich zu mir.

»Grüezi, Herr Staub, was verschafft uns die Ehre?«, fragt sie mich munter.

Ich überlege mir kurz, was ich ihr antworten soll, und entscheide mich dann für die Wahrheit: »Die Kollegen sind auf einer Privatführung. Ich selbst warte auf Regisseur Stucki.«

»Sie auch?«, staunt sie, und als sie meinen verdutzten Blick erkennt, deutet sie auf einen gegenüberliegenden Tisch: »Der Mann dort, Daniel Wunderli von der *Lottoswiss*, wartet ebenfalls auf Victor.«

Ich gucke in die angezeigte Richtung und erkenne ein nagetierähnliches Antlitz über einem halb leeren Glas Coca-Cola.

»Wir bekommen Stucki zuerst«, knurre ich.

»Sie müssen letzte Unklarheiten ausräumen, nehme ich an«, spekuliert sie und gönnt mir ein sonniges Lächeln. »Den Fall haben Sie aber super gelöst, ich gratuliere!«

Ich verziehe mein Gesicht zu einer Grimasse.

Ob ich einen Kaffee möchte, will die von Weissenfluh wissen.

»Gerne«, antworte ich und blicke ihr nach, während sie an die Theke stolziert.

Was tut sie hier an einem Sonntag, frage ich mich und nehme mir vor, sie nachher darauf anzusprechen. Es dauert allerdings ein wenig, bis sie mit dem Kaffee zurückkommt, denn ein paar laute Gestalten, Typ Handwerker, halten sie auf.

»Schrecklich, die Geschichte mit Schneider«, sagt Monique von Weissenfluh, als sie mir endlich wieder gegenübersitzt. »Gott sei Dank ist es vorbei. Wirklich tragisch, das Ganze.«

»Sie sagen es.«

»Künftig werde ich die Sendung moderieren«, verrät sie mir schelmisch. »Es ist noch nicht offiziell, aber so wird es sein.«

»Endlich prominent«, spotte ich.

»Endlich wieder das, was ich am liebsten mache«, berichtigt sie mich. »War nicht meine Idee, im Übrigen.«

»Wessen Geistesblitz war es dann?«, frage ich neugierig.

»Victor Stucki schlug mich vor. Ich moderierte vor vielen Jahren mal eine Kindersendung, bei der er Regie führte. Wir kennen uns schon lange.«

»Wie gut?«

Sie lacht trocken auf. »Nicht intim, Herr Staub, falls Sie das meinen.«

Das meinte ich und ich neige dazu, ihr zu glauben.

»Können Sie sich vorstellen, dass Stucki irgendwas mit den Fällen Schneider und Antoluzzo zu tun hat?«, frage ich die von Weissenfluh ganz direkt.

»Victor?«, stößt sie überrascht aus. »Wie kommen Sie denn auf diese Idee?«

Ich lasse die Frage unbeantwortet, weil ich erkenne, dass sie ins Grübeln gekommen ist.

»Nun?«

»Dazu kann ich nichts sagen, Herr Staub. Victor ist ein langjähriger Kollege. Trotzdem habe ich ihn nie wirklich durchschaut. Wer kann schon wissen, was in den Leuten vorgeht?«

»Sie schließen es also nicht aus?«

»Aber der Fall ist doch gelöst, oder etwa nicht?«, fragt sie unsicher.

»Das wird sich weisen«, antworte ich knapp.

Ihre hohe Stirn kräuselt sich ein wenig, aber das Lächeln kommt schon bald zurück.

»Ich hatte bei unserem letzten Besuch das Gefühl, dass Sie mir etwas verschweigen«, fahre ich in vertraulichem Ton fort.

»Ach!«, winkt die von Weissenfluh ab. »Mir war bekannt, dass Schneider mit Hollenstein rumturtelte, und ich habe mir überlegt, ob ich das preisgeben sollte. Aber Sie haben's ja auch so rausgefunden.«

»Was könnte ich denn über Stucki noch rausfinden?«

»Über Victors Privatleben weiß ich nichts, ehrlich. Okay, man munkelt, er gaukle jungen Frauen immer wieder mal den großen Regisseur vor, um sie abzuschleppen. Er sieht sich wohl als großen Frauenhelden. Bei mir versuchte er vor Jahren auch mal zu landen, aber ich zeigte kein Interesse.«

Ich weiß, persönliche Vorlieben sind ein schlechter Ratgeber in meinem Beruf. Sie trüben das Bild und verkleistern die Gedanken. Aber die forsche Monique von Weissenfluh ist mir einfach sympathisch. Sie hat ohne Zweifel etwas von meiner Tochter – und zwar nicht nur äußerlich. Ich beschließe darum spontan, die von Weissenfluh ein Stück weit ins Vertrauen zu ziehen, ob es ermittlungstaktisch sinnvoll ist oder nicht.

»Können Sie sich vorstellen, was Regisseur Stucki vorgestern, also Freitag, in Wasterkingen verloren hatte?«

Sie wischt sich eine Haarsträhne aus der Stirn und schürzt ihre Lippen, sagt aber nichts. Wahrscheinlich denkt sie nach.

»Handelt es sich bei Wasterkingen um das Kaff, in dem sich dieser Antoluzzo umbrachte?«, fragt sie schließlich.

Ich ignoriere die Frage, weil ich sicher bin, dass der von Weissenfluh die Antwort bekannt ist.

Tatsächlich plaudert sie bald weiter: »Vielleicht suchte Stucki nach Hollenstein, obwohl ich ehrlich gesagt nicht wüsste, warum.«

»Ein berufliches Problem?«, schlage ich vor.

»Kann ich mir eigentlich kaum vorstellen. Hollenstein macht zwar bei einigen Sendungen von Victor die MAZ, aber trotzdem. Die MAZ-Techniker sind eher ausführende Kräfte, Akkordarbeiter letztlich. Der Regisseur ist dagegen der Bauführer, der Chef im Studio.«

»Der Studiogott?«

Sie lacht und gibt zwei Perlenschnüre blendend weißer Zähne preis. »Also, Victor Stucki ist nicht mal Studiobischof, unter uns gesagt. Der Mann gilt als solide und effizient, aber völlig ideenlos und opportunistisch. Wäre er ein Regiestar, würde er bessere Sendungen betreuen, glauben Sie mir.«

Ich glaube ihr. Nur wüsste ich gern, ob sie immer so offen und direkt ist.

»Ich bin ein ziemliches Lästermaul«, scheint sie meine Gedanken zu erraten. »Aber ich kann auch einstecken, und das ist in dieser Klatschbude dringend vonnöten. Wer aussieht wie ich, steht unter dem permanenten Verdacht, sich nach oben zu schlafen.«

»Das täten Sie nie, oder?«

»Wo denken Sie hin«, meint sie kokett, fährt dann aber ernsthaft fort: »Meine Familie ist steinreich. Das ist auch so ein Punkt, den man mir ständig unter die Nase reibt, obwohl ich ja nichts dafür kann. Im Grunde kann ich mich höchstens nach unten schlafen.«

»Wie tief hinab ging es denn schon?«

»Sie sind lustig, Staub«, prustet sie heraus. »Schrecken wohl vor nichts zurück. Sind Sie verheiratet?«

»Seit zweiundzwanzig Jahren.«

»Und natürlich immer treu, wenn ich Sie richtig einschätze.«

»Logisch. Zumindest physisch.«

»Die Gedanken sind frei«, lächelt sie.

Ich drehe mich um und sehe, dass Michael, Gret und der rotnasige Pressemensch zurückkommen.

»Sieh an, da sind Ihre Kollegen«, sagt die von Weissenfluh. »Die Blonde sieht aber auch nicht schlecht aus. Da richten sich bestimmt schon mal ein paar Ihrer freien Gedanken ...«

»Seien Sie still!«, versuche ich, sie in die Schranken zu weisen, auch wenn sie mich natürlich voll durchschaut hat.

»Was tust du denn hier, Monique?«, fragt der Pressemensch erstaunt, als er an unserem Tisch angelangt ist.

»Ich unterhalte mich mit einem netten Kommissar«, erwidert die von Weissenfluh und tätschelt mir die Schulter. »Bis bald, Staub, würde mich freuen, Sie wiederzusehen«, sagt sie, sich erhebend, und wirft mir einen verführerischen Blick und eine Visitenkarte zu.

Sie macht mich vor meinen Kollegen zum Narren. Aber ich kann ihr nicht böse sein. »Sie hören von mir«, rufe ich ihr nach, während sie bereits in den Korridor entschwebt.

Wir blicken ihr alle hinterher, bis sie außer Sicht ist.

»Du hast trotz der netten Unterhaltung was verpasst, Fred«, meint Gret anschließend maliziös lächelnd, »ist hochinteressant, wie es in den Studios zu- und hergeht.«

»Wenn du es sagst!«

Zwanzig Minuten später sitzen wir Victor Stucki frontal gegenüber. Der Presseheini hat uns einen Sitzungsraum zur Verfügung gestellt, wo wir nun diese hagere Gestalt ausquetschen, die ihre Freizeit weitgehend in einem Solarium zu verbringen scheint. Stucki betrachtet uns mit einer Mischung aus vorgespielter Langeweile und Feindseligkeit. Mir egal, ich will nach Hause – und dieser Waschlappen wird uns jetzt sagen, was er in Wasterkingen getan hat, oder ich nehme ihn in Beugehaft.

»Sie waren am vergangenen Freitag in Wasterkingen. Weshalb?«, eröffne ich das Gespräch.

»Ist das ein Verbrechen?«, fragt Stucki dämlich zurück.

»Nein, aber möglicherweise stand Ihr Besuch in Zusammenhang mit einem Verbrechen. Am Tag zuvor wurde Schneider niedergemäht und an jenem besagten Freitagabend kam mit Antonio Antoluzzo der nächste Mensch ums Leben. Entweder Sie liefern uns jetzt innerhalb von zwei Minuten eine plausible Erklärung für Ihren Ausflug nach Wasterkingen oder wir verhaften Sie.«

»Lächerlich«, sagt er, aber sein blasiertes Selbstverständnis scheint doch langsam etwas ins Wanken zu kommen.

Ich blicke abwechselnd auf meine Uhr und in Stuckis Gesicht und warte. Im Hirn des Regisseurs rotiert es gewaltig. Er entflammt eine *Benson & Hedges Gold* und saugt daran wie ein Verdurstender, sein faltiges, unnatürlich braunes Gesicht vollführt seltsame Zuckungen.

»Die erste Minute ist um«, informiere ich ihn.

»Also gut«, räuspert er sich endlich. »Es ging um einen Dokumentarfilm, den ich plane. Einen Film über Leute, die im Lotto gewonnen haben, und darüber, wie sie damit klarkommen.«

Das klingt durchaus plausibel, aber ich könnte wetten,

dass er sich diese Antwort erst in den letzten paar Sekunden ausgedacht hat.

»Warum machen Sie denn ein derartiges Geheimnis daraus?«, frage ich ihn.

»Man weiß ja, wie unsere Polizei arbeitet«, entgegnet er giftig.

»Ach ja?« Du wirst schon noch erleben, wie unsere Polizei arbeitet, du Kretin.

»Die Leute machen nur ihren Job, Victor«, verteidigt uns sogar der Presseheini.

Stucki nickt höhnisch.

»Sie suchten also nach Antonio Antoluzzo. Haben Sie ihn denn angetroffen?«, fahre ich fort.

»Ich wollte mir nur mal ein Bild davon machen, wie er so wohnt.«

»Sie haben ihn nicht zufällig angerufen vorher, oder?«

»Nein. Kann ich jetzt gehen? Ich habe noch anderes zu tun.«

»Sie waren doch vor ein paar Wochen schon mal in Wasterkingen«, überhöre ich ihn. »Worum ging es da?«

Stucki zögert einen Moment, überlegt sich vielleicht, ob er es abstreiten soll. Erklärt dann jedoch, dass er damals zum ersten Mal mit Antoluzzo Kontakt aufgenommen habe, kurz nach dessen Lottogewinn.

»Da haben Sie dann ja schon gesehen, wie er wohnt«, halte ich fest.

Daraufhin grinst er dämlich und lehnt sich mit verschränkten Armen in seinen Stuhl zurück.

»Ich glaube Ihnen nicht, Herr Stucki«, sage ich. »Wir gehen jetzt zusammen die ganzen drei Tage von Mittwochmorgen bis Freitagnacht noch einmal durch. Wenn Sie dazu Ihre Agenda benötigen, dann holen Sie sie.«

»Und wenn ich mich weigere?«

»Versuchen Sie's ruhig!«, drohe ich und er scheint es sich tatsächlich zu überlegen. Gleichzeitig denke ich intensiv darüber nach, mit welcher Begründung ich ihn festnehmen könnte. Wir müssten es mit einem der üblichen Gummiparagrafen versuchen: Fluchtgefahr zum Beispiel oder Verdunklungsgefahr.

Aber Stucki gibt nach: »Folgen Sie mir in mein Büro, wenn Sie nichts Besseres zu tun haben!«

»Das hätten wir«, stelle ich klar. »Aber abzuchecken, was ein Starregisseur drei Tage lang treibt, ist natürlich auch nicht übel.«

»Sie spinnen doch«, erfrecht sich Stucki und steht auf.

Wir folgen ihm. Mittlerweile ist es 20.12 Uhr – ein geruhsames Leben mit viel Privatsphäre ist wirklich etwas anderes. Als Kommandant hätte ich wenigstens geregelte Arbeitszeiten und könnte den Sonntag mit meiner Frau verbringen. Leonie hat meine SMS bis jetzt nicht beantwortet. Hoffentlich ist sie nicht allzu sauer auf mich. Gerade heute gelüstet es mich nicht im Geringsten nach tiefschürfenden Diskussionen über Sinn und Zweck unserer Ehe. Am liebsten würde ich mir im Fernsehen einen währschaften Katastrophenfilm zu Gemüte führen. *Earthquake* zum Beispiel oder *Flammendes Inferno.*

Stuckis Aktivitäten in den vergangenen Tagen geben natürlich nichts her, wir müssen ihn vorläufig ziehen lassen. Im Wesentlichen war der Mann bei der Arbeit, beim Sport oder beim Essen, alles in Begleitung.

»Was will eigentlich der Mensch von der *Lottoswiss* in der Kantine von Ihnen?«, frage ich, während ich nach meinem Mantel greife.

»Daniel Wunderli? Wir gehen sonntags manchmal eine

Runde Snooker spielen, wenn's recht ist«, meint Stucki herablassend. »Darum würde ich jetzt gerne los, wenn Sie keine weiteren intelligenten Fragen mehr auf Lager haben.«

»Wir sparen uns Ihre nächsten schlauen Antworten für morgen auf, Herr Stucki«, erwidere ich.

Er grinst uns frech an und zieht von dannen, ohne sich die Mühe zu machen, sich zu verabschieden. Dafür dirigiert uns der Pressemensch geschwätzig Richtung Ausgang.

»Wir finden den Weg«, unterbinde ich sein Gefasel genervt und wenig später schleichen wir bedröppelt aus dem Gebäude. Ich bin todmüde und auch Gret und Michael haben nichts mehr zu sagen. Ich erkläre mich bereit, Gret nach Hottingen zu fahren, ihre neue Wohnung liegt mehr oder weniger auf meinem Heimweg. Michael will noch bei Jean vorbeischauen.

»Irgendetwas an dieser Geschichte stinkt zum Himmel«, meint Gret im Auto.

»Fürwahr«, brummle ich.

»Na komm, Fred«, versucht sie, mich aufzumuntern. »Du hattest gewiss auch schon mal langweiligere Sonntage. Oder nicht?«

Ich verzichte auf eine Antwort, worauf sie umgehend zu härteren Mitteln greift: »Stimmt es eigentlich, dass du vielleicht Kommandant wirst?«

»Nicht, wenn wir in diesem Fall so weiterwursteln.«

»Wir packen das schon«, versichert sie mir. »Schließlich hast du ein tolles Team.«

»Wenn du das sagst«, knurre ich und mustere sie von der Seite.

Gret schielt grimassierend zurück und plötzlich prusten wir beide gleichzeitig los. Wir lachen, bis uns die Tränen kommen. Grundlos, aber herzlich, weshalb ich fast in ein parkendes Taxi fahre.

»Ich bin kein einfacher Mann«, sage ich, als ich mich erholt habe.

»Gibt es die denn überhaupt?«, fragt sie mich. »Falls ja, wäre ich froh, wenn du mir verraten würdest, wo sie zu finden sind. Ich stoße in letzter Zeit bloß auf Vollneurotiker.«

»Was war denn mit diesem Anwalt, mit dem du kurz was hattest im Herbst?«

»Ach, der«, winkt sie ab.

»Man munkelt, er sei bitter enttäuscht gewesen über das abrupte Ende eurer Liaison.«

»Wer munkelt das?«, empört sie sich.

»Entschuldige«, sage ich. »Ich bin nur neugierig. Berufskrankheit.«

Grets hellblaue Augen forschen in meinem Gesicht. Ich starre entschlossen auf die Straße vor mir.

»Ich habe den Anwalt, wie du ihn nennst, erst letzthin wieder auf einen Kaffee getroffen«, erzählt sie dann. »Stimmt, er wollte mehr von mir als ich von ihm, viel zu viel, es ging nicht und ich musste die Geschichte dann einfach beenden. Inzwischen kommt er aber klar damit, Chef.«

»Aha«, sage ich geistreich, und noch bevor ich irgendwelche weiteren Kommentare abgeben kann, fängt mein Natel an zu klingeln.

Ich klaube es, einhändig weitersteuernd, aus meiner Jackentasche. Der fette Strich ist am Apparat und bittet mich, ihn morgen früh in den Katakomben der Kriminaltechnik aufzusuchen. Er sei dabei, das Spurenpuzzle der beiden Morde zusammenzusetzen, und könne mir morgen vielleicht einiges von Interesse berichten.

Ich spreche ihm Mut zu und lasse durchblicken, dass ich

nach ein paar Stunden Schlaf auch für abwegige Erklärungen zu haben sei.

Kaum habe ich das Gespräch beendet, dudelt Grets Natel los. Michael ruft an und teilt ihr mit, dass der kleine Jean Stadler derzeit unerreichbar in Berlin weile und erst morgen Abend zurückerwartet werde. Er werde ihn dann direkt am Flughafen Kloten abpassen.

Um zwanzig vor zehn bin ich endlich zu Hause. Leonie hängt in bester Stimmung vor dem Fernseher. Ich geselle mich zu ihr aufs Sofa, wo wir uns gemeinsam das rührselige Ende eines Schweizer Fernsehfilms zu Gemüte führen. Die üblichen Schauspieler versuchen ihr Bestes, die Bösen werden verhaftet und die attraktive Heldin rettet eine Schraubenfirma, verbindet einen Bernhardiner und findet in einem Hanfbauern eine neue, starke Liebe.

»Und, hattet ihr noch Spaß in der Sauna?«, frage ich Leonie, als der Abspann des Werkes über den Bildschirm flimmert.

»Na klar. Und wie war's bei dir?«

Ich verdrehe die Augen und stöhne vernehmlich.

»Armer, kleiner Meister«, spottet sie und kuschelt sich an mich. »Aber jetzt bist du ja da.«

»Sag nicht, dass es dich nach Sex dürstet.«

»Dich nicht?«

Doch, eigentlich schon, auch wenn ich vor zwei Sekunden noch nicht einmal unbewusst daran gedacht habe. Aber man soll die Feste feiern, wie sie fallen. Wer weiß schon, ob je wieder eins ansteht.

Es ist zehn vor acht und ich fühle mich stark und mächtig. Ich hüpfe die Treppen hinunter zum Kriminaltechnischen Dienst und platze aufgeräumt in Ralf Strichs Büro.

»Zwei Rätsel, Strich«, halte ich mich nicht lange auf. »Wie ist Schneider in den Wald gekommen? Und wie könnte Antoluzzo getötet worden sein?«

Strich lächelt mich aus einem bequemen Fauteuil milde an. Er hält ausnahmsweise einmal keine Nahrung zwischen seinen Fingern, sondern ein paar Blätter Papier.

»Kollege Staub, seien Sie gegrüßt! Sie glauben ja gar nicht, wie sehr Sie mir aus der Seele sprechen! Denn über genau diese zwei Fragen denke ich seit drei Tagen intensiv nach.«

»Darf man fragen, ob diese geistige Marathonleistung irgendwelche Ergebnisse gezeitigt hat?«

»Wie man's nimmt«, wedelt er mit den Papieren herum. »Sehen Sie, dies sind die Berichte der Rechtsmedizin und jener der Spurensicherung aus dem Wald. Ich versuche, aus ihnen so etwas wie eine zeitliche Abfolge der Ereignisse herauszulesen. Wie Sie sich gewiss zu erinnern vermögen, fiel ja einiges an Schnee, was die Sache einerseits erschwert und andererseits erleichtert.«

»Fahren Sie fort!«

»Schneiders Fundort ist ohne Zweifel der Tatort. In dessen Nähe führen keine Reifenspuren, außer jene des Försters und die von uns selbst.«

»Der Täter ist also der Förster?«

Strich gluckst amüsiert auf und erklärt weiter: »Laut der Rechtsmedizin wurde Schneider zwischen acht und neun Uhr morgens erschossen. Wenn ich nun alle Fuß- und Hufabdrücke anschaue und berücksichtige, in welchem Ausmaß sie bei unserem Eintreffen bereits zugeschneit waren, ergibt sich für mich etwa folgendes Szenario: Ungefähr eine Stunde bevor Schneider niedergestreckt wurde, passierten zwei Personen mit Hunden den Tatort. Ihre Spuren verlieren sich dann allerdings im Wald.«

Er macht eine Kunstpause und lässt sich in seinen Sessel zurückfallen.

»Und weiter?«, versuche ich, ihn in Trab zu halten.

»Das ist es, Kollege. Weitere Spuren menschlicher Aktivität gibt es im Umkreis von dreihundert Metern nicht. Insbesondere auch keinerlei Fußspuren von Schneider, die zum Tatort führen.«

»Er beamte sich dorthin?«

Strich strahlt mich an: »Schneider muss auf dem Pferd gekommen sein, dessen Spuren wir gefunden haben! Es gibt keine andere Möglichkeit! Das Tier erschien laut meinen Analysen aus nördlicher Richtung auf dem Ameisenweg und verschwand auch wieder dahin.«

»Das Pferd hat Schneider erschossen«, spekuliere ich. »Endlich sehe ich klar!«

»Spotten Sie nur, Kollege. Die Spuren lassen mich vermuten, dass der Täter gemeinsam mit Schneider auf dem Pferd angeritten kam. Schneider stieg von dem Ross und wurde erschossen. Bei seinem Abmarsch war das Pferd jedenfalls leichter als auf dem Hinweg – zumindest lässt die Tiefe der Spuren im Schnee diese Vermutung zu.«

»Aha«, sage ich nur, denn ich glaube, ich träume angesichts dieser abenteuerlichen Theorie. Hat die gestrige Nacht mit Leonie etwa Wahrnehmungsstörungen bei mir ausgelöst? Aber nein, die Tatsache, dass Ralf Strich soeben einen Vanillestreusel aus seiner verschrumpelten Aktentasche zaubert und klebriges Zellophan von der eitriggelben Kalorienbombe zieht, beweist mir, dass ich mich durchaus in der realen Welt bewege.

»Das ist das, was die Spuren hergeben, lieber Kollege«, höre ich Strichs gemütliches Organ schmatzend weiterpalavern. »Es klingt etwas an den Haaren herbeigezogen, aber

Sie haben ja nach meiner Meinung gefragt. Hufeisenspuren im Pulverschnee sind im Übrigen natürlich keineswegs mit Fingerabdrücken zu vergleichen. Vielleicht kann ich Ihnen morgen immerhin sagen, wie schwer das Ross gewesen ist.«

Ein Pferd also. Warum nicht. Ich bin, abgesehen davon, dass mir Pferdesteaks ausgezeichnet schmecken, kein besonderer Fan dieser Tiergattung. Sehr im Gegensatz zu meiner emsig durch die Gegend reitenden Frau. Aber von mir aus, dann kam Schneider halt per Pferd.

»Könnte es sein, dass Schneider bereits als Leiche auf diesem … ähm … Tier zum Fundort transportiert wurde?«

»Ausgeschlossen«, meint Strich und seine dunklen Augen blitzen kurz auf. »Schneider wurde ohne jeden Zweifel im Stehen erschossen. Und zwar exakt an der Stelle, wo wir ihn gefunden haben. Wobei das Stehen angesichts der Substanzen in seinem Körper eine ziemliche Leistung war: 1,9 Promille Alkohol und einiges an Kokain. Pferdedung haben wir übrigens leider keinen gefunden, das hätte uns bei der Bestimmung von Alter und Geschlecht des Pferdes geholfen.«

»Halb so wild«, meine ich. »Sicher sagen Sie mir dafür gleich noch, wie Antoluzzo erschossen wurde.«

»In diesem Fall ist die Spurenlage sogar um einiges nebulöser, lieber Kollege. Aufgefallen ist uns einzig, dass Keller- und Haustür nicht verriegelt waren.«

»Ist das alles?«, frage ich enttäuscht nach.

»An Fakten wär's das und mehr wünscht man von uns ja nicht zu hören.« Sagt's und genehmigt sich einen gewaltigen Bissen von seinem Vanillestreusel.

»Verdammt, Strich, doch! Ich will hören, was Sie denken, so abstrus es auch immer klingen mag! Reden Sie schon!«

»Nun ja, wenn Sie darauf bestehen«, stößt er kauend heraus. »Rein hypothetisch, und ich möchte das Wort ›hypothetisch‹ wirklich hervorheben, könnte natürlich auch durchaus jemand in das Haus eingedrungen sein und Antoluzzo erschossen haben: Der Unbekannte tötet den Mann, wischt die Pistole ab, drückt Antoluzzos Finger drauf und schießt nochmals, damit wir auf den Händen des Toten Schmauchspuren finden. Weil er schon mal da ist, platziert der Unbekannte für uns netterweise auch gleich noch das Sturmgewehr, mit dem Schneider erschossen wurde, um uns glauben zu machen, Antoluzzo sei dessen Mörder.«

»Und um diesen Eindruck noch zu verstärken, schiebt er ihm Schneiders Bild ins Jackett«, füge ich hinzu. »Wann genau starb Antoluzzo?«

»Maximal eine Stunde bevor ihn die Feuerwehr aus dem Haus trug.«

»Und wo?«

»Oben in seinem Arbeitszimmer. Auf dem Stuhl sitzend, den die Feuerwehrmänner neben seinem Leichnam gesehen haben. Leider ist der Stuhl später verbrannt.«

Ich zögere einen Moment. »Was spricht gegen die Hypothese eines unbekannten Eindringlings?«

»Wir haben keine zweite Kugel gefunden. Wenn der Täter wegen der Schmauchspuren wirklich noch einmal geschossen haben sollte, hätte aber eine da sein müssen. Weiter wurde der tödliche Schuss aus der SIG direkt neben Antoluzzos Kopf abgefeuert, was dem üblichen Vorgehen bei einem Selbstmord entspricht. Mörder hingegen halten normalerweise eher etwas Abstand zu ihrem Opfer.«

Ich seufze entmutigt: »Spricht auch irgendwas für die Hypothese?«

»Auf dem Sturmgewehr finden sich keinerlei Fingerabdrücke. Wozu hätte sich Antoluzzo die Mühe machen sollen, diese zu beseitigen? Und die offenen Türen und die

Kanister mit den Brandbeschleunigern gefallen mir auch nicht so richtig.«

»Antoluzzo könnte also sehr wohl einem Mord zum Opfer gefallen sein«, versuche ich, ihn festzunageln.

»Rein hypothetisch, ja«, räumt Strich ein. »Aber Spuren oder auch nur Anzeichen dafür gibt es keine.« Er stopft sich den Rest seines Streusels in den Mund.

Ich betrachte mir den gemütlichen Mann in seinem breiten Stuhl etwas genauer. Schönheit ist etwas anderes, denke ich angesichts Strichs fast medizinballgroßen, rosa Schädels und der Speckschichten, die unseren Kriminaltechniker rundum überziehen. Aber möglicherweise ist der Mann tatsächlich so fähig, wie Gret und Michael schon seit jeher behaupten.

»Haben wir irgendeine Chance, Antoluzzos Mörder zu finden, sofern es ihn überhaupt gibt?«, frage ich Strich zum Abschied.

»Nur, wenn er gesteht, Kollege. Oder falls ihn jemand bei der Tat beobachtet hat.«

»Großartig«, sage ich und schenke ihm zum Abschied ein anerkennendes Lächeln.

»Ich helfe immer gern«, spricht er mir hinterher und ich stampfe zurück in die Gefilde unserer Abteilung *Besondere Verfahren.* Nomen est omen, denn dieser Fall sprengt den Rahmen des Normalen tatsächlich bei Weitem. Wir müssen unbedingt herausfinden, wo sich Schneider in der Nacht vor seinem Tod aufgehalten hat. Wir brauchen jemanden, der dieses vermaledeite Pferd gesehen hat. Wir sollten endlich auf so etwas wie ein Motiv stoßen.

Ich besuche Bea in ihrem Büro und fasse die Ereignisse des gestrigen Sonntags kurz für sie zusammen. Beteuere dabei, wie sehr ich es schätze zu wissen, dass sie uns jederzeit helfend zur Seite gestanden hätte, falls dies notwendig gewesen wäre.

Sie gibt sich fürs Erste damit zufrieden und fragt lediglich, was zu tun sei. Ich weise sie an, alle zur Sitzung zusammenzutrommeln, und ziehe mich in mein karges Büro zurück, um mich beim Phantom zu melden. Immerhin setzen wir ja die Ermittlungen fort, obwohl der Fall offiziell abgeschlossen ist. Die Erfahrung sagt mir, dass es von Vorteil sein kann, wenn Vorgesetzte informiert sind.

Das Phantom gibt sich gewohnt wortkarg, sichert mir aber zu, ich besäße totale Handlungsfreiheit und seine volle Rückendeckung. Er müsse jetzt nämlich zu diversen Bluttests ins Universitätsspital. Ich höre auf dem Gang bereits energische Schritte in Richtung Sitzungssaal marschieren und wünsche dem Phantom alles Gute. Anschließend gönne ich mir noch die fünf Minuten, die es braucht, um sich einen Instantkaffee aufzubrühen. Das Schlucken aus der Tasse mit der plakativen Aufschrift *I shot the sheriff* stimmt mich ein wenig wehmütig. Ich vermisse meine Tochter Anna sehr, die mir dieses Prachtstück von Kaffeetasse einst geschenkt hat. Hoffentlich geht es ihr gut im sri-lankischen Dschungel bei ihren Stechmücken. Mögen wir den Fall Schneider/Antoluzzo gelöst haben, bevor ich mit Leonie nach Asien fliege, um Anna einen Besuch abzustatten. Noch dauert es bis dahin allerdings eineinhalb Wochen.

Ich stelle die leer getrunkene Tasse ins Lavabo und mache mich auf in den großen Saal. Außer Häberli sind alle da und warten gebannt auf meine Worte. Ich rekapituliere, was wir wissen, liste die Ungereimtheiten auf und lege das weitere Vorgehen fest.

»Vor allem will ich wissen, wie Schneider in den Wald kam«, betone ich. »Was hat er zwischen dem Ende der Sendung und seinem Tod getrieben? Mit wem war er zusammen? Wo ist sein verdammtes Auto? Woher kam das Kokain, das er im Blut hatte? Des Weiteren interessiert mich, wo sich Antoluzzo zur Tatzeit befand und was er die folgenden rund sechsunddreißig Stunden bis zu seinem Abschied von unserem Planeten unternommen hat. Wie viel er im Lotto gewonnen hat. Wer sein Geld erbt. Warum in Wasterkingen niemand einen Schuss gehört hat.«

Mario macht sich als Einziger fleißig Notizen, der Rest meiner Mitarbeiter hängt aufmerksam an meinen Lippen. Energisch heute, unser Chef, denken sie vermutlich, energischer jedenfalls als sonst.

»Außerdem will ich wissen, was Regisseur Stucki in Wasterkingen gewollt hat. Ob sein Alibi wirklich wasserdicht ist. Wo die Leichen in seinem Keller liegen. Es gibt welche, dessen bin ich mir sicher. Ich will den verfluchten Fall so bald als möglich vom Tisch haben. Aber vor allem möchte ich wissen, was wirklich passiert ist. In diesem Zusammenhang stellt sich beispielsweise auch die Frage, was der kleine Jean in Wasterkingen verloren hatte.«

»Victor Stuckis Angaben habe ich überprüft«, unterbricht mich Gret. »Wenn die Leute, mit denen er angeblich zusammen war, nicht ganz dreist lügen, ist er aus der Sache raus. Zumindest als ausführender Täter.«

»Haben wir die Hintergrundinformationen über Stucki?«, wende ich mich an Mario.

»Ob wir alles haben, weiß ich nicht, Fred. Aber einiges konnte ich zusammentragen«, deutet er auf einen beeindruckenden Stapel Papier vor sich.

»Setz dich mit Gret zusammen«, weise ich ihn an. »Ich will, dass ihr den Kerl total auseinandernehmt. Sprecht mit seinen Verwandten, Nachbarn, Kollegen. Der Kerl lügt, ich bin mir ganz sicher. Er war nicht in Wasterkingen, um sich umzusehen. Geht diesem angeblichen Dokumentarfilmprojekt nach.«

Mario schreibt sich sicherheitshalber auch das alles auf.

»Michael und Bea, ihr kümmert euch um Schneiders Verbleib nach der Sendung«, fahre ich fort. »Die Fernsehleute haben eine Liste gefaxt mit den Namen aller Personen, zu denen Schneider beruflich Kontakt hatte. Die hilft vielleicht weiter. Versucht herauszufinden, wann er nach Hause gegangen ist, wer ihn als Letzter gesehen hat, ob er in jüngster Zeit irgendwie anders war als sonst und so weiter.«

Michael nickt ernst. Er weiß, was er zu tun hat. Lieber hätte er allerdings mit Gret zusammen weitergearbeitet, das ist ihm anzusehen. Aber diesmal teile ich meine besten Kräfte auf, denn unsere Abteilungspfeife Mario allein mit Stuckis Hintergrund zu betrauen, wäre fahrlässig. Er taugt einfach nicht zu einem guten Kriminalpolizisten, ganz egal, wie viele Notizen er sich auch macht.

»Ich will, dass die finanziellen Verhältnisse von Schneider, Antoluzzo und Stucki abgeklärt werden«, spreche ich weiter. »Redest du mal mit dem Steueramt und den Banken, Gret?«

Bevor sie mir antworten kann, öffnet sich knarrend die Tür. John Häberli linst herein, ein schelmisches Lächeln im Gesicht.

»Tag, John«, begrüße ich ihn. »Schön, dass auch du dir die Ehre gibst.«

»Morgen allerseits«, sagt er und huscht zu einem freien Stuhl, um sich umständlich darauf niederzulassen.

»Für dich habe ich ein Fax vom Geschäftsführer des Kasinos«, spreche ich ihn an. »Wann und wie oft Schneider dort spielte und so weiter. Die Liste ist erstaunlich umfassend. Schau mal, ob dir irgendwas ins Auge sticht.«

»Ermitteln wir denn wieder? In der Zeitung stand doch, wir hätten den Fall grandios gelöst.«

Wir alle schauen ihn an wie einen Außerirdischen. Atemlose Stille macht sich breit. Häberli aber hängt ganz entspannt in seinem Stuhl, gewandet in ein kurzärmliges, verwaschenes, ehemals hellblaues Hemd und abgewetzte braune Manchesterhosen. Die Augen hält er halb geschlossen, dafür ist sein Mund offen und gibt den Blick frei auf eine Reihe dunkelgelb verfärbter Zähne. Wahrscheinlich ist Häberli wirklich ein Außerirdischer, anders ist er nicht zu erklären. Von dieser Welt ist er jedenfalls nicht.

»Wärst du rechtzeitig hier gewesen, wüsstest du es besser«, spreche ich schließlich in das Schweigen hinein und warte auf die obligate neunmalkluge Antwort. Aber immerhin: Wenn es für ihn keinen Blumentopf mehr zu gewinnen gibt, hält Häberli wenigstens die Klappe. Nicht einmal eine Zigarette zündet er sich an.

»Du kannst dich nachher bei den anderen kundig machen«, sage ich zu ihm. »Anschließend gehst du nochmals alle Aussagen durch, welche die Bewohner aus der Umgebung von Schneiders Fundort gemacht haben. Vielleicht haben wir ja doch etwas Entscheidendes übersehen. Danach hilfst du bei der Abklärung der Vermögensverhältnisse der beiden Toten.«

Häberli faltet seine knorrigen Hände und lässt schauerlich die Finger knacken. Vermutlich signalisiert er damit seine Zustimmung.

»Ich selbst schaue bei der *Lottoswiss* in Basel vorbei und knöpfe mir diesen Wunderli vor«, erkläre ich weiter. »Der scheint Stucki näher zu kennen. Anschließend fahre ich zu Hollenstein. Er und Schneider waren doch gerade erst frisch verliebt, da muss er doch irgendwas wissen. Mal sehen, ob ich's aus ihm rausbringe. Auf dem Rückweg statte ich dann noch dieser Redaktorin in Neu-Oerlikon einen Besuch ab.«

»Ist ein interessantes Quartier, dieses Neu-Oerlikon«, bemerkt Gret scheinheilig.

»Wir treffen uns um drei wieder hier, um unsere Erkenntnisse auszutauschen«, überhöre ich sie und erhebe mich.

Zurück in meinem Büro, rufe ich in Basel an. Nach dreimaligem Verbinden bekomme ich diesen Wunderli tatsächlich an die Strippe. Der Mann hat eine schrille, hohe Stimme und verhält sich unnötig feindlich. Meint, er sei beschäftigt und Zürcher wie ich hätten in Basel ohnehin nichts zu melden. Erst als ich ihm drohe, ihn überführen zu lassen, erklärt er sich bereit, mich zu empfangen.

Hollenstein hingegen erreiche ich nicht. Die Kollegen des Polizeipostens Eglisau berichten, Hollenstein sei derart durch den Wind, dass sie ihn inzwischen nach Embrach in die Psychiatrische Klinik Hard überwiesen hätten, wo er Beruhigungsmittel erhalte.

Auch die von Weissenfluh nimmt meinen Anruf nicht entgegen. Stattdessen spreche ich ihr auf die Combox, dass ich gegen Mittag bei ihr vorbeikäme.

Energie ist eine tolle Sache, denke ich mir. Nur besteht die Gefahr, dass sie schnell verpufft, wenn man sie nicht unmittelbar einsetzen kann. Aber heute lasse ich mich nicht so leicht stoppen. Ich greife mir mein Jackett und ordere in der Zentrale einen Einsatzwagen. Als ich das Gebäude verlasse, realisiere ich, dass alle ausgeschwärmt sind. Einzig Häberli telefoniert in seiner Raucherhöhle herum. Ich verzichte bewusst darauf zu lauschen, um mir weitere Ernüchterungen zu ersparen.

Die Bombe

Die knapp einstündige Fahrt nach Basel verläuft ereignislos, wenn man einmal davon absieht, dass mir ausgerechnet ein Radiosender namens *Energy* an den Nerven zerrt: Minutenlang schreien mir Popsirenen in höchster emotionaler Not entgegen, bis ich endlich auf das betulichere staatliche DRS2 wechsle, aus dem mir klagende Geigen in die Ohren winseln. Immerhin passt diese Musik zu dem dunkelgrauen Himmel mit den tief hängenden Wolken, aus denen gelegentlich Schneeflocken rieseln. Der Verkehr fließt, ich überhole Dutzende von schweren Lastwagen und schon bald sehe ich die Schornsteine der Chemiefabriken, mit denen Basel seine Besucher begrüßt.

Ich kenne die Stadt ziemlich gut, da ich hier einst einen Teil meiner Ausbildung absolviert habe. Die Grenzstadt am Rhein gefällt mir ausgezeichnet, an die blöden Sprüche über uns Zürcher habe ich mich längst gewöhnt. Ich finde die Lange Gasse schnell und ergattere sogar einen legalen Parkplatz. Die *Lottoswiss* logiert in einem schmucken Glaspalast, der nach sehr viel Geld riecht. Lotto scheint ein gutes Geschäft zu sein, zumindest für die Betreiber. Eine junge Dame führt mich in einen imposanten Sitzungssaal, der sicher auch Ludwig XIV. gefallen hätte, wenn er ein paar Jahrhunderte später zur Welt gekommen wäre. Ich erhalte Kaffee und frische Croissants und bestaune die edel getäfelte Decke und die abstrakten Kunstwerke an den weiß getünchten Wänden.

Dann taucht Wunderli auf, zusammen mit einem braun gebrannten, grau melierten Strahlemann in einem maßgeschneiderten Designeranzug, der sich als Direktor der *Lot-*

toswiss vorstellt. Er steckt mir ein paar *Coolrun*-Lose zu und erkundigt sich, womit er mir helfen kann.

Ich betrachte die Lose skeptisch und frage mich, wie ich den Typen am schnellsten wieder loswerde – ich brauche Wunderli allein.

»Als Sponsor der Sendung *Coolrun* sind wir natürlich außerordentlich glücklich darüber, dass diese unschöne Sache so schnell aufgeklärt werden konnte«, meint der Direktor.

»Können Sie mir sagen, wie viel Geld Antonio Antoluzzo im Lotto gewonnen hat?«, beende ich die Formalitäten.

Wunderlis nagetierähnliches Antlitz verzieht sich säuerlich. »Diese Auskunft können wir Ihnen leider nicht geben«, meint er. »Stellen Sie sich vor, was das für die Betroffenen bedeuten würde, wenn solche Informationen frei zugänglich wären.«

»Der Betroffene, von dem ich rede, ist vorgestern verbrannt, meine Herren«, halte ich fest. »Und es gibt Beweise dafür, dass er Yves Schneider kannte.«

Wunderli schluckt und duckt sich hinter seinen Chef.

Dieser lässt sich jedoch nicht aus der Ruhe bringen. »Wir bräuchten eine Gerichtsanordnung, Herr Staub. Bitte verstehen Sie uns, wir haben auch unsere Richtlinien.«

»Hören Sie«, werde ich nun etwas resoluter. »Diese Anordnung kriege ich mit links und ich bringe sie gerne mit ein paar heulenden Einsatzfahrzeugen vorbei, wenn Ihnen das Spaß bereitet.«

Der Direktor sucht händeringend nach einer angemessenen Antwort, als Wunderli plötzlich hinter ihm hervorzischt: »3,2 Millionen Franken!«

Sein Vorgesetzter betrachtet ihn leicht konsterniert.

»Die Polizei erfährt es ohnehin«, erläutert ihm Wunderli, »und ein Staatsgeheimnis ist es ja auch wieder nicht.«

»Sehen Sie, es geht doch«, triumphiere ich und nutze Wunderlis Redefluss, um sofort nachzuhaken. »Wie gut kennen Sie Victor Stucki, Herr Wunderli?«

Es dauert, bis ich eine Antwort bekomme. Der Direktor betrachtet geistesabwesend eines der Kunstwerke an der Wand und Wunderli richtet die Brille auf seiner Nase neu aus.

Ich vertreibe mir die Zeit, indem ich eines der Lose aufreiße; eine Niete natürlich. Okay, ich könnte es trotzdem einschicken und auf den Gewinn in der Sendung hoffen.

»Wir arbeiten zusammen«, knirscht Wunderli schließlich zwischen seinen Zähnen hervor.

»Und Sie spielen Snooker miteinander«, füge ich an.

»Wir pflegen intensive Kontakte zum Schweizer Fernsehen, Herr Staub«, findet auch der Direktor seine Sprache wieder. »Schließlich sind wir Hauptsponsor mehrerer großer Sendungen, die ohne uns gar nicht finanziert werden könnten.«

»Es scheint Ihnen zu bekommen«, deute ich mit einer raumgreifenden Bewegung in die Weite des Prachtsaals.

»Wir sind eine gemeinnützige Organisation, Herr Staub«, stellt der Direktor klar. »Alles, was nach Abzug der Auszahlungen an die Gewinner und unserer Geschäftskosten übrig bleibt, fließt in die Lotteriefonds der Kantone. In unserem Verwaltungsrat sitzen verschiedene Regierungsräte, zum Beispiel auch Ihr Herr Jucker aus Zürich.«

Mein oberster politischer Vorgesetzter – interessant! Dennoch verliere ich ganz allmählich die Geduld.

»Was Sie nicht sagen«, höhne ich und fahre fort: »Trotzdem will ich Antworten, meine Herren. Wenn nicht hier und jetzt, dann halt auf einer Polizeiwache. Ich verstehe allerdings das Problem nicht, niemand beschuldigt Sie wegen irgendetwas. Wir versuchen lediglich, uns ein Bild von Herrn Stucki zu machen.«

Der Direktor lehnt sich wieder zurück und Wunderli betrachtet die sorgsam manikürten Finger seiner rechten Hand.

Ich nutze die neuerliche Pause, um ein weiteres Los zu öffnen. Zwanzig Franken Sofortgewinn, immerhin.

»Es ist doch klar, dass man sich mit der Zeit näher kennenlernt«, sagt Wunderli dann.

»Wie häufig sehen Sie Herrn Stucki denn?«

»Jeden Mittwoch, wenn *Coolrun* und die Mittwochslottoziehung läuft. Dazu bei gelegentlichen Sitzungen, heute Nachmittag um zwei beispielsweise. Und, jawohl, manchmal auch privat!«

Er spricht in einem keifenden Tonfall, als hätte ich ihn soeben der Kindesmisshandlung bezichtigt.

»Brauchen Sie mich noch?«, fragt der Direktor gelangweilt und ich atme erleichtert auf. Es ist höchste Zeit, dass er sich vom Acker macht.

»Momentan nicht«, sage ich. Als er die schwere Nussbaumholztür hinter sich geschlossen hat, stelle ich Wunderli endlich die Frage, deretwegen ich hergekommen bin: »Was hatte Ihr Freund Stucki am Todestag von Antoluzzo an dessen Wohnort in Wasterkingen verloren?«

»Er recherchierte für seinen Film«, kommt die Antwort wie auswendig gelernt.

»Sicher verfügt er im Gegensatz zu uns über eine Liste aller Lottogewinner der letzten tausend Jahre«, gifte ich.

Zum ersten Mal zerfurcht so etwas wie ein verkniffenes Lächeln Wunderlis Gesichtszüge. »Victor sucht selbstverständlich nur Leute auf, die uns gegenüber im Vorfeld ihr Einverständnis dazu gegeben haben.«

»Wie rücksichtsvoll von ihm.«

»Nicht wahr?«

Ich habe alle meine Fragen gestellt. Wie bei mehr oder

weniger jedem, mit dem ich bei den Ermittlungen in diesem Fall zu tun bekomme, habe ich auch bei Daniel Wunderli das starke Gefühl, dass er viel mehr weiß, als er sagt. Nur habe ich, zum Teufel, noch immer nicht die leiseste Idee, was genau das sein könnte.

»Schenken Sie diesen Klimbim den Armen«, deute ich auf die Lose vor mir und schreite zur Tür. »Wir sehen uns bald wieder.«

Ich stapfe durch die bittere Kälte zurück zu meinem Volvo, melde mich bei der Einsatzzentrale und lasse mir die Telefonnummer der Psychiatrischen Klinik Hard geben. Ich falle ein paar viel beschäftigten Leuten zur Last, werde aber schließlich mit einem jungen deutschen Assistenzarzt verbunden. Der wiederum berichtet mir, Hollenstein durchlebe eine schwere Krise, ein Verhör sei völlig ausgeschlossen.

Es ist inzwischen 11.06 Uhr und mich beschleicht der Verdacht, dass ich meine Zeit vergeude. Auch die Kollegen treten offensichtlich auf der Stelle, sonst hätte mein Natel längst geläutet. Ich brause los, bevor sich der Energieschub des Morgens in saure Trägheit auflöst, und versuche es nochmals mit dem Autoradio. Lokalsender gibt es natürlich auch hier und sie klingen jenen in Zürich sehr ähnlich. Die aufgeregten Stimmen irgendwelcher Werbesprecher schnattern mir entgegen. DRS2 kontaminiert den Äther unterdessen mit den kakofonischen Klängen moderner E-Musik. Und auf DRS3 sülzt jemand irgendetwas von einem Weg, der kein leichter sein soll.

Ich resigniere, schalte das Radio aus, lenke den Volvo auf den Parkplatz einer Raststätte, erstehe ein Salamisandwich und beschließe, dass mir der Fall Schneider/Antoluzzo den Buckel runterrutschen kann. Woher nur habe ich diesen inneren Zwang, in den Abgründen der menschlichen Existenz herumzuwühlen? Meine Vorfahren arbeiteten zwar auch mit Menschen, aber weit nervenschonender: Mein Vater führte ein kleines Ingenieurbüro, mein Großvater war Baumeister. Keiner von ihnen kümmerte sich um Tote oder wurde je in der Zeitung erwähnt. Unglücklich waren sie deshalb nicht.

Ich vertilge das Sandwich im Stehen und bestelle mir anschließend an einem Imbissstand einen Cappuccino und ein Glas Leitungswasser. Neben mir fluchen zwei Lastwagenfahrer über das Wetter. Tatsächlich streicht unterdessen ein böiger Schneeregen über die Autobahn.

Irgendetwas braut sich zusammen in unserem Fall. Demnächst wird es knallen, das spüre ich. Aber ich weiß weder wo noch wann. Und vor allem nicht warum.

Ich tuckere missmutig zurück nach Zürich. Nehme den Nordring bis zur Ausfahrt Seebach und parke schließlich in der Nähe des Wahlen-Parks. Die von Weissenfluh dürfte mich immerhin freundlich empfangen. Sofern sie denn überhaupt zu Hause ist.

Ich schlendere an einer aus Tausenden von Glasbausteinen bestehenden blauen Sitzbank entlang auf ein karges Blutbuchenwäldchen zu. Entnehme einer Informationstafel, dass der Park nach dem legendären Bundesrat Friedrich Traugott Wahlen benannt wurde, der im Zweiten Weltkrieg für die sogenannte *Anbauschlacht* verantwortlich war.

Von Hitler-Deutschland und dessen Vasallen umzingelt, hatte man damals jede noch so kleine Rasenfläche mit Kartoffeln und Rüben bepflanzt, um von Importen unabhängig zu sein. Die *Anbauschlacht* gilt noch heute als Erfolg, denn hungern musste niemand während der Kriegsjahre und angegriffen wurde die Schweiz bekanntermaßen auch nicht.

Dies weniger, weil Leute wie mein Großvater vier ihrer besten Jahre als Soldaten an der Grenze standen. Sondern vielmehr, weil unsere Industriellen und Banker die ganze Zeit über mit den Nazis Geschäfte machten und diese sich hüteten, ihren eigenen Geldspeicher niederzuwalzen. Es war, milde ausgedrückt, eine schwierige Zeit und nicht alle im Land waren ihr moralisch gewachsen. Mein Großvater war es und auch Traugott Wahlen blieb zeitlebens ein standhafter Gegner der Faschisten. Der Park kann stolz auf seinen Namensgeber sein.

Wo zum Teufel aber ist dieser Margrit-Rainer-Weg, in dem die von Weissenfluh wohnt? Als ich das Straßenschild endlich entdecke, beeile ich mich. Das Bimmeln einer Pausenglocke weht hinter mir her, ansonsten ist es hier gespenstisch ruhig, kein Mensch kommt mir entgegen. Dafür recken sich Dutzende von Baukränen in den bleiernen Himmel und auf großformatigen Plakatwänden wird um künftige Mieter gebuhlt. Neu-Oerlikon wurde in den vergangenen Jahren hauruckmäßig aus dem Boden gestampft, es ist ein Quartier ohne jede Vergangenheit.

Endlich erreiche ich die Wohnsiedlung *Am Eschenbach,* eine Ansammlung gigantischer, gläserner Wohnkolosse, in denen ich mich keine Sekunde heimisch fühlen könnte. Ich finde schnell den richtigen Klingelknopf, ein fröhliches Hallo tönt mir entgegen und ich lasse mich von einem futuristischen Lift voller Spiegelglas in den sechsten Stock hinauftragen.

Die von Weissenfluh erwartet mich an der Tür, ihr strahlendstes Lächeln zur Schau tragend. Sie dirigiert mich auf ein rotes Ledersofa, von dem aus man die tausend jungen Eschen des Oerlikoner Parks betrachten kann, die um den blauen, rund fünfunddreißig Meter hohen, stählernen Aussichtsturm symmetrisch angeordnet sind.

»Die Aussicht ist nicht übel, das will ich gerne einräumen«, sage ich. »Aber mir fehlt das tosende Leben.«

»Sagen Sie jetzt bitte nicht, dass bei Ihnen in Küsnacht die Post abgeht, lieber Staub«, entgegnet sie salopp und ich bin etwas irritiert, dass ihr bekannt ist, wo ich wohne. »Dieses Appartement liegt einfach überaus praktisch nahe dem Sendezentrum. Und mir gefällt die moderne Architektur«, erklärt sie.

»Was kostet denn so etwas?«, will ich wissen.

»Für diese Viereinhalbzimmerwohnung zahle ich monatlich dreitausendvierhundert Franken.«

Ich schlucke. Kein Wunder stehen in dieser Gegend so viele Wohnungen leer. Aber ich bin schließlich kein Städteplaner, sondern ermittelnder Polizist, rufe ich mich zur Ordnung. Zumindest eine schlaue Frage wäre jetzt angebracht und tatsächlich kommt mir auch eine in den Sinn.

»Reiten Sie?«, frage ich die schöne junge Frau, die neben mir in das Sofa gesunken ist und ihren grazilen Rücken durchstreckt.

»Na logisch«, meint sie. »Sie nicht?«

»Meine Frau betreibt diesen Sport mit Leidenschaft. Das muss reichen.«

Die von Weissenfluh lacht und kredenzt mir ein Glas frisch gepressten Orangensaft. »Wie kann ich Ihnen helfen?«

»Sagen Sie mir, um was es gehen könnte in dieser Geschichte.«

»Da gibt es leider viele Möglichkeiten. Koks ist im Spiel, Eifersucht, Neid. Spielsucht ist eine weitere Variante.«

»War Schneider süchtig?«

»Was genau meinen Sie jetzt? Süchtig nach Drogen oder nach dem Spielen?«

Ich vollführe mit meinen Händen eine einladende Geste,

die signalisieren soll, dass mir jeder noch so kleine Brosamen an weiterführender Information willkommen ist.

»Wenn ich etwas wüsste, würde ich es Ihnen sagen, Staub«, versichert mir die von Weissenfluh. »Klar ist nur, dass Schneider ständig in Geldnot steckte und jeden anpumpte.«

»Sie auch?«

»Auch mich, er dürfte mir rund zwei Tausender schulden, aber mir ist das egal. Interessant ist vielleicht, dass er sich vor rund zwei Wochen plötzlich dahingehend äußerte, seine Geldsorgen wären bald Vergangenheit.«

Ich horche auf. »Nannte er Gründe?«

Sie kräuselt nachdenklich ihre hohe Stirn. »Er erwartete offenbar eine größere Geldsumme. Aus was für Quellen – keine Ahnung.«

Ich überlege. Wie kommt man schnell zu viel Geld? Man erbt es oder man stiehlt es, gebe ich mir selbst die Antwort. Oder man gewinnt es.

»Könnte er sich irgendwie selbst beschenkt haben in seiner Sendung? Rein theoretisch?«

Die von Weissenfluh lacht auf. »Nein, glauben Sie mir, das geht wirklich nicht.«

»Er könnte mit einem Strohmann gearbeitet haben«, bleibe ich auf der eingeschlagenen Spur.

»Bei *Coolrun* ist das ausgeschlossen«, beharrt sie auf ihrem Standpunkt.

»Ich war heute Morgen bei der *Lottoswiss* in Basel«, berichte ich. »Dieser Wunderli scheint mir etwas zu verbergen. Kennen Sie ihn?«

»Na klar. Der kommt jeden Mittwoch in die Sendung, um zu sehen, was wir mit dem *Lottoswiss*-Sponsorengeld veranstalten. Er bringt auch immer die Lottokugeln mit.«

»Wunderli bringt die Kugeln für die Ziehung am Abend?«

»Das bietet sich an. Er kommt ja ohnehin nach Zürich.«

Mein Natel klingelt. Endlich.

Es ist Gret, die in sachlichem Tonfall verkündet: »Von Antoluzzos Millionengewinn im Lotto wurde die Hälfte abgehoben, kaum hatte er das Geld. In bar.«

»Aha«, sage ich.

»Kannst du damit was anfangen?«, will Gret wissen.

Ich vermag nicht zu antworten. In meinem Hirn rumort es. Tief in meinem Unterbewusstsein entwickelt sich eine Idee. Die entscheidende Idee vielleicht.

»Kann sein«, erwidere ich endlich. »Sind Michael und Bea noch im Sendezentrum?«

»Ich denke schon.«

»Du hörst von mir«, kappe ich die Verbindung und wende mich wieder Monique von Weissenfluh zu. »Sehe ich das richtig, dass die Mittwochlotto-Ziehung quasi im Anschluss an *Coolrun* durchgeführt wird? Von denselben Leuten?«

»Das ist korrekt«, räumt sie ein und ausnahmsweise lächelt sie nicht. Im Gegenteil, sie beginnt, unruhig hin und her zu rutschen. Dann springt sie plötzlich auf, um in der Küche neuen Saft zu holen. Sie schenkt mir nach und öffnet die Schiebetür zum Balkon. Blickt hinunter auf den Park.

»Wäre es denkbar, dass die Lottoziehung manipuliert wird?«, frage ich sie.

»Ich wüsste nicht wie«, spricht sie in die Kälte hinaus. »Wie kommen Sie auf die Idee?«

»Ist nur ein spontaner Einfall von mir.«

Frostige Luft weht herein, der Vorhang neben der von Weissenfluh flattert, ich erkenne, dass sich auf ihren Oberarmen Gänsehaut bildet. Trotzdem verharrt die schöne Monique reglos an der Tür.

»Eine von Stuckis Freundinnen hat vor rund drei Monaten ebenfalls im Lotto gewonnen«, dreht sie sich plötzlich zu mir um.

»Das ist nicht Ihr Ernst, oder?«

»Doch! Zumindest prahlte die Schnalle in der *Giesserei* damit herum. Allerdings war sie zu dem Zeitpunkt schon ziemlich besoffen.«

»Ich muss telefonieren«, dränge ich mich an der von Weissenfluh vorbei auf den Balkon hinaus.

Gret nimmt sofort ab.

»Fahrt sofort zu Stucki und prügelt den Namen seiner Freundin aus ihm raus, die kürzlich im Lotto gewonnen hat. Nehmt die Frau fest und bringt sie in unseren Verhörraum. Und beschafft mir eine richterliche Verfügung, welche die *Lottoswiss* zwingt, uns alle Gewinner der vergangenen Jahre bekannt zu geben.«

»Was ist in dich gefahren, Fred? Weißt du noch, was du tust?«

»Absolut«, sage ich. »Treibt mir die Frau auf, seid so gut!«

»Aufklären wirst du uns später, nehme ich an.«

»Es könnte sein, dass Wunderli, Schneider, Stucki und vielleicht noch andere Fernsehleute das Zahlenlotto manipuliert haben, Gret.«

Sie schweigt, ich höre ein paar Sekunden ihren Atem. Schließlich sagt sie sachlich: »Stucki ist gerade im Studio, Fred.«

»Dann kümmere dich erst um diese Verfügung und fahre anschließend ins Sendezentrum raus.«

»Von Stuckis Dokumentarfilmprojekt hat übrigens niemand was gehört, wenn ich das noch anfügen darf.«

»Bis nachher«, verabschiede ich mich.

Kaum habe ich das Gespräch beendet, tritt die von Weissenfluh, die mich die ganze Zeit über scharf beobachtet hat, auf mich zu. »Um zwei haben wir Sitzung. Das ganze Team: Stucki, Passen, Schlatter, Wunderli und ich selbst.«

»Die Sitzung wird ausnahmsweise einmal spannend werden, das kann ich Ihnen versprechen«, versichere ich ihr. »Sie können mit mir zusammen fahren, wenn Sie möchten.«

»Aber gern«, strahlt sie mich an und zieht sich dann ins Bad zurück, um sich zurechtzumachen.

Ich folge ihr bis in das warme Wohnzimmer und lasse mich auf das Sofa fallen. Nippe an meinem Orangensaft und versuche abzuwägen, was ich aufs Spiel setze, wenn ich nachher in die Sitzung platze und alle verhafte. Einiges, muss ich einräumen, immerhin geht es um hoch bezahlte Mitarbeiter des einzigen Schweizer Fernsehsenders von Belang. Aber egal. Ich bin entschlossen, jetzt durchzugreifen, Rückendeckung von oben habe ich ja, wie mir das Phantom zusicherte.

Ich rufe Michael an und bitte ihn, er möge am Eingang des Fernsehgeländes auf mich warten, ich käme gleich. Dann stehe ich auf und frage mich, wo die von Weissenfluh so lange bleibt. Ich tigere auf dem Balkon umher und konsultiere alle paar Sekunden meine Uhr. Zwanzig nach eins, noch vierzig Minuten bis zu dieser Sitzung. Vielleicht lösen wir den vertrackten Fall noch heute!

»Ich wüsste wirklich nicht, wie man das Zahlenlotto aushebeln kann«, sät die von Weissenfluh allerdings umgehend neue Zweifel, als sie endlich wieder auftaucht. »Es gibt definitiv zu viele Sicherheitsmechanismen. Auch wenn es zugegebenermaßen befremdet, dass sowohl Hollensteins langjähriger Exlover als auch Stuckis Flittchen kürzlich Lottomillionäre geworden sind.«

»Gehen wir«, sage ich nur und betrachte sie unauffällig in ihrer ganzen Pracht. Diese Frau wird unserem Polizeivolvo definitiv neuen Glanz verleihen, so viel steht fest. Im Unterschied zu meinen Vorfahren lauert in mir durchaus eine leise Lust an großen Auftritten, muss ich zugeben. Und heute werde ich einen großen Auftritt haben. Dass er jedoch ganz anders aussehen wird, als ich ihn mir bei unserem Aufbruch vorstelle, kann ich zu diesem Zeitpunkt wirklich noch nicht wissen.

»Die Sitzung findet in Schlatters Büro statt«, informiert mich die von Weissenfluh, bevor sie im Innern der Fernsehanstalt verschwindet.

Ich steuere auf Michael und Bea zu, die vor dem Portierhäuschen in der Kälte schlottern und mich bereits ungeduldig erwarten. Wir fahren mit dem Aufzug in die Kantine und setzen uns abseits der Massen an einen kleinen Tisch. Ich erzähle von meinem Verdacht und dem Ansinnen, die ganze Meute zu verhaften.

»Lass uns Ruhe bewahren«, mahnt mich Michael. »Verhören wir erst mal Stuckis Freundin.«

»Dafür müssten wir zunächst einmal wissen, wie sie heißt«, meint Bea daraufhin zu Recht.

In diesem Moment hetzt Redaktor Passen an uns vorbei, herausgeputzt wie ein Faun auf dem Weg zur Brautschau. Ich blicke einmal mehr auf meine Speedmaster, 13.56 Uhr, vermutlich drängt es ihn zu Schlatters Büro.

»Schöne Sitzung!«, rufe ich ihm nach und zu meiner Überraschung macht er kehrt und postiert sich vor unseren Tisch.

»Eine Scheißsitzung wird das«, mokiert er sich. »Die wollen Monique wirklich als neue Moderatorin inthronisieren. Einfach widerlich!«

Ich mag nicht, wenn man schlecht über meine Lieblinge

redet. »Was haben Sie gegen Frau von Weissenfluh?«, frage ich deshalb ungehalten.

»Diese bildschirmgeile Zicke spekulierte doch vom ersten Tag an auf den Moderationsjob«, schäumt Passen. »Jetzt ist sie endlich am Ziel, Schneiders Mörder sei Dank!«

Wir betrachten ihn verdutzt, warten, ob er noch etwas von sich gibt. Aber Passen gestikuliert lediglich theatralisch mit den Händen und eilt davon. Ich bin immer noch unschlüssig, was wir nun unternehmen sollen.

»Stürmen wir doch einfach die Sitzung«, schlägt Bea vor, und da dies exakt meinem eigenen ursprünglichen Plan entspricht, neige ich ausnahmsweise dazu, ihr zuzustimmen.

Aber Michael zweifelt immer noch. »Und dann? Wie soll es nachher weitergehen?«

»Wir könnten Stucki verhaften«, schlage ich vor.

»Brauchen wir denn dazu keinen Haftbefehl?«

»Bei akuter Verdunklungsgefahr nicht«, belehre ich ihn, auch wenn mir nicht ganz klar ist, was es bei der anstehenden Sitzung zu verdunkeln gibt. Aber jetzt, da ich den Schlüssel zu dieser Geschichte endlich gefunden zu haben glaube, will ich die Tür auch aufstoßen und mir die Geheimnisse dahinter anschauen. Ich setze mich entschlossen in Bewegung. Michael wirkt alles andere als überzeugt, folgt mir aber trotzdem. Und Bea schreitet motiviert neben mir her.

Wir überqueren die Passerelle, die in das Gebäude mit den Redaktionen der Unterhaltungsabteilung und den Studios hinüberführt. Ich sehe Schlatter aus dem Lift treten und Stucki die Treppe heraufkommen. Bea beschleunigt ihre Schritte. Ich stelle mit Schrecken fest, dass sie an ihrem Pistolenhalfter herumnestelt. Doch bevor ich sie anpfeifen kann, dass sie den Quatsch lassen soll, dröhnt plötzlich ein Wahnsinnsknall durch das Gebäude.

Splitterndes Glas, ächzender Beton, knirschender Stahl. Der Boden unter uns bebt, wir poltern auf den grauen Teppich wie kippende Bananenkisten.

Es folgt eine gespenstische Ruhe, so als ob sämtliche Geräusche aus der Luft gefiltert worden wären. Dann höre ich ein Pfeifen in meinen Ohren und öffne die Augen, sehe kalkige Staubwolken aus Liftschächten und aus dem Treppenhaus stieben. Ich liege quer über Beas Beinen, ein schreiender Mann springt über uns hinweg. Hastig sehe mich nach Michael um. Er steht bereits wieder, scheint unverletzt zu sein und winkt mir zu.

Der Explosionsort muss irgendwo im Gang des Erdgeschosses liegen, rast es mir durch den Kopf.

»Los, komm!«, fasst mich Michael unter den Armen und zieht mich hoch.

Irgendjemand hat einen Alarmknopf gedrückt, Bea entsichert ihre Pistole, in der Fußgängerbrücke hinter uns schwillt aufgeregtes Geschrei an.

Ich stürze hinter Michael und Bea durch dichte Staubwolken die Treppe hinunter. Vor dem Gang, der zu den Garderoben und den Studios führt, wird das uns entgegenblasende Gemisch aus Rauch und Dreck zu dicht, um hindurchlaufen zu können, auch wenn die Sprinkleranlage wacker herumspritzt. Wir ziehen uns zum Eingang des Gebäudes zurück. Der Portier drückt in seinem zerborstenen Glashäuschen hektisch auf sämtliche Tasten seiner Telefonanlage. Von allen Seiten kommen wild gestikulierende Leute angerannt, die Alarmsirene heult in den höchsten Tönen.

Ein panischer Sicherheitsmensch wankt auf uns zu und staucht uns grundlos zusammen, bis ihm Michael seinen Dienstausweis auf die Brust klatscht.

Der Nebel verzieht sich ein wenig, wir wagen einen neuen

Vorstoß in Richtung des vermuteten Epizentrums der Explosion. Deformierte Isolierungsplatten hängen von der Decke herunter und im Gang liegen die Reste einer Tür.

Plötzlich flackern Bilder der Erinnerung in mir auf. Vor wenigen Tagen sind Häberli und ich der von Weissenfluh durch diesen Gang gefolgt. Mir schwant langsam, was hier soeben in Stücke gesprengt wurde.

Neben mir krümmt sich Bea in einem Hustenanfall und mir selbst brennen die Augen. Das Staubgemisch in der Luft riecht unheilvoll nach verbranntem Plastik. Bea drückt sich ein Stofftaschentuch vor das Gesicht und leiht mir ungefragt auch eins. Ich putze mir damit erst mal die Tränen aus dem Augenwinkeln.

Michael, der weiter in den Gang vorgedrungen ist als wir, kehrt staubbedeckt zurück. »Eine Handgranate vermutlich«, spekuliert er.

Ich kann ihn im Lärm der Sirenen und herumbrüllenden Menschen kaum verstehen. Ohnehin wird mir langsam schlecht. Ich bekomme kaum noch Luft, trotz des Taschentuchs, durch das ich atme – oder womöglich auch gerade deswegen.

Ich wende mich ab und flüchte hinaus ins Freie, wo ich beinahe von einem davonrasenden Jeep überfahren werde. Bevor ich mir das Kennzeichen merken kann, lenkt der offenbar wahnsinnig gewordene Fahrer sein Auto in einen Personenwagen, der von links angeschossen kommt. Es regiert unübersehbar die nackte Panik, obwohl die Gefahr vermutlich längst vorbei ist. Dutzende von Leuten rufen und rennen durcheinander, erste Kamerateams drängeln sich an den Ort des Geschehens, von ferne dudelt die vertraute Sirene eines Polizeiwagens.

Eine gute Stunde später ist aus meiner Ahnung, was die unbekannten Täter in die Luft gejagt haben, Gewissheit geworden: das Lottostudio. Michael und ich blicken über die Schultern der Feuerwehrmänner auf verschmorte Teile der Riesenplastikkugel, aus der zweimal die Woche die sechs Kugeln zum Paradies purzeln. In Plexiglasgefäße, von denen ebenfalls nur noch geschwärzte Reste erkennbar sind.

Die Wucht der Explosion hat eine Wand des Studios zerschmettert und die Deckenverschalung bis in den Gang hinaus von ihren stählernen Knochen gerissen. Alles, was sich je in diesem Raum befand, ist jetzt entweder Asche oder Schrott, inklusive der Kameras, Scheinwerfer, Mikrofone.

Ich weiß nicht, warum, aber irgendwie empfinde ich trotz des Trümmerfelds um uns herum eine gewisse Befriedigung. Wir sind einem gigantischen Betrug auf die Schliche gekommen, von dem man noch lange reden wird, wenn er erst einmal an die Öffentlichkeit gedrungen ist. Alles, was wir jetzt noch brauchen, sind ein paar Schuldige.

Ich habe angeordnet, dass niemand das Gelände verlassen darf, sämtliche Ein- und Ausgänge werden von uniformierten Kräften abgeriegelt.

Um sicherzustellen, dass keiner unserer favorisierten Verdächtigen davonschleicht, habe ich Bea vorsorglich schon kurz nach der Explosion vor Schlatters Büro postiert. Sie hat sich bereits zwei Mal telefonisch gemeldet und genörgelt, wo wir denn blieben.

Ich lasse mir Zeit, warte auf den Anruf von Gret. Gerade als ich das Natel hervornehme, um nachzusehen, ob ich es nicht aus Versehen ausgeschaltet habe, musiziert es los.

»Ich habe die Liste, Fred«, höre ich ihre Stimme. »Aber ich möchte gerne noch ein paar Dinge abklären.«

»Was denn?«

»Auf den ersten Blick gibt es zwischen der Liste der Lottogewinner und der Aufstellung der an der Sendung Beteiligten keinerlei Zusammenhang. Wir holen derzeit aber Angaben von den Einwohnermeldeämtern ein, vielleicht kommen wir dadurch einen Schritt weiter. Zum Beispiel, falls ein Gewinner mit einem Fernsehmenschen zusammenleben würde oder um drei Ecken herum mit einem verwandt wäre.«

»Sehr gut!«, lobe ich sie. »Aber kannst du uns die Liste trotzdem schon mal durchfaxen?«

»Wenn du mir eine Nummer angibst, gerne.«

»Ich melde mich gleich wieder«, sage ich und gebe Michael ein Zeichen, dass ich so weit bin. Wir steigen die Treppe hinauf und schreiten zu Schlatters Büro. Bea winkt uns erleichtert zu. An ihrer Seite erkenne ich zu meiner nicht gelinden Überraschung John Häberli in einer übergroßen kugelsicheren Weste.

»Hallo, Boss«, begrüßt er mich mit einem verkniffenen Lächeln.

Ich nicke ihm knapp zu und platze, ohne zu klopfen, in Schlatters Büro, mein Team im Schlepptau.

Schlatter, Wunderli, Passen, Stucki und die von Weissenfluh – alle sind da und sitzen verkrampft auf ihren Stühlen. Einzig die von Weissenfluh schenkt mir den Ansatz eines Lächelns.

Häberli und Bea postieren sich an der Tür, Michael, dessen teurer Dolce-&-Gabbana-Anzug immer noch voll von grauem Staub ist, setzt sich auf das Fenstersims.

Ich spaziere wortlos zu dem Fax in der Ecke und wähle auf dem Natel Grets Nummer. Gebe ihr die Faxnummer durch und seufze dann theatralisch auf, was allerdings niemanden zu beeindrucken scheint. Ich gebe Michael ein Zeichen, dass er den Anfang machen soll.

»Also, wer von euch hat dieses Studio in die Luft gejagt?«, legt er los und bringt damit sofort Bewegung in die Runde.

»Wie kommen Sie denn darauf, dass das jemand von uns war?«, findet Ressortleiter Schlatter als Erster die Fassung wieder.

»Sparen wir uns das übliche Gelaber«, schnauzt Michael ihn an. »Wir sind sicher, dass einige von Ihnen zu einer organisierten Bande gehören, die systematisch beim Zahlenlotto betrügt. Einer von euch hat jetzt das Studio gesprengt. Nur aus purem Zufall kam dabei niemand zu Schaden! Ganz im Gegensatz zu den Mordfällen Schneider und Antoluzzo, die unseren Erkenntnissen nach mit dem Betrug zusammenhängen.«

»Das ist doch ungeheuerlich!«

»Müssen wir uns das bieten lassen?«

»Ich will unverzüglich meinen Anwalt sprechen!«

Die Reaktionen sind erwartungsgemäß heftig. Michael hat die volle Ladung auf die fünf abgefeuert und hofft jetzt auf die weiße Fahne der Kapitulation. Noch aber schwenkt sie niemand. Im Gegenteil: Die Beschuldigten graben sich tief in ihre Schützengräben ein.

»Holt sofort unseren Hauspsychiater!«

»Bin ich in eine Märchenstunde geraten?«

»Nehmen wir sie auf Band auf, das glaubt uns sonst echt niemand!«

»Wer sprengte dieses Studio?«, ruft Bea dazwischen. »Raus mit der Sprache oder wir führen Sie alle unverzüglich ab! Der Einzige hier, der meines Erachtens nicht für diesen Anschlag infrage kommt, weil wir ihn kurz vor der Explosion noch in der Kantine gesehen haben, ist Herr Passen!«

Ich nicke Bea anerkennend zu, mit diesen Sätzen hat sie den größten Krakeeler in der Runde einstweilen zum Schweigen gebracht. Der Rest verstummt kurz darauf, weil das Faxgerät anfängt zu piepsen und den Ausdruck einer Mitteilung ankündigt.

Ich ziehe die Listen mit den Lottogewinnern der vergangenen zwei Jahre genussvoll aus dem Papierauswurf. Gret hat intelligenterweise auch gleich eine Zusammenfassung mitgeschickt, die nur die Gewinner großer Jackpots umfasst. Ich bete die acht Namen demonstrativ herunter:

»*Sandra Jellamo, 39, Jona, St. Gallen, 4,3 Millionen.*

Antonio Antoluzzo, 40, Wasterkingen, 3,2 Millionen.

Patrick Mussongi, 23, Maur, 1,6 Millionen.

Milly Winzenried–Mäder, 61, Burgdorf, 3,8 Millionen.

Corinne Hüsler, 27, wohnhaft in Unterlunkhofen, Kanton Bern, 3,2 Millionen Franken.

Beat Zumstein, 73, aus Sargans, 2,6 Millionen.

Irene Gilgen, 56, Bern, 2,5 Millionen.

Christina Wölfli-Stich, 49, Breitenbach, Kanton Basel-Land, 3,1 Millionen.«

Ich strahle das Papier in meiner Hand an wie ein Baby, das zum ersten Mal lächelt. Dann frage ich Stucki milde, welcher der Namen denn der seiner Freundin sei.

»Ich will sofort meinen Anwalt sprechen«, wiederholt er sich mit hochrotem Kopf.

»Gibt's konstruktivere Kommentare?«, frage ich den Rest der Gesellschaft.

»Lecken Sie mich am Arsch!«, ereifert sich Stucki und schmeißt einen Kugelschreiber nach mir. Das Teil schießt haarscharf an meinem Kopf vorbei und knallt in ein Regal an der Wand.

Ich gluckse auf vor Befriedigung: Wir haben ihn! Der Mistkerl ist erledigt. Und auch Wunderli ist sehr, sehr blass geworden. Welch ein Triumph!

»Führt die Herren Schlatter, Wunderli und Stucki ab«, weise ich Bea und Häberli an.

»Aber gerne, Chef!«, freut sich Bea. »Darf ich Handschellen verwenden?«

»Nur bei Herrn Stucki«, beantworte ich ihre Frage.

Stunden später stehe ich am Fenster meines Büros in der Zeughausstrasse und beobachte mit einer lauwarmen Tasse Instantkaffee in meiner Hand die unaufhörlich niederschwebenden Flocken. Es ist zehn nach acht und für heute reicht es mir. Ich will nach Hause zu meiner Frau. Hier gibt es nichts mehr zu tun.

Gret hat ganze Arbeit geleistet. Die Überprüfung der Lottogewinner erbrachte absolute Hammerresultate: Neben Hollensteins langjährigem Partner Antoluzzo und Stuckis blonder Freundin aus dem Kasino, Frau Hüsler aus Unterlunkhofen, enthielt die Gewinnerliste nämlich auch noch weitere hochinteressante Namen. Bei Patrick Mussongi zum Beispiel handelt es sich um Schlatters unehelichen Sohn. Und Frau Wölfli-Stich ist eine Kusine von *Lottoswiss*-Wunderli. Sie alle haben in den vergangenen Monaten groß abgeräumt. Immer mittwochs und jedes Mal einen Jackpot in Millionenhöhe.

Sämtliche Beteiligten sitzen im nahen Bezirksgefängnis in U-Haft. Lediglich der in der Psychiatrie vor sich hin dämmernde Hollenstein und Wunderlis Kusine Wölfli-Stich, welche die Basellandschafter Kollegen in Laufen dingfest gemacht haben, fehlen uns noch in der Sammlung. Die Wölfli-Stich wird uns morgen überstellt.

Die Verhafteten schweigen bislang beharrlich, noch wissen wir nicht, wie der Betrug im Detail funktioniert hat. Strichs Kriminaltechniker, Brandexperten von der Feuerwehr und hinzugezogene Computerspezialisten arbeiten mit Hochdruck an dieser Frage.

Wir haben die Lottobetrugsgeschichte auf Drängen unserer Pressefrau Stebler bereits großspurig in die Journalistenwelt hinausposaunt. Sogar die seriöse *Tagesschau* des Schweizer Fernsehens sah sich genötigt, ihre Hauptausgabe um 19.30 Uhr mit dem Betrug im eigenen Haus zu eröffnen. Fernsehdirektorin Amstutz persönlich verlas eine Erklärung, in der viel von rückhaltloser Aufklärung die Rede war.

Ein lauter Knall lässt mich zusammenfahren. Mir scheint, ich reagiere seit der Explosion im Fernsehzentrum etwas empfindlich auf laute Geräusche. Ich reiße das Fenster auf, lehne mich hinaus und begutachte die Bescherung: An der Kreuzung sind zwei Autos zusammengekachelt. Zum Glück scheint es nur ein Blechschaden zu sein.

Ich schließe das Fenster, zünde mir eine *Muratti* an und trinke den letzten Schluck Kaffee aus meiner Tasse. Es gibt einfach zu viele Bekloppte, die trotz schweren Schneefalls nicht auf ihr Auto verzichten können. Man fährt nicht Auto, wenn zehn Zentimeter Neuschnee auf der Straße liegen, verdammt noch mal! Ebenso wenig wie man in den Wald grillieren geht, wenn eine Feuersbrunst heranrollt. Oder wie man in U-Haft eisern schweigt, wenn die Sachlage offensichtlich ist.

Ich muss los, sonst verpasse ich den Zug. Morgen muss ich fit sein. Wir haben einen Lottobetrug aufgedeckt – grandios. Aber wer Schneider und Antoluzzo umgebracht hat, wissen wir so wenig wie zuvor. Ich eile aus dem Gebäude und werfe den verunfallten Automobilisten an der Straßenecke einen finsteren Blick zu. Atemwölkchen strömen aus ihren Mündern, zwei schwer bemäntelte Kollegen von der

Verkehrspolizei versuchen, sich im Schneegestöber Notizen zu machen. Es ist beschissen kalt und rutschig.

Alles, was ich jetzt noch brauche, ist ein ruhiger, gemütlicher Abend vor dem Fernseher in der Nähe meiner Frau.

Ich weiß, irgendwann wird sie sich wieder beruhigen und sich schmollend ins Schlafzimmer zurückziehen. Im Moment aber steht Leonie noch vor mir und rast vor Wut: »Es ist wirklich zum Kotzen, wie du mich behandelst, Fred! Seit dreiundzwanzig Jahren höre ich jetzt die gleichen blöden Sprüche! Wofür hältst du dich eigentlich?«

Ich versuche, gelassen zu bleiben, damit die Lage nicht vollends eskaliert. Es war irgendwie klar, dass Streit ansteht, es war viel zu lange auffällig friedlich. Doch weder mein vorzeitiger Abgang aus dem Kasino und aus der Sauna noch das verpasste Abendessen am Sonntag sind der Grund für Leonies Ausraster. Nein, ausgelöst hat den Taifun eine kleine Randbemerkung zum Thema Reiter und ihre Vorlieben.

Ich berichtete Leonie neben all den anderen Ereignissen und Erkenntnissen des Tages idiotischerweise auch von Strichs Vermutungen, wie Schneider in den Wald gekommen sei. Dabei muss mir irgendetwas Despektierliches zum Thema Pferde entwichen sein, ich weiß nicht einmal mehr was. Jedenfalls hat es in meiner Frau eine unkontrollierbare Kettenreaktion ausgelöst.

»Du weißt doch, dass ich es toll finde, dass du reitest«, versuche ich es versöhnlich.

»Einen Scheißdreck tust du, Fred! Fang jetzt nicht noch an zu lügen, sonst ziehe ich auf der Stelle aus!«

»Was habe ich denn gesagt?«

Leonies Augen funkeln wie Edelsteine, mir ist klar, dass sie kurz davor steht, irgendetwas an die Wand zu werfen.

»Kannst du dich nicht mal mehr an deine eigenen Worte erinnern? Bist du so dämlich oder spielst du das nur?«

»Jetzt hör aber auf! Kein Mensch hat etwas gegen deine Reiterei gesagt! Auch wenn sie mir als einziger Lebensinhalt zugegebenermaßen ziemlich dürftig erscheint.«

»Du bist es doch, der durchs Leben wandelt wie ein Autist! Dich interessiert nichts außer deinem blöden Job! Meine Freunde sind dir zuwider, meine Arbeit interessiert dich nicht, *Glorious* würdest du am liebsten zu Pferdehackfleisch verarbeiten! Nur könntest du wahrscheinlich nicht mal etwas daraus kochen, alltagsuntauglich und beziehungsunfähig, wie du bist! Deine Ignoranz ist wirklich zum Schreien!«

»Dass du schreist, ist nicht zu überhören, Leonie«, maule ich dazwischen. »Und im Gegensatz zu dir verwöhntem Zürichbergkind habe ich leider keine Zeit für all diesen noblen Klimbim, weil ich schwer für mein Geld arbeiten muss!«

»Wie bitte!? Wie nennst du mich? Zürichbergzicke? Du wagst es ...!«

»Das hab ich nicht gesagt, das weißt du ganz genau! Überhaupt, du übertreibst wieder mal maßlos, diese Hysterie ist doch vollkommen lachhaft!«

»Ich? Hysterisch?«, tobt sie vor mir herum. »Ich?«

Leonie steht da wie ein Feuer spuckender Drache und schnappt nach Luft. Gleich wird sie mir den Rest geben. Mein Puls ist jenseits aller ärztlichen Ratschläge. Ich schwitze und zittere und alles in meinem Kopf schreit, das Theater möge bitte aufhören.

»Das glaub ich einfach nicht, Fred. Das ist wirklich zu viel«, sagt sie plötzlich gefährlich ruhig. Dann stolziert sie davon Richtung Schlafzimmer, wo sie die Tür zuwirft und abschließt.

Ich werde auf dem Sofa nächtigen. Zum ersten Mal seit

über einem Jahr. Warum bin ich nur ein derartiger Idiot? Weshalb lebe ich nicht allein und in Frieden? Wieso hab ich die Gefahr nicht kommen sehen und versucht, sie irgendwie abzuwenden?

Ich könnte jetzt schüchtern an die Schlafzimmertür klopfen und um Verzeihung bitten für alles, was ich je gesagt oder getan habe. Aber erstens würde es nichts nützen. Zweitens will ich mich dann doch nicht allzu sehr erniedrigen. Und drittens steht mir im Wohnzimmer immerhin der Fernseher zur Verfügung.

Das Geständnis

Die blutunterlaufenen Augen des Phantoms blicken mich lauernd an. Seine linke Hand liegt zitternd auf dem neuesten *Blick* mit der Schlagzeile *Lottoskandal: Wusste Schneider zu viel?* Die rechte greift unsicher in sein schlecht sitzendes Jackett und zieht eine fast aufgebrauchte Medikamentenpackung hervor. Mein Vorgesetzter entnimmt ihr eine gelbe Pille und spült sie mit einem Schluck Wasser hinunter. Sein Adamsapfel hüpft auf, in den Eingeweiden blubbert es. Mit einem leichten Heben der Augenbrauen signalisiert mir das Phantom, ich möge beginnen.

»Was die Morde betrifft, drehen wir uns nach wie vor im Kreis«, berichte ich. »Der Lottobetrug ist dagegen aufgeklärt. Stuckis blonde Freundin Hüsler ist als Erste eingeknickt, der Rest ergab sich gestern. Einzig die Schlatters behaupten weiterhin, sie wüssten von nichts.«

»Wie haben sie's angestellt?«, fragt der alte Mann.

»Relativ simpel«, antworte ich. »Wunderli nahm die Kugeln an sich, sie liegen bei der *Lottoswiss* in Basel in einem Tresor, und brachte sie eines Nachts heimlich ins Lottostudio nach Zürich. Stucki zeichnete mit Hollensteins Hilfe verschiedene Ziehungen auf. Hollenstein fand später einen Weg, die getürkten Bilder während der richtigen Ziehung in die Aufzeichnungssysteme einzuspeisen, laut Strich brauchte er dazu lediglich ein paar Kabel umzustecken. Im Regieraum liefen so während der eigentlichen Sendung nur die vorab aufgenommenen Sequenzen über die Monitore, während die Liveziehung nirgends zu sehen war. Wunderli, der während der Ziehung als Einziger im Lottostudio zu weilen pflegt, bestätigte über ein Gegensprechgerät die Korrektheit der Ziehung und ließ die regulär gezogenen Kugeln verschwinden, bevor sie ein Außenstehender zu Gesicht bekam. Der für solche Sendungen gesetzlich vorgeschriebene Anwalt sah wie alle anderen im Regieraum und wie die Zuschauer zu Hause nur die getürkte Ziehung.«

Das Phantom prustet los. Ein breites Lachen überzieht das eingefallene Gesicht. »Nicht möglich«, kommentiert er.

»Die Gewinner haben nach der Auszahlung des Geldes jeweils die Hälfte ihres Gewinns in bar abgehoben und an die Federführenden des Betrugs weitergereicht. Stuckis Freundin Hüsler an Stucki, Antoluzzo an Hollenstein und so weiter. Das Geld wuschen sie dann im Kasino rein.«

»Ein Wahnsinn«, grinst das Phantom.

»Schneider muss irgendwie hinter die Sache gekommen sein und hätte laut Stucki und Wunderli als Nächster gewinnen sollen. Genauer gesagt, sein WG-Partner, der quirlige Jean. Sie warteten lediglich noch auf einen großen Jackpot. Schneider schickte den offenbar zögernden Jean bei Antoluzzo vorbei, der ihn schließlich überzeugen konnte, dass es absolut lohnenswert sei, den Strohmann zu spielen. Denn immerhin wären Jean trotz der Abgaben an Schneider und das Steueramt immer noch ein paar Hunderttausend Franken geblieben.«

»Wie kann Schneider dahintergekommen sein?«, stellt das Phantom die richtige Frage. Die gelbe Pille hat seine Lebensgeister sichtbar erwachen lassen.

»Das wissen wir noch nicht«, sage ich. »Vielleicht hat er einfach zufällig etwas gesehen. Das Lottostudio liegt auf dem Weg von seiner Garderobe zum Studio von *Coolrun*. Möglicherweise hat er auf eigene Faust angefangen zu recherchieren. Oder, das ist meine Lieblingsthese, sein neuer Lover Hollenstein hat sich verplappert.«

»Hat der auch gestanden?«

Ich zucke resigniert mit den Schultern: »Man lässt uns nicht mit ihm sprechen. Er dämmert noch immer in der geschlossenen Abteilung der Psychiatrischen Klinik Hard in Embrach vor sich hin. Klar, die Ereignisse haben ihn schwer mitgenommen. Schneider war sein Liebhaber, Antoluzzo sein langjähriger Partner. Trotzdem ist es nervig, dass wir nicht an ihn rankommen.«

»Mal sehen, vielleicht kann ich euch helfen«, meint das Phantom und kritzelt fahrig eine Notiz in die Agenda auf seinem Pult.

»Das Vertrackte ist, dass Stucki, Wunderli und Schlatter alle hieb- und stichfeste Alibis für den Zeitpunkt des Mordes an Schneider haben«, fahre ich fort. »Ebenso für die Zeit, in der Antoluzzo ums Leben kam. Auch der kleine Jean, Stuckis Blondine Hüsler, Wunderlis Kusine Wölfli-Stich und Schlatters Sohn Mussongi kommen als Täter definitiv nicht in Betracht.«

»Warum hätten sie Schneider überhaupt umbringen sollen?«, wundert sich das Phantom. »Selbst wenn er die anderen ursprünglich mal erpressen wollte: Mit der Zusicherung, er gewinne als Nächster, war er doch sicher ruhig gestellt? Und der Bande konnte es ja egal sein, ob noch einer mehr oder weniger abräumt.«

»Eben«, seufze ich. »Was ich ebenfalls nicht verstehe, ist, warum jemand das Studio gesprengt hat.«

»Um Spuren zu verwischen?«, schlägt das Phantom vor.

»Kaum«, zweifle ich. »Mit der Sprengung bewies uns der Täter doch nur, dass wir auf der richtigen Spur waren.«

»War es denn einer der Inhaftierten?«

»Da bin ich mir relativ sicher«, sage ich. »Sie haben Zugang zum Studio und befanden sich zum Zeitpunkt der Explosion alle in der Nähe. Die verwendete Handgranate hat eine maximale Zündverzögerung von zwei Minuten. Es muss ein Interner gewesen sein, der die Örtlichkeiten kannte und sich in dieser kurzen Zeit noch weit genug in Sicherheit bringen konnte.«

»Antoluzzo kommt als Schneiders Mörder nicht infrage?«, kehrt das Phantom zu unseren Mordfällen zurück.

»Es gibt nichts, was ihn definitiv als Täter ausschließt. Aber ich spüre einfach, dass er es nicht war. Auch kann er nach allem, was wir wissen, nicht reiten und Strich behauptet wie ein störrischer Esel, Schneider sei mit einem Pferd zum Tatort gebracht worden.«

Das Phantom greift zu seinem Wasserglas und genehmigt sich ein paar kleine Schlucke. »Reitet deine Frau eigentlich immer noch so gern?«, fragt er als Nächstes.

»Ja, schon«, sage ich und spüre, wie meine Stimmung abrupt in den Keller rasselt. Leonie hat seit vorgestern Abend kein Wort mehr mit mir gesprochen – und der liegt immerhin schon fast sechsunddreißig Stunden zurück.

»Schön. Meine Frau hat mich leider schon vor Jahren verlassen«, murmelt der gebrochene Mann vor mir. »Ich habe mir zu wenig Mühe gegeben mit ihr.«

Darauf kann ich nichts sagen. Ich gebe mir ja Mühe! Reiße mich wirklich zusammen und warte geduldig darauf, dass sich die Beziehungslage bald wieder bessert. Gut, vielleicht könnte ich heute einmal Blumen nach Hause mitbringen. Oder Leonies vierbeinigem Bastard eigenhändig einen Sack Pferdekost verfüttern. Aber vermutlich reicht es, wenn ich bis Freitag die Nerven bewahre. Denn da kommt Sohn Per mit seiner Freundin zu Besuch und ich möchte wetten, dass Leonie vorher wieder Frieden mit mir schließen wird. Oder wenigstens einen Waffenstillstand.

Zwei lange Tage noch ... Ich werde nachher Blumen besorgen.

»Hast du es dir überlegt?«, spricht das Phantom in die Stille hinein.

Es dauert einen Moment, bis ich begreife, worauf er anspielt. »Deine Nachfolge?«

Er nickt.

Ich weiß es nicht, zum Teufel, möchte ich sagen, aber ich getraue mich nicht. Das Phantom wäre glücklich über ein Ja, das weiß ich, und auch Leonie wäre begeistert. Ihr Mann Polizeikommandant! Mal sehen, vielleicht tu ich den Leuten den Gefallen. Obwohl ich sicher der falsche Mann für diesen Job bin und es schließlich mein Leben ist.

»Lass mich erst mal diesen Fall abschließen, Fritz«, bleibe ich deshalb vage.

»Schön«, meint er. »Kann ich euch dabei irgendwie unterstützen?«

»Schau mal, ob du uns Zugang zu Hollenstein verschaffen kannst, und halte uns den Rücken frei«, antworte ich. »Alles, was wir brauchen, ist Zeit.«

»Meine wird leider langsam knapp, Fred«, sagt er trocken.

Plötzlich verspüre ich große Wehmut in mir. Ich mag das Phantom, mochte es immer. Er war ein beeindruckender Mann, ein Polizist, der weit über seinen Schreibtisch hinaussah. Belesen, gebildet, unaufgeregt, souverän. Viel unterwegs und deshalb selten zu sehen, daher sein Spitzname. Aber auch ohne sichtbare Präsenz eine Respektsperson, in deren Fußstapfen ich mich hoffnungslos verlieren würde.

»Ich gehe jetzt«, erhebe ich mich unsicher. »Du hörst wieder von mir.«

Er verabschiedet mich mit einem angedeuteten Winken.

»Bis bald«, sage ich an der Tür und schließe sie sanft. Seine Sekretärin im Vorzimmer lächelt mir aufmunternd zu und ich marschiere nachdenklich zurück in mein Büro.

Auf der Treppe klingelt mein Natel, es ist Monique von Weissenfluh.

»Und, wie läuft's?«, fragt sie mich.

»Es geht so«, antworte ich wahrheitsgemäß. »Und bei Ihnen? Alles klar?«

»Na ja, Ihre Verhaftungen haben das Schweizer Fernsehen natürlich in seinen Grundfesten erschüttert. Und dass *Coolrun* heute durch einen alten Krimi ersetzt wird, haben Sie sicher mitgekriegt.«

»Habe ich Ihnen die Moderatorinnenträume versalzen?«

»Ach was«, meint sie. »Ich komme schon noch zum Zug, darauf können Sie sich verlassen.«

»Sind Sie wirklich so scharf auf den Job, wie manche Leute behaupten?«

»Ich moderiere gerne und gut, Staub«, sagt sie unbescheiden. »Zweifeln Sie etwa daran?«

Ich habe inzwischen mein Büro erreicht und ignoriere ihre Frage. »Weshalb rufen Sie an?«

»Tommy Schlatter«, höre ich sie sagen. »Schwer zu glauben, dass er etwas mit der Sache zu tun haben soll. Ich mag den Mann keineswegs, aber es passt einfach nicht zu ihm, bei einem Betrug mitzumachen. Der schummelt noch nicht mal bei den Spesen. Er hat den Ruf, dass er noch nie auch nur einen einzigen Kugelschreiber aus dem Geschäft mit nach Hause genommen hat!«

»Sein Sohn hat als einer der ersten Verdächtigen im Lotto gewonnen«, widerspreche ich. »Und Stuckis Freundin hat ausgesagt, er habe von der Sache gewusst.«

»Da ist was faul, Staub, glauben Sie mir«, beteuert sie.

»Sorry, ich will Ihnen nicht in Ihre Arbeit reinreden. Aber ich musste das einfach schnell loswerden.«

»Schon okay«, sage ich und beende das Gespräch.

Ich lasse mich auf meinem Stuhl nieder und starre aus dem Fenster. Der Himmel ist von einem eintönigen Grau, wie eingefroren. Kalter Stillstand wie in unserem Fall. Jemand klopft an die Tür, es ist Mario. Und hinter ihm erkenne ich Gret, die blass und erschöpft aussieht.

»Was habt ihr auf dem Herzen?«, frage ich das Duo.

Mario in seinem lachhaften Businessaufzug hüstelt unsicher und blickt zu Gret hinüber.

»Schlatter«, sagt die. »Sind wir wirklich sicher, dass er zu der Bande dazugehört?«

»Das fragte mich gerade eben schon die von Weissenfluh«, wundere ich mich. »Was spricht denn dagegen?«

»Der vergleichsweise bescheidene Gewinn seines Sohnes«, meint Gret. »Während die anderen alle mehr als 2,5 Millionen Franken absahnten, waren es bei Schlatters Sohn nur 1,6 Millionen. Und von seinem Konto wurde seither praktisch nichts abgehoben.«

»Das Muster unterscheidet sich deutlich von den anderen Fällen«, fügt Mario hinzu.

Die beiden machen mich ratlos. Wenn stimmt, was sie sagen, und daran gibt es eigentlich keinen Zweifel, liegt der Fall bei Schlatter tatsächlich anders. Was bedeuten würde, dass wir uns ihn und seinen Sohn schleunigst nochmals vornehmen sollten. Die Frage ist nur, ob sie dann auch mit uns sprechen. Bei dem Verhör gestern wiederholte Schlatters Sohn in einem fort, er sei unschuldig und wisse von nichts. Schlatter selbst drohte uns gar mit umfangreichen Klagen.

Aber ein neuerlicher Versuch kostet uns ja nichts.

»Bestellt Tommy Schlatter in den Verhörraum und gebt

mir Bescheid, wenn er da ist«, sage ich daher und geleite Gret und Mario hinaus in den Gang. Ich will nachsehen, was der Rest von uns so treibt.

Gret durchschaut meine Absicht sofort und informiert mich ungefragt: Michael spreche mit Jean und Bea höre sich noch einmal im Sendezentrum um.

Immerhin ist Häberli anwesend, zumindest rein physisch. Er qualmt an seinem Pult vor sich hin und betrachtet im Halbschlaf irgendwelche Videobänder, die er vom Chef des Kasinos in Baden erhalten hat. Gerade kritzelt er etwas in einen zerknitterten Block.

»Hallo, John«, erschrecke ich ihn und er stoppt das Video und schielt zu mir hoch.

»Wunderli muss irgendwo anders gezockt haben, Boss«, teilt er mir mit. »Auf diesen Bändern kann ich ihn jedenfalls nirgends entdecken.«

»Na toll. Und was soll das hier geben?«, deute ich auf den Block vor ihm. Ich erkenne neben hastig hingeschmierten Zahlen auch kunstvoll ausgeschmückte Fischzeichnungen. »Versuchst du, deine Träume zu deuten?«

»Eine Liste der Kasinobesuche von Hollenstein und Stucki, inklusive der Höhe der Einsätze«, überrascht er mich.

»Sehr schön, John«, lobe ich ihn zur Motivation. »Sag, waren Schlatter oder dessen Sohn auch irgendwann mal in diesem Kasino?«

»Nö«, meint er. »In den vergangenen sechs Monaten auf jeden Fall nicht.«

»Weiter so, John«, verabschiede ich mich und kehre in mein Büro zurück. Von dort aus rufe ich in der Psychiatrischen Klinik Hard an und frage nach Hollenstein. Es dauert ein wenig, aber schließlich bekomme ich den zuständigen deutschen Assistenzarzt an die Strippe.

»Unverändert«, beschreibt er Hollensteins Zustand.

»Irgendwann sollten wir mit dem Mann reden«, erkläre ich ihm.

»In der Psychiatrie kann man nun mal nichts erzwingen, Herr Hauptmann. Was es braucht, ist sehr viel Geduld. Geduld und nochmals Geduld! Da nutzt es auch nichts, wenn Sie ständig hier anrufen.«

»Papperlapapp! Wir haben einen frei umherlaufenden Mörder, der vielleicht noch jemandem die Rübe wegpustet, Verehrtester«, erinnere ich ihn an den Grund meines Interesses. »Mich dünkt, der gute Hollenstein drückt sich davor, mit uns zu sprechen, und Sie unterstützen ihn bereitwillig dabei!«

»Der Mann leidet schwer. Insbesondere weil er realisiert, was mit ihm geschieht«, rechtfertigt sich der Arzt.

Ich horche auf. »Wieso das denn?«

»René Hollenstein hat selbst eine vierjährige Lehre als Psychiatriepfleger absolviert und zwei Jahre auf einer offenen Station in Kilchberg gearbeitet, bevor er zum Fernsehen ging. Wussten Sie das nicht?«

Nein, das wusste ich nicht. Woher auch? Schließlich habe ich die Pfeife Mario beauftragt, mir Fakten über Hollenstein zu besorgen. Die Frage ist, ob die Information des Arztes etwas zu bedeuten hat. Wahrscheinlich nicht, wir alle haben schließlich ein Vorleben. Ich zum Beispiel war einmal Ingenieur bei Sulzer.

»Morgen will ich mit dem Mann sprechen«, betone ich. »Es ist mir egal, wie Sie das hinkriegen.«

Ein metallisches Lachen dröhnt mir entgegen. »Hauptmann Staub, ich glaube, Sie verwechseln da etwas. Wir allein entscheiden, wann Herr Hollenstein bereit ist für ein Gespräch mit Ihnen.«

»Das werden wir ja sehen«, maule ich zurück und knalle den Hörer auf die Gabel.

Verfluchtes Psychiatrievolk! Diese Leute behandeln uns ständig wie den letzten Dreck. Außer es dreht wieder einmal einer ihrer verhätschelten Patienten durch: Dann greifen sie zum Telefon und fordern lauthals Polizeiunterstützung. Im Alltag ein wenig zu kooperieren liegt dagegen unter ihrer Würde. Ich kann nur laut lachen, wenn ich höre, dass man nach einer Verhaftung vor allem einen guten Anwalt benötigt: Jeder dahergelaufene Psychiater verhindert die Verbrechensaufklärung wesentlich wirkungsvoller und wird dafür auch noch von der Krankenkasse bezahlt.

Ich verspüre nicht wenig Lust, sofort in die Hard hinauszufahren und mir die Seelenklempner persönlich vorzunehmen. Es kann einfach nicht sein, dass wir nicht an den behämmerten Hollenstein herankommen. Der Mann weiß Entscheidendes, dessen bin ich mir sicher. Und immerhin ist er ja bereits des Lottobetrugs überführt.

Ich starre eine Weile auf die an meine Tür gepinnte Karte des Kantons Zürich, um mich zu beruhigen. Als mein Puls wieder halbwegs normal ist, gehe ich in den Gang hinaus und rufe nach Mario. Wenig später steht er in gebückter Haltung vor meinem Pult.

»Habe ich nicht mal Hintergrundinformationen über Hollenstein verlangt?«, fahre ich ihn an.

Er tippt sich mit dem Zeigefinger ein paarmal auf sein flaumiges Kinn. »Da überfragst du mich, Fred«, meint er dann. »Aber ich kann dir natürlich gerne was zusammenstellen.«

»Bitte sehr!«

Das Telefon auf meinem Pult klingelt. Ich gebe Mario ein Handzeichen, dass er verschwinden möge, und nehme den Hörer ab.

Es ist Gret, die mir mitteilt, Schlatter sei in fünf Minuten bereit zum Verhör.

»Ich komme runter«, sage ich zu ihr und überlege mir, was Mario immer noch vor meinem Pult macht. Bevor ich ihn danach fragen kann, will er von mir wissen, ob er bei Schlatters Vernehmung dabei sein kann.

»Wenn du dich aufs Zuhören beschränken kannst, von mir aus«, tue ich ihm den Gefallen.

Ein Leuchten huscht über sein Milchgesicht und er trippelt anschließend brav hinter mir her bis in den Verhörraum. Wir setzen uns auf die unbequemen Holzstühle und warten. Hören Schlüsselgeklimper und schwere Schritte im Gang. Dann kommt Schlatter herein, zwei uniformierte Kollegen geleiten ihn zu seinem Stuhl. Gret huscht auch noch in den Raum und ich starte das Tonband.

Schlatter sieht beschissen aus. Er ist grau im Gesicht und müffelt in demselben speckigen Hemd vor sich hin, in dem wir ihn verhaftet haben. Offenbar hat ihm bislang noch niemand frische Kleidung vorbeigebracht.

»Ohne Anwalt sage ich nichts«, schnauzt er uns an.

»In Ordnung«, quittiere ich. »Aber lassen Sie mich dennoch rasch ein paar Worte loswerden. Wenn Sie nachher immer noch auf Ihrem Anwalt bestehen, warten wir halt, bis er hier ist.«

»Es ist eine bodenlose Frechheit, dass Sie mich überhaupt festhalten«, geifert er weiter.

»Der Staatsanwalt sieht das offenbar anders«, entgegne ich lächelnd und schalte demonstrativ das Tonbandgerät aus. »Verflucht noch mal, Schlatter! Alle Indizien sprechen gegen Sie! Zudem belastet Sie eine der anderen Beschuldigten. Aber gut, eventuell«, ich mache eine bedeutungschwangere Pause, »wenn Sie sich wirklich anstrengen, kommen Sie vielleicht trotzdem noch heil aus der Sache raus. Aber nur, wenn Sie endlich mit uns reden.«

»Worüber denn? Dass ich nichts mit dem Lottobetrug zu tun habe, will ja nicht in Ihren Dickschädel!«, schreit er mich an und ich verstumme.

Ist der unsympathische, übel riechende Schlatter am Ende gar unschuldig? Eine Horrorvorstellung! Das hieße ja, dass wir in aller Öffentlichkeit einen Unbeteiligten an den Pranger gestellt hätten. Das darf natürlich nicht sein. Gibt es denn kein Zwischending zwischen schuldig und unschuldig? Was will ich überhaupt hören von dem Mann? Irgendetwas, was uns weiterhilft, gebe ich mir die Antwort. Nur habe ich weiterhin nicht die leiseste Vorstellung, was das sein könnte.

»Wann haben Sie gemerkt, dass bei der Lottoziehung beschissen wird?«, ertönt unvermittelt Grets sachliche Stimme neben mir und ich hätte sie auf der Stelle umarmen können. Sie hat den richtigen Ansatzpunkt gefunden, ich spüre es sofort.

Schlatters Augen flackern wie Luftballons im Wind, er atmet plötzlich schneller, kloakiger Mundgeruch weht uns entgegen. Noch ringt er sichtbar mit sich, überlegt sich wohl, was es ihm einbringen könnte auszupacken.

Aber auf einmal bricht es aus ihm heraus: »Schon beim ersten Mal.«

Gret und ich blicken uns an. Ich gebe ihr mit einem leichten Kopfnicken zu verstehen, dass sie weitermachen soll.

»Also bei der Ziehung, die Antoluzzo zum Millionär machte«, hält sie sachlich fest.

»Jawohl! Schon die Stimmung im Regieraum war anders als sonst. Als dann auch noch durchsickerte, dass ausgerechnet René Hollensteins fideler Freund den Jackpot geleert hat, wurde ich endgültig misstrauisch. Ich hielt meine Augen und Ohren offen und ertappte Hollenstein eines Tages in einem Technikraum, in dem er nichts zu suchen hatte. Als ich ihn zur Rede stellte, stritt er natürlich alles ab.«

»Und weiter?«

»Am nächsten Morgen klingelte Victor Stucki an meiner Haustür und behauptete kaltschnäuzig, er hätte mich in der Hand: Mein eigener Sohn zähle zu den getürkten Gewinnern, er selbst habe dessen Gewinnschein ausgefüllt. Falls ich nicht bereit sei zu kooperieren, würde ich mit hochgehen.«

»Toll«, bringe ich mich ein.

Aber Schlatter ist längst egal, wer spricht. »Ich konnte es nicht fassen und rief noch in Stuckis Beisein meinen Sohn an. Er bestätigte mir nach mehrfachem hartnäckigem Nachfragen, er habe tatsächlich kürzlich im Lotto gewonnen. Der Gewinnschein mit den sechs Richtigen sei ihm anonym per Post zugeschickt worden. Von einem ›Freund‹.«

»Das sollen wir Ihnen jetzt glauben?«, frage ich ihn, obwohl ich keinerlei Zweifel habe, dass stimmt, was er sagt.

»Die Bande hatte Sie also in der Hand«, ignoriert mich Gret. »Was bedeutete das konkret?«

»Na, dass ich mitspielen musste, zum Henker! Was denn sonst?«, erläutert ihr Schlatter zornig. »Bei jedem zweiten großen Jackpot saß ich wie ein Volltrottel neben Stucki und Hollenstein in der Regie und wusste, dass die Bilder getürkt waren und wieder irgendein Verwandter abkassierte. Sie versprachen mir, es sei vorbei, sobald auch Stucki und Wunderli ihre Schäfchen ins Trockene gebracht hätten.«

»Dem war nicht so?«, fragt Gret.

Schlatter rülpst unappetitlich. »Plötzlich hieß es, Schneider müsse auch noch gewinnen.«

»Aha«, sage ich.

»Wie haben Sie reagiert?«, fragt Gret.

»Was hätte ich denn Ihrer Meinung nach tun sollen? Mir waren wirklich die Hände gebunden.«

Irgendwie kann ich den Mann verstehen. Wenn die eigenen Kinder involviert sind, wird es schwierig, das weiß ich aus eigener Erfahrung. Mir ist klar, dass Schlatter für seine Version keinerlei stichhaltige Beweise hat. Dennoch spricht er meines Erachtens die Wahrheit.

»Dann wurde Schneider aber dummerweise erschossen«, fahre ich fort. »Wissen Sie, weshalb und von wem?«

»Absolut nicht«, beteuert er und auch das nehme ich ihm ab. »Vielleicht hat er die anderen erpresst.«

»Haben Sie irgendeine Vorstellung, wie er dem Ganzen auf die Schliche kam?«

»Ich schätze über Hollenstein. Der war bis über beide Ohren verknallt in Schneider.«

Immer wieder Hollenstein, an den wir nicht herankommen.

Marios Natel klingelt. Er schaut mich verängstigt an. Aber ich strecke den Daumen meiner rechten Hand hoch, worauf Mario das Gespräch erleichtert entgegennimmt. Er lauscht, nickt ernst, bedankt sich und steckt das Natel zurück in ein Ledertäschchen an seinem Gurt.

»Was Wichtiges?«, frage ich ihn.

»Wir haben endlich Schneiders Lamborghini gefunden«, antwortet er. »Im Parkhaus eines Billigmöbelhauses im deutschen Hohentengen.«

»Na, großartig«, sage ich und wende mich wieder Schlatter zu: »Was dachten Sie denn, wie die ganze Geschichte weiterlaufen sollte?«

»Spätestens nach Schneiders Tod wollte ich nur noch, dass es endlich aufhört. Koste es, was es wolle«, ächzt Schlatter.

Ich realisiere, dass wir vielleicht bald ein weiteres kleines Teil in das Riesenpuzzle einfügen können. »Die Handgranate im Lottostudio hätten Sie sich sparen können«, versuche ich es. »Wir waren zu jenem Zeitpunkt bereits auf der richtigen Fährte.«

»Das hat Ihnen aber leider niemand zugetraut«, meint er zynisch.

»Sie geben zu, dass Sie das Studio gesprengt haben?«, hakt Gret nach.

»Zum Henker, ja!«, poltert Schlatter. »Hängen Sie mich von mir aus dafür auf!«

»Sie wollten uns in die richtige Richtung lenken«, sagt Gret ganz cool und Schlatter nickt ergeben.

»Warum haben Sie nicht einfach früher mit uns gesprochen?«, frage ich ihn.

»Sie«, betont er mit verächtlichem Blick auf mich, »Sie oder auch Ihr smarter Stellvertreter hätten mir sicher nicht geglaubt, oder?«

»Sie unterschätzen uns«, erwidere ich knapp.

»Kann ich jetzt gehen?«

Gute Frage. Was machen wir mit ihm? Lassen wir ihn einfach frei? Und was sagen wir der Presse? Immerhin hat er eine Handgranate gezündet. Auch wenn er es vermutlich tatsächlich tat, um uns zu helfen.

»Es gibt schon noch ein paar offene Fragen«, sage ich. »Wir müssen uns zuerst intern absprechen.«

»Na, dann los!«, wedelt Schlatter mit der Hand Richtung Tür und Gret steht tatsächlich auf und verlässt den Raum. Ich folge ihr achselzuckend und schiebe auch Mario hinaus.

»Ich schlage vor, er bleibt noch ein, zwei Tage in Haft, bis wir uns überlegt haben, was wir der Presse sagen, und bis seine Aussage überprüft worden ist«, tuschle ich vor der Tür mit Gret. »Bist du damit einverstanden?«

»Nur wenn ihm jemand ein frisches Hemd und eine

Zahnbürste bringt«, meint sie und ich puffe sie scherzhaft in die Schulter.

Mario lächelt gequält. »Entschuldigt, aber der Mann hat ein Attentat auf ein Studio verübt«, äußert er sich.

»Ist ja nix passiert«, beruhige ich ihn.

»Seine Haftpflichtversicherung wird den Schaden kaum decken«, entgegnet er trotzig und natürlich hat er recht. Wir müssen uns gut überlegen, wie wir in Sachen Schlatter vorgehen.

Dennoch ärgert es mich ein wenig, dass ausgerechnet Mario auf dem entstandenen Schaden herumreitet, er, der eine nicht unerhebliche Mitschuld daran trägt, dass vor gut eineinhalb Jahren ein Zug beschossen wurde und drei Menschen dabei starben.

Bevor ich ihm eine passende Bemerkung an den hohlen Kopf knallen kann, kommt Michael um die Ecke. An seiner Seite erkenne ich Jean Stadler, den Videokünstler, den Schneider dazu gebracht hat, bei dem geplanten Lottobetrug als Strohmann zur Verfügung zu stehen.

Der kleine Jean sieht völlig erledigt aus. Dabei hat er als Strafmaß bestenfalls ein paar Monate auf Bewährung zu erwarten, weil er es unterlassen hat, uns über ein Verbrechen zu informieren, von dem er Kenntnis hatte. Als er näher kommt, sehe ich, dass seine Augen gerötet sind und tränen. Trotzdem erkennt er mich sofort wieder.

Er greift nach meiner Hand und winselt: »Es tut mir so leid, Herr Staub, glauben Sie mir! Ich ließ mich von Schneider zu der Sache überreden – ich tat es, um ihm zu helfen. Sie verstehen das doch, oder?«

Mein Vorrat an Verständnis ist für heute ziemlich aufgebraucht, merke ich, auch wenn es erst kurz vor elf Uhr morgens ist. Ich schenke Jeans Gewimmer deshalb keine große

Beachtung, Michael wird schon wissen, wie er mit ihm umzugehen hat.

»In einer halben Stunde im Sitzungssaal«, informiere ich meinen Kollegen, »Besprechung mit den *Lottoswiss*-Leuten.«

Dann mache mich auf den Weg in mein Büro.

Ausnahmsweise stört mich Häberlis ungezügelte Schloterei nicht. Im Gegenteil, sie bereitet mir klammheimlich sogar große Freude. Denn sowohl der herausgeputzte Direktor der *Lottoswiss* als auch die magere Stebler aus unserer Presseabteilung leiden sichtbar an der Luft im Saal, die wirklich zum Schneiden ist.

Ich beschließe, Häberli zu unterstützen und mir selbst eine *Muratti* anzuzünden. Den Rauch puste ich demonstrativ in Richtung des großen Rauchverbotsaufklebers, der an der Wand zwischen den Fahndungsfotos hängt. Michael und Gret werfen mir ob meines Tuns scheele Seitenblicke zu und Bea hüstelt theatralisch.

Aber Hauptsache, die aalglatt-schmierige Stimme des *Lottoswiss*-Direktors klingt immer heiserer. »Natürlich werden wir zu Unrecht ausbezahlte Gewinne in ihrem vollen Umfang zurückfordern und sie an die nächstfolgenden Gewinnränge weitergeben. Alle Lottoscheine werden bei uns ja elektronisch erfasst und die entsprechenden Daten zwei Jahre lang aufbewahrt!«

Ich frage mich, was das Gelaber soll, schließlich sitzen wir hier lediglich zusammen, um eine Pressekonferenz vorzubereiten, und nicht, um sie bereits in vollem Wortlaut abzuhalten. Auch bin ich derzeit infolge von zu wenig und äußerst unruhigem Schlaf ohnehin nicht sehr aufnahmefähig. Heute will ich wieder in unserem gemeinsamen Ehebett nächtigen, zum Teufel! Oder ich esse den Rest meiner Tage nur noch

Pferdefleisch, und zwar vom Frühstück bis zum Abendessen. Notfalls schlachte ich die Viecher selbst!

»Das betrifft natürlich auch Herrn Schlatters unehelichen Sohn, den jungen Herrn Mussongi, der zwar nicht selbst betrogen hat, aber sein Geld nichtsdestotrotz aufgrund von betrügerischen Machenschaften ...«

Die Asche fällt von der Zigarettenspitze direkt auf den Ausdruck der Powerpoint-Präsentation, welche die Stebler für die anstehende Pressekonferenz vorbereitet hat. Ich drücke die Zigarette im Aschenbecher aus und richte meine müden Augen in Richtung der vergilbten Decke.

»... wird das Premiumprodukt Schweizer Zahlenlotto künftig noch sicherer sein. An unseren drei neuen Sicherheitsstufen wird jegliche kriminelle Energie abprallen wie Tennisbälle an einem Garagentor. Wir, an vorderster Front, fordern exemplarisch harte Strafen für ...«

Mir fallen langsam die Augen zu, ich sehe gerade noch, dass selbst die Stebler verhalten gähnt.

»... mithilfe der Experten der Zürcher Kantonspolizei sämtliche Gewinne der vergangenen Jahre nochmals akribisch auf mögliche Ungereimtheiten durcharbeiten ...«

Ich sehe mich plötzlich als Kind. Sehe mich rennen, höre meinen Vater rufen, spüre seinen Arm, der mich hochreißt und rüde über den Holzzaun bugsiert, während das Hufgetrampel immer näher kommt ...

»Fred?«, dringt Michaels Stimme zu mir.

Ich schrecke hoch und reibe mir verwundert die Augen.

»Es ist so weit. Wir müssen vor die Presse«, lächelt er und klopft mir freundschaftlich auf die Schulter.

»Muss ich was sagen?«

»Ich übernehme das für dich, wenn du willst«, bietet er mir an.

»Sei so gut«, sage ich und bitte Mario, er möge mir aus der Kantine einen doppelten Espresso holen.

Vier Stunden später verfolge ich, wie in einem ausgekühlten, düsteren Hohentengener Parkhaus Schneiders schwarzer Lamborghini auf einen Abschleppwagen gehievt wird. Wir wollen die Nobelkarosse nach Zürich überführen, damit auch der fette Ralf Strich sie akribisch nach Spuren und Hinweisen durchsuchen kann. Nicht dass ich glaubte, das brächte etwas – die Deutschen haben bereits ganze Arbeit geleistet, ohne dass dies große Resultate gezeitigt hat. Zwar fanden sie außer Dutzender aktueller Musik-CDs, einem Bündel offener Rechnungen und Schneiders Fingerabdrücken noch Spuren von weiteren drei Personen. Keine von ihnen aber ist irgendwo in Europa registriert.

Ebenfalls ärgerlich ist, dass uns niemand sagen kann, wie lange der Wagen schon in diesem Parkhaus steht. Auch wie er hierhergekommen ist, wissen nur die Götter. Denn die Grenze nach Hohentengen wird auf keinerlei wirksame Weise überwacht. Ein Selbstmordkommando, das mit zwanzig Atomraketen auf dem Autodach durch die Gegend brettert, könnte sie genauso problemlos überqueren wie eine Herde laut trompetender Elefanten.

Ich frage mich, warum ich überhaupt hergefahren bin. Vermutlich hoffte ich, Schneiders Gefährt würde mich in irgendeiner Art inspirieren. Vielleicht bin ich auch nur auf der Flucht vor mir selbst und den Problemen mit Leonie. Als ich ihr heute Mittag mitteilte, dass ich am Abend mit Michael die *Giesserei* aufsuchen müsse, war sie zwar nicht mehr offen feindselig, aber immer noch äußerst kurz angebunden. Daraufhin rief ich trostsuchend meinen Sohn Per an. Der sprach immerhin etwas länger mit mir, wenn auch vorwiegend darüber, dass unsere Visa für Sri Lanka noch immer nicht eingetroffen seien, obwohl wir jetzt eigentlich gelegentlich schon das erste Lariam schlucken müssten.

Lustlos wende ich mich Mario zu. Im Moment steht er den deutschen Kollegen vom Abschleppdienst im Weg und trägt eine besorgte Miene zur Schau. Ich pfeife zu ihm hinüber und signalisiere, dass ich hier alles gesehen habe, was es zu sehen gibt.

»Fahren wir zurück?«, will er von mir wissen.

»Nein, ich gedenke, in diesem beknackten Parkhaus zu übernachten, Mario. Weil es so kuschelig und warm ist. Natürlich fahren wir zurück! Und zwar jetzt gleich!«

Er mimt den Beleidigten und verabschiedet sich umständlich von den deutschen Kollegen. Ich rauche derweil eine weitere überflüssige Zigarette. Als Mario endlich startklar ist, kurven wir aus dem Parkhaus. Vorbei an diversen Möbelparadiesen geht es über die deutsch-schweizerische Grenze und den Rhein in das aargauische Provinznest Kaiserstuhl und weiter nach Glattfelden und Eglisau.

»Möchtest du Radio hören?«, fragt mich Mario.

»Um Himmels willen, nein!«

»Es tut mir leid, dass der Lamborghini im Moment keine neuen Erkenntnisse liefert«, meint er zerknirscht.

»Schon gut«, sage ich. »Kannst du über Oerlikon fahren und mich da absetzen?«

»An der Fernsehanstalt?«

»Lieber am Bahnhof. Und besorg mir endlich Informationen über Hollenstein!«

»Ich kümmere mich sofort darum«, versichert er mir.

Der Rest der Fahrt verläuft schweigend. Ich bedaure selbst, dass meine Laune nicht gerade blendend ist. Aber was soll ich machen? Gute Gründe, Jubelschreie auszustoßen, kann ich derzeit beim besten Willen nirgends ausmachen. Und Schauspieler bin ich nun mal nicht, verstellen konnte ich mich noch nie.

Ich steige bereits beim Hallenstadion aus dem Volvo, weil Baustellen die Zufahrt in das Zentrum von Oerlikon verhindern, und kämpfe mich zu Fuß durch den braunen Schneematsch. Immerhin friere ich heute dank des gefütterten Wintermantels nicht, zu dessen Kauf mich Leonie im vergangenen Herbst genötigt hat.

Michael meldet sich, um zum einen mitzuteilen, dass Stucki auch bei dem jetzigen Verhör nichts Nennenswertes gesagt habe. Zum anderen versichert mir mein Kollege, dass er sich auf unser gemeinsames Abendessen in der *Giesserei* freue.

Ich brummle unbestimmte Laute der Zustimmung in mein Natel und beende das Gespräch, um eine tote Taube zu betrachten, die an der Bordsteinkante liegt. Auf den ersten Blick kann ich keine äußeren Verletzungen an dem Tier erkennen, vielleicht ist das arme Vieh erfroren. Verwunderlich wäre es nicht, denn auch heute erstarrt die Stadt im klammen Griff der Minusgrade. Vielleicht wurde die Taube aber auch vergiftet. Denn manchmal trügt der erste Eindruck. Oder er ist haargenau der richtige.

Ich murmle der Vogelleiche gute Wünsche für das Jenseits zu und marschiere weiter, an etlichen Schaufenstern entlang bis zur Bahnhofsunterführung, durch die man nach Neu-Oerlikon gelangt. Ich könnte zu Monique von Weissenfluh gehen und ihr berichten, dass sie mit ihrer Vermutung über Schlatter recht hatte und meine ursprüngliche Einschätzung in diesem Punkt falsch war. Wie sie vielleicht auch in anderen Punkten falsch ist.

Der erste Eindruck. Der Tote in seinem Blut unter den

Reckstangen. Was hat Michael damals gesagt? Irgendetwas von großem Hass. Auch Gret sprach später von Mord im Affekt.

Wenn wir nur wüssten, was Schneider zwischen seinem Abgang aus der *Giesserei* und dem Ausritt in den Tod am darauffolgenden Morgen getrieben hat. Laut des definitiven Obduktionsbefunds der Rechtsmedizin hat Schneider in dieser Zeit keinen Sex gehabt, dafür aber enorme Mengen Whiskey zu sich genommen und sich mindestens drei Linien Koks reingezogen. Nur wissen wir leider immer noch nicht, wo er das getan hat.

Ich besorge mir bei *Blumen 2000* einen prächtigen Strauß für unzählige Franken und setze mich damit in ein heruntergekommenes Café voller kampftrinkender Secondos. Schlürfe an einem Cappuccino und lasse die Minuten durch meine klammen Finger rieseln, bis es Zeit wird, in die *Giesserei* aufzubrechen. Kein Mensch ruft mich an und die einzige Lektüre in dem lärmigen Lokal ist der *Blick,* dessen Schlagzeile besagt, dass ein ehemaliger *Mister Schweiz* auf den Malediven in einen Feuerfisch getreten ist. Ein dreifaches Hoch diesem Fisch! Immerhin hat er es geschafft, endlich die Geschichte um den Mord an Schneider von der Titelseite zu verdrängen. Unsere mangelnden Fortschritte in dem Fall werden diesmal erst auf Seite zwei angeprangert.

Die *Giesserei Oerlikon* war ursprünglich eine Metallgießerei. Nachdem der Betrieb 1996 in einen Neubau umgezogen war, verrottete die alte Fabrik auf einem totgesagten Gelände munter vor sich hin, bis sie von ein paar erfolglosen Künstlern zunächst zu einer illegalen Bar und später zu einem stimmigen Restaurant umfunktioniert wurde. Inzwischen muss man in der *Giesserei* zwei Wochen im Voraus reservieren, wenn man einen Tisch ergattern möchte – außer man arbeitet zufälligerweise bei der Kantonspolizei.

Das Lokal ist bereits brechend voll, als ich es zehn Minuten vor dem mit Michael vereinbarten Zeitpunkt betrete. In einem alten Schmelzofen in der Ecke lodert ein Cheminéefeuer, das Licht in dem mindestens fünf Meter hohen Raum stammt vorwiegend von weißen Kerzen. Die Geräuschkulisse ist immens. Überall sitzen parlierende und gestikulierende Menschen, der Lärm hallt an Röhren, Ventilen und anderen dekorativen Überbleibseln aus der Industriezeit wider. Die Hintergrundmusik, die mich an die Musik erinnert, die Per zu hören pflegt, durchdringt kaum mehr den Gesprächsnebel.

Michael ist auch schon da, ich entdecke ihn an dem Tresen aus Glas und rostigem Metall. Mein Kollege winkt mich zu sich und ich zwänge mich durch die eng aneinandergestellten, mit blütenweißen Tüchern bedeckten Tische. Es ist 18.51 Uhr.

»Wäre nicht nötig gewesen«, scherzt Michael mit Blick auf den Blumenstrauß in meiner Hand.

»Für Leonie«, erkläre ich ihm. »Wir haben zurzeit ein paar kleine Unstimmigkeiten.«

Michael betrachtet mich besorgt, meint dann aber, das gäbe sich sicher auch diesmal wieder.

»Hoffen wir's«, sage ich. »Es muss wohl einfach alle paar Monate mal sein. Tagelanges Schweigen wegen irgendeines nichtigen Anlasses, es ist wirklich schwer zu ertragen.«

»Im Grunde liebt ihr euch doch, oder?«

Ich zucke ratlos die Schultern.

»Also, du liebst sie, Fredy, das weiß ich«, behauptet er. »Und sie dich auch, sonst wärt ihr nicht seit über zwanzig Jahren zusammen.«

»Die Dauer einer Beziehung ist kein Kriterium für ihre

Qualität«, mosere ich, aber vermutlich hat Michael recht. Zumindest, was mich betrifft.

»Und bei dir?«, frage ich ihn. »Willst du ewig solo bleiben?«

»Ich habe eben nicht schon vor Jahrzehnten den Richtigen getroffen«, meint er. »Und im Alter wird's nicht einfacher, für uns Schwule sowieso nicht.«

»Du bist noch nicht mal vierzig, Michael!«

»Aber fast! Gut, ab und zu lerne ich schon jemanden kennen, aber grundsätzlich nichts für länger. Im besten Fall ist es kurz und intensiv.«

»Immerhin gibt's so keinen Grund zu langem Schweigen, nehme ich an«, sage ich und Michael betrachtet grinsend, wie ich mir, immer noch mit den Blumen in den Händen, mühevoll eine Zigarette anzünde.

»Hierher kam das *Coolrun*-Team also nach der Sendung«, wechsle ich das Thema.

Michael nickt: »Eine Woche ist das jetzt her. Du glaubst nicht, mit wie vielen Leuten ich seitdem gesprochen habe. Und doch wissen wir nur, dass Schneider das Lokal ungefähr um halb zehn betrat und circa eineinhalb Stunden später alleine wieder verließ. Stucki, Hollenstein, Schlatter und alle anderen, die noch mit der auf *Coolrun* folgenden Lottoziehung beschäftigt waren, trudelten erst um Viertel nach zehn ein. Niemand kann genau angeben, wann sie wieder verschwunden sind.«

»Mit wem hat Schneider gesprochen?«

»Mit allen und niemandem«, stöhnt Michael. »Er sagte zu jedermann ein paar Worte, aber an ein wirkliches Gespräch vermag sich irgendwie niemand zu erinnern. Ich denke, alle in der Runde waren ziemlich schnell besoffen. Einigkeit herrscht unter allen Befragten einzig darüber, dass Schneider die ganze Zeit den Blumenstrauß, den er am Ende der Sendung in die Hand gedrückt bekommen hatte, mit sich herumtrug.«

»Aha«, sage ich und überlege mir, was ich mit dem Strauß in meinen Händen machen soll. Schließlich überantworte ich ihn vertrauensvoll unserer Barfrau, die mit ihm sofort durch eine Schwingtür verschwindet. Hoffentlich wird er gut behandelt. Wehe, er landet irgendwo einsam zwischen leeren Flaschen und Kanistern und nimmt böse Energien auf!

»Schneider ist mit seinem neuen Lamborghini hierhergekommen, zusammen mit zwei Kameraleuten«, spricht Michael weiter.

»Und wie kam er von hier wieder weg?«

»Das wissen wir leider nicht mit Sicherheit, höchstwahrscheinlich aber mit seinem Auto. Nicht per Taxi jedenfalls und mitgenommen hat ihn scheinbar auch niemand. Zur Not könnte er natürlich auch zu Fuß nach Hause gelaufen sein.«

»Mit dem Blumenstrauß in der Hand?«

Michael zuckt lediglich die Schultern.

»Sein Auto gab nichts her bis jetzt«, informiere ich ihn und studiere unauffällig das Menü, das auf einer großen, an der Wand baumelnden Kreidetafel angeschrieben ist. Riesig ist die Auswahl nicht. Dafür sind die Preise schwindelerregend.

»Hast du Hunger?«, bemerkt Michael meinen Blick. »Wir sitzen am Tisch in der Ecke dort drüben.«

Eine Stunde später kaue ich auf den letzten Resten meines Lammrückenfilets an Ingwer-Basilikum-Soße herum. Mag der Laden auch horrend teuer sein – die Speisen munden ganz vorzüglich. Da um uns herum etliche reifere Herrschaften tafeln, kann ich mir durchaus vorstellen, auch einmal mit Leonie herzukommen. Sofern sie je wieder mit mir ausgehen sollte.

»Nicht schlecht«, meint auch Michael, der sich für einen frischen Wolfsbarsch entschieden hat, den er nach allen Regeln der Kunst zerlegt hat. Lediglich das karge Fischgerippe liegt noch auf Michaels Teller und schimmert gespenstisch im Kerzenlicht.

»Sag mal ehrlich«, frage ich ihn nach dem letzten Bissen, »kannst du dir mich als Kommandant der Kantonspolizei vorstellen?«

»Schon«, sagt er ernst. »Aber ich würde dich sehr vermissen. Was wäre unsere Abteilung ohne dich, Fredy!«

»Übertreib nicht. Du könntest sie ja übernehmen.«

»Danke für dein Vertrauen! Aber mir wäre wohler, wenn du bei uns bliebest.«

»Ich würde natürlich ständig bei euch reinschauen«, versichere ich ihm und hole schon zu längeren Erläuterungen aus, als Michaels Natel anfängt zu klingeln.

Er betrachtet es verärgert, nimmt das Gespräch aber natürlich trotzdem an.

»Wie bitte?«, höre ich ihn entgeistert sagen. Dann beendet er das Telefonat bereits wieder und erklärt: »Stucki tobt wie ein Wahnsinniger.«

»Soll er doch!«, sage ich leichthin und genehmige mir einen weiteren Schluck des ausgezeichneten Barbera d'Asti in meinem Glas.

»Er hat seine Zelle in Brand gesteckt, Fredy«, führt Michael aus. »Ich fürchte, wir müssen die Rechnung bestellen.«

»Und die Blumen«, füge ich mit Nachdruck hinzu. »Die brauche ich wirklich.«

Die Therapeutin

Als wir nach einer halsbrecherischen Fahrt durch das nächtliche Zürich am Bezirksgefängnis in der Badenerstrasse eintreffen, wird Stucki gerade in einen Ambulanzwagen verfrachtet.

»Rauchvergiftung?«, frage ich einen der herumstehenden Kollegen. Ich glaube, er ist von der Kreiswache 4 in der Militärstrasse.

»Streckschuss im Unterschenkel«, erklärt er mir. »Die Kanaille wollte türmen.«

Wir treten an die Trage heran. Stucki liegt, das faltige Gesicht qualvoll verzogen, unter einer braunen Wolldecke und zittert wie Espenlaub.

»Was sollte das denn?«, frage ich ihn, aber bevor er antworten kann, stößt mich ein bulliger Bereitschaftsarzt unsanft zur Seite und heißt die Samariter, den Verletzten in das Fahrzeug zu hieven.

Ich blicke Hilfe suchend um mich, kann aber niemanden von unserer Abteilung ausmachen. Deshalb wende ich mich wieder an den Kollegen von der Kreiswache 4: »Was genau ist denn geschehen?«

Der Mann zuckt die Achseln. »Soviel ich weiß, steckte er seine Zelle in Brand und schlug auf die Wärter ein, als sie mit Feuerlöschern herbeirannten. Er versuchte, aus dem Gebäude zu gelangen, was natürlich unmöglich ist. Allerdings schaffte er es tatsächlich bis zum letzten Tor. Wir kamen so schnell wie möglich, wurden aber viel zu spät informiert.«

»Wollte er Geiseln nehmen?«

»Nicht dass ich wüsste. Aber er hat panisch um sich geschlagen, als er erkannte, dass sein Ansinnen aussichtslos war. Da mussten wir natürlich reagieren.«

Ehrlich gesagt, bezweifle ich, ob ein Schuss ins Bein tatsächlich die adäquate Reaktion war. Die Presse wird sicher unangenehme Fragen stellen und auch intern wird der Schusswaffeneinsatz akribisch untersucht werden. Wir können heilfroh sein, dass es niemand aus unserer Abteilung war, der geschossen hat.

»Wohin wird der Mann gebracht?«

»Ins Unispital«, meint der Kollege lakonisch, und als er sieht, dass sich mein Gesicht mit Kummerfalten überzieht, fügt er hinzu: »Wir werden ihn ausreichend bewachen, Hauptmann. Ich nehme an, das entspricht Ihrem Wunsch?«

»Allerdings«, sage ich und hole mein Natel hervor, um Gret, Bea und Mario zu informieren.

Leonie schläft schon, als ich endlich nach Hause komme. Ich stelle die Blumen sorgsam in eine Vase und platziere sie leise auf Leonies Nachttisch. Ziehe mich im Dunkeln aus und lege mich neben meine Frau. Ich könnte nicht sagen, ob sie das gemerkt hat oder nicht, auf jeden Fall liege ich am nächsten Morgen immer noch in unserem gemeinsamen Bett. Und Leonie und der Blumenstrauß sind auch noch da. Sie muss gespürt haben, dass ich da war, und hat mich trotzdem nicht aus dem Zimmer geworfen. Sehr ermutigend. Sie war ja auch vollkommen lachhaft, unsere kleine Auseinandersetzung.

Trotzdem stehe ich jetzt möglichst geräuschlos auf und bereite in der Küche leise Kaffee zu. Ich überlege mir gerade, ob ich so schnell wie möglich verduften soll, als Leonie in ihrem Seidenpyjama daherschwebt und den Hahn am Spülbecken aufdreht, um sich ein Glas mit Wasser zu füllen.

»Danke für die Blumen«, spricht sie in eine unbestimmte Richtung. »Wirklich aufmerksam.«

»Gefallen sie dir?«

»Doch, schon«, sagt sie und erkundigt sich dann, wie unser Fall läuft.

»Geht so«, antworte ich wahrheitsgemäß. »Wir stecken fest und die Verdächtigen spinnen alle.«

»Sag jetzt ja nicht, das komme vom Reiten.«

Ich suche nach einer Antwort, die gleichzeitig witzig, unverfänglich und vertrauensbildend wirken könnte. Vergebens.

»Annemarie und ich gehen heute Abend ins Theater am Neumarkt«, spricht sie weiter.

»Wie schön. Genießt es und grüße die liebe Annemarie von mir!«

Darauf fällt wiederum Leonie nichts Gescheites ein und so kehre ich ins Schlafzimmer zurück, um mich anzuziehen.

Die Lage bessert sich. Erstaunlich, was ein paar tote Pflanzen mit einem Frauenherz anzustellen vermögen. Und morgen kommt glücklicherweise Per mit seiner Adrienne! Ja, ich denke, Leonie und ich werden diese kleine Krise bald überwunden haben.

»Warum wollte dieser vermaledeite Stucki türmen?«, eröffne ich die Sitzung. »Das macht doch wenig Sinn.«

»Richtig«, stimmt mir Bea zu. »Wohin könnte er denn schon flüchten? Seine Konten sind ja alle eingefroren.«

»Vielleicht befürchtet er, wir würden noch mehr aus ihm herausbringen in einem der nächsten Verhöre«, äußert sich Michael. »Irgendwas, was ihn in direkte Verbindung zu den Morden setzt.«

Kein schlechter Ansatz.

»Aber sein Alibi steht doch, oder?«

»Das tut es«, muss Michael einräumen und linst Hilfe suchend zur Decke hinauf.

Ich folge seinem Blick, obwohl ich stark bezweifle, dass da oben irgendwelche Erkenntnisse auf uns warten. Und wenn, würden wir sie in dem fahlen Licht der verstaubten, nackten Glühbirnen schwerlich ausmachen können. Meine erste Amtshandlung als Kommandant der Kantonspolizei wäre die unverzügliche und nachhaltige Schließung dieses Saals. Die zweite, die Unterschrift unter den Auftrag zu seiner Totalsanierung.

»Ein Auftragskiller«, krächzt John Häberli hinter einer Zeitung hervor.

»Wie bitte?«

»Man muss ja nicht zwangsläufig selbst rumballern, wenn man jemanden abservieren will«, nuschelt er.

»Aber wieso sollte Stucki Schneider denn töten lassen?«, frage ich ihn. Endlich legt er die Zeitung weg und wirft seine Stirn in Falten. Sucht nach einer schlauen Antwort, findet aber keine.

»Vielleicht wollte er ausbüxen, um sich zu rächen«, rettet ihn Bea aus seiner Verlegenheit.

»An wem denn?«

»An uns zum Beispiel. Oder an der von Weissenfluh.«

»Wieso ausgerechnet an der?«

»Na, immerhin hat sie uns auf die richtige Spur gebracht.«

»Ich habe hier übrigens die Unterlagen über Hollenstein, Fred«, stammelt Mario dazwischen.

»Es gibt noch eine andere Möglichkeit«, spricht Gret und im Unterschied zu ihren Vorrednern genießt sie sofort die ungeteilte Aufmerksamkeit aller.

»Nämlich?«

»Er weiß, dass noch irgendwo Geld liegt«, sagt sie. »Geld,

an das er womöglich rankommen könnte, um ein neues Leben anzufangen.«

»Wie kommst du denn darauf?«, fragt Bea skeptisch.

»Ich bin immer noch damit beschäftigt, die Gewinnerliste auszuwerten. Zwar habe ich bisher keinerlei neue Verbindungen zu Hollenstein, Stucki oder Wunderli gefunden. Dennoch gibt es meiner Meinung nach noch eine weitere dubiose Gewinnerin.«

»Hast du einen konkreten Verdacht?«, frage ich sie.

Sie nickt. »Die allererste Person auf der Liste: Sandra Jellamo. Sie gewann 4,3 Millionen Franken – und auf ihren Konten liegt das Geld nicht mehr.«

»Das reicht nicht, Gret.«

Sie seufzt. »Schon klar.«

»Fred, entschuldige, aber ich denke, meine Unterlagen sind nicht ganz uninteressant«, faselt Mario erneut dazwischen.

»Was weißt du sonst über diese Jellamo?«, übergehe ich ihn wie meist und halte mich weiter an Gret.

»Sie ist neununddreißig und wohnt am Hummelberg in Jona«, berichtet sie. »Aufgewachsen ist sie in Männedorf am Zürichsee. Sekundarschule, Diplommittelschule, später Psychiatriepflegerlehre, ein uneheliches Kind mit dreiundzwanzig, Ausbildung zur Gestalttherapeutin …«

Ich gebiete ihr mit erhobener Hand Einhalt: »Eine Psychiatrielehre? Die hat Hollenstein doch auch gemacht!«

»Das ist mir neu, Fred«, meint Gret erstaunt.

»Mein Fehler«, räume ich ein. »Ich glaube, sein Arzt in der Hard ließ am Telefon so etwas durchblicken. Egal. Finde sofort raus, wo die beiden ihre Ausbildung absolviert haben! Oder weiß man zufälligerweise schon, wo Hollenstein seine gemacht hat, Mario?«

Er blättert hastig in seinen Unterlagen. So hastig, dass ihm seine türkis-braun gestreifte Seidenkrawatte zwischen die Seiten gerät.

»Wir warten!«, blaffe ich ihn an.

»Ähm … in der Psychiatrischen Klinik *Schlössli* in Oetwil am See«, findet er die gesuchte Information endlich.

»Ich versuch mal zu eruieren, ob die Jellamo ihn kennt«, sagt Gret und eilt aus dem Saal. Ich erkenne gerade noch, dass sie bereits eine Telefonnummer in ihr Natel tippt, dann fällt die Tür hinter ihr zu.

»Hollensteins Eltern sind übrigens Bauern, Fred«, nutzt Mario die Gunst der Stunde. »Sie halten auch Pferde.«

Michael fällt die Kinnlade herunter und Bea japst nach Luft. Selbst Häberli hält für einen Moment den Atem an.

Ich selbst kann kaum fassen, was ich soeben gehört habe: »Was? Und das sagst du uns erst jetzt? Himmel, Mario! Das darf doch nicht wahr sein!«

»Das mit den Pferden weiß ich erst seit wenigen Minuten, ich habe vorhin dort angerufen«, rechtfertigt er sich. »Ansonsten habe ich mehrfach versucht, dir die Info …«

»Halt die Klappe!«, herrsche ich ihn an. Aber zum Glück realisiere ich rechtzeitig, dass ich mich nur über mich selbst ärgere. Dass Hollensteins Eltern Pferde besitzen, könnten wir seit Tagen wissen.

»Sorry«, entschuldige ich mich dann auch umgehend. »Hauptsache, wir sind jetzt im Bilde. Ich will, dass ihr«, ich deute auf Michael und Mario, »sofort zu Hollensteins Eltern fahrt. Wo liegt denn ihr Hof?«

»In Nassenwil«, sagt Mario trocken. »Einem Weiler, der zur Gemeinde Niederhasli gehört.«

»Also los«, spreche ich zu ihm. »Gret und ich besuchen diese Sandra Jellamo. Und ihr beide meldet euch sofort, wenn ihr etwas entdeckt.«

»Bekomme ich auch einen Auftrag?«, erkundigt sich John Häberli.

»Bündle das Altpapier und leg die verdammte Zeitung in deinen Händen obendrauf!«

»Erst wenn ich sie gelesen habe«, erfrecht er sich, fährt aber direkt fort: »Ich fahre nach Embrach raus und mache Druck, dass wir Hollenstein endlich vernehmen können.«

»Okay«, sage ich, um jeder weiteren Diskussion aus dem Weg zu gehen, und erhebe mich.

Es dauert ein bisschen, bis die entsprechenden Durchsuchungsbeschlüsse eingetroffen sind, aber dann schwärmen wir endlich aus. Gret und ich fahren über den Hauptbahnhof und den Lettentunnel in Richtung Norden. Wir kommen besser voran als erwartet, zweigen beim Brüttiseller Kreuz Richtung Uster ab und nehmen die Oberlandautobahn.

Es ist ein strahlend blauer Januartag, der schönste seit Langem. Kein Schnee, kein Graupel, kein Eisregen, nichts außer Licht und Sonne kommt vom Himmel. Aus dem schneebedeckten, flachen Land erheben sich blütenweiße Hügel, im Osten leuchten schwarz-weiß gesprenkelte Voralpenwände. Ein Traum. Wer weiß, vielleicht gehe ich am Wochenende mit Leonie Ski fahren. In die Flumserberge oder, falls ihr das zu wenig mondän ist, auf die Lenzerheide oder nach Arosa.

Gret fährt schnell und sicher. Recht so, wir wollen Frau Jellamo nicht verpassen. Vorhin war sie noch zu Hause. Gret hat sie angerufen und die Marktforscherin gemimt. Wider Erwarten wurde sie dabei nicht entnervt heruntergeputzt und sah sich gezwungen, ein paar Fragen zu improvisieren. Sie lenkte das Gespräch geschickt auf das Thema Waschgewohnheiten und brachte so in Erfahrung, dass die

Jellamo tatsächlich allein lebt, wie es der Auszug aus dem Einwohnermeldeamt bereits sagte.

Hoffentlich hat sie keinen Verdacht geschöpft. Denn dass sie Hollenstein kennt, ist inzwischen klar: Sie machte ihre Psychiatrielehre zur gleichen Zeit wie dieser in Oetwil am See.

»Wir können ja im *Schlössli* vorbei«, meint Gret. »Oetwil liegt am Weg.«

»Sprechen wir erst mal mit der Frau«, bestimme ich.

Gret nickt und überholt mit einhundertfünfzig Stundenkilometern eine Reihe Lastwagen. Der vorderste kommt aus Österreich und ist mit einer riesigen, rosafarbenen Wurst bepinselt.

»Dass Hollensteins Eltern Pferde besitzen, ist wirklich der Hammer«, meint Gret.

Ich seufze. »Vor allem wohnen sie auch noch relativ nahe am Tatort. Ich muss wirklich total verblendet gewesen sein, verdammt! Wie konnte ich Hollenstein nur als Verdächtigen ausklammern?«

»Mit seinem Zusammenbruch in Wasterkingen hat er uns allen den Wind aus den Segeln genommen, Fred. Das ging mir genauso.«

»Trotzdem«, sage ich.

»Noch steht er nicht als Täter fest«, sagt sie, kann aber meine Selbstzweifel nicht zerstreuen.

So gut, wie das Phantom denkt, bin ich einfach nicht. Zwar habe ich in den vergangenen Jahren die meisten der mir angetragenen Fälle gelöst. In aller Regel aber aus purem Zufall. Oder dank der Eingebungen meiner fähigen Mitarbeiter.

»Ich frage mich wirklich, weshalb sie mich zum Kommandanten machen wollen.«

Gret gönnt mir einen amüsierten Seitenblick: »Gedenkst du im Ernst, das Angebot anzunehmen?«

»Keine Ahnung. Sollte ich?«

»Nein«, sagt sie bestimmt und fügt hinzu: »Nimm das bitte als Kompliment. Ich denke keineswegs, dass du nicht gut genug wärst für den Job. Aber so wie ich dich kenne, würdest du irre werden angesichts all der Intrigen und politischen Ränkespiele. Ich erinnere mich an Kommentare deinerseits, in denen du glaubhaft versichert hast, nichts nerve dich mehr als Sitzungen. Außerdem möchten wir dich gern behalten.«

»Wirklich?«

»Jetzt kokettierst du, Fred!«, ermahnt sie mich. »Du bist doch nicht wirklich scharf auf den Posten, oder?«

»Das nicht«, erwidere ich. »Aber das Phantom will mich unbedingt, warum auch immer. Und meine Frau wäre stolz auf mich.«

»So, so«, sagt sie, »daher weht der Wind!«

»Nein, da täuschst du dich. Leonie weiß nicht mal von dem Angebot.«

»Sprichst du solche Sachen denn nicht mit ihr ab?«, wundert sich Gret.

»Doch, normalerweise schon«, erkläre ich. »Aber ... ähm ... wie soll ich es sagen ... Wir hatten eine kleine Krise und haben uns gerade erst wieder versöhnt.«

»Schön, wenn man jemanden hat, mit dem man sich versöhnen kann.«

»Du vergisst das Unschöne, das vorangeht, Gret«, sage ich.

Daraufhin schweigt sie und konzentriert sich voll auf die Straße vor uns. Die Ausfahrt Rüti rauscht vorbei, wir nähern uns dem Ziel. Ich konsultiere mein Natel, es verhält sich wieder einmal verdächtig ruhig. Aber der Akku ist voll, die

Kollegen scheinen einfach noch nichts Mitteilenswertes herausgefunden zu haben.

»Deine Freundin von Weissenfluh ist übrigens gar nicht so reich, wie sie erzählt«, meint Gret plötzlich und ich betrachte sie verwundert. »Ihre Eltern führen einen Blumenladen in Interlaken. Der wirft durchaus was ab. Aber von steinreich kann keine Rede sein.«

»Und warum erzählst du mir das jetzt?«, frage ich sie.

»Nur so«, sagt sie. »Du willst doch sonst immer alles wissen, oder?«

Die Ausfahrt Jona – wir sind da.

»Da vorn rechts hoch«, sage ich nach einem Blick auf die Karte.

Gret tut, wie ihr geheißen. Wir schleichen an mehreren in den Hang gebauten Terrassenhäusern entlang bis zu einem Gebäudekomplex mit den Hausnummern 41–49, einem rosa gestrichenen Bau neueren Datums. Dann stellen wir den Volvo auf einen der Besucherparkplätze und steigen eine steile Treppe hinauf, von der bereits jemand den Schnee gefegt hat. Die Terrassenwohnung der Jellamo wirkt mit ihrem stattlichen Vorgarten imposant. Zu imposant für eine alleinerziehende Gestalttherapeutin.

»Schicke Hütte«, staunt auch Gret.

Wir klingeln. Ich ahne das Auge hinter dem Spion und dann öffnet sich die Tür einen Spaltbreit.

»Kriminalpolizei«, sage ich. »Hauptmann Staub. Können wir Sie kurz sprechen, Frau Jellamo?«

»Einen Moment«, hören wir eine Frauenstimme und die Tür wird wieder geschlossen. Vermutlich muss erst eine Sicherheitskette entfernt werden.

Tatsächlich, kurze Zeit später geht die Tür erneut auf und

Sandra Jellamo bittet uns mit unsicherem Blick herein. Sie ist eher klein und ziemlich übergewichtig, ihre kurz geschnittenen Haare sind rot gefärbt.

»Worum geht es denn? Ist irgendwas mit Moritz?«, fragt sie uns besorgt.

Ich habe keine Ahnung, wer dieser Moritz sein soll, vielleicht ihr Sohn.

»Nein«, sage ich daher.

»Es geht um Ihren Lottogewinn im Sommer«, übernimmt Gret, »sowie die Frage, wie gut Sie Herrn René Hollenstein kennen.«

Die Wirkung ihrer Worte ist verblüffend. Die Frau flennt einfach los. Mitten im Flur. Wir stehen da wie die Ölgötzen und betrachten das Schauspiel verdutzt. Bevor wir uns zu irgendwelchen seelsorgerischen Großtaten aufzuschwingen vermögen, stürzt Frau Jellamo plötzlich in das Wohnzimmer und vergräbt sich dort zwischen großen Plüschkissen auf einem zerbeulten Sofa mit Blumenmustern. Sie heult weiter wie ein Schlosshund.

»Sollen wir Ihnen einen Kaffee zubereiten?«, fragt Gret besorgt, erntet aber nur ein hysterisches Aufschluchzen. »Ein Glas Wasser?«, versucht sie es weiter, aber das Geheule nimmt an Intensität immer weiter zu.

So wird das nichts. Offensichtlich sind hier härtere Mittel erforderlich. Ich steuere die reich bestückte, gläserne Bar an und entnehme ihr kurz entschlossen die Flasche, die zuvorderst steht: einen *Grand Marnier* Orangenlikör. In diesem Moment legt mein Natel los, es ist Michael.

»Ich ruf dich zurück«, wimmle ich ihn schnell ab. »Wir haben hier einen Notfall.«

»Okay«, quittiert Michael. »Bis gleich!«

Zu dem Heulkrampf scheint Frau Jellamo jetzt auch noch

einen heftigen Schluckauf bekommen zu haben. Am Ende erstickt sie uns noch! Ich schreite mit der Schnapsflasche auf sie zu, umfasse ihren Kopf mit meinem rechten Arm und presse ihr die Buddel an die Lippen. Das lässt die Frau tatsächlich innehalten. Sie versucht zunächst zaghaft, sich meinem Griff zu entwinden, greift aber schließlich mit beiden Händen nach der Flasche und setzt sie an.

Gierige Schluckgeräusche. Blubbernde Luftblasen. Verebbendes Geschluchze. Schnell sinkender Pegelstand in der Flasche. Skeptischer Gesichtsausdruck bei Gret.

»Lassen Sie's gut sein«, empfiehlt sie Frau Jellamo. »Erzählen Sie uns lieber alles. Dann geht es Ihnen sicher gleich besser.«

»Entschuldigung«, gluckst Frau Jellamo und zerrt ein Taschentuch aus ihren zerschlissenen Jeans, um sich das nasse Gesicht abzuwischen.

Wir geben ihr die Zeit. Ich trete an das große Schiebefenster und bewundere die Aussicht auf den Obersee und die Schwyzer und Glarner Alpen. Gret kniet vor ein Metallregal und beäugt interessiert Jellamos beachtliche CD-Sammlung.

Endlich scheint sich die Frau einigermaßen gefasst zu haben. Mit mitleiderregendem Blick starrt sie mich an.

»Nun denn«, ermuntere ich sie.

»Ich wusste, dass die Geschichte böse enden wird«, beginnt sie mit brüchiger Stimme zu erzählen. »René Hollenstein und ich sind seit vielen Jahren befreundet. Eines Tages kam er mich besuchen und prophezeite mir, ich würde im Lotto gewinnen. Aber nur, wenn ich verspräche, im Anschluss an den Gewinn die Hälfte des Geldes auf ein Konto in der Dominikanischen Republik zu überweisen. Mit dem Rest könne ich die Steuern zahlen und mir eine Wohnung kaufen.«

»Und das haben Sie getan?«, fragen Gret und ich beinahe gleichzeitig.

»Warum denn nicht?«, antwortet sie und die Tränen laufen ihr schon wieder über das Gesicht. »Wer konnte denn wissen, dass all dieses Unheil über uns hereinbrechen würde?«

»Das Geld ist in der Karibik?«, hakt Gret nach.

»Vermutlich.«

»Wissen Sie, wo genau?«

»Nein, leider nicht. René hat das alles organisiert, ich musste lediglich ein paar Papiere unterschreiben.«

Mit zwei Millionen lässt sich in der Dominikanischen Republik sicher lange Zeit bestens leben, sofern man das Klima erträgt. Man muss nur erst einmal hinkommen.

»Haben Sie die Papiere noch? Oder Kopien davon?«, will ich wissen.

»Nein«, winselt die Jellamo. »Es tut mir wirklich leid. René hat alles mitgenommen. Nur ein wenig Geld ist noch da.«

»Wie bitte?«, frage ich entgeistert. »Sie meinen richtiges Bargeld?«

Die Frau zögert, rutscht unruhig auf ihrem geblümten Sofa hin und her. Ihre Augen flackern bedenklich.

»Etwa hier im Haus?«, insistiere ich.

»Im Keller, unter dem Weinregal«, wispert sie leise.

Gret und ich blicken uns vielsagend an. Wir sind uns einig und setzen uns umgehend in Bewegung. Finden den in den Hang getriebenen Keller problemlos. Scheitern dann aber an der verschlossenen Tür.

»Den Schlüssel, bitte!«, wende ich mich an Frau Jellamo, die uns gefolgt ist.

Sie nickt eifrig, tastet im Wäschekorb neben der Tür herum und zieht einen Schlüssel hervor, den sie mir zitternd entgegenhält. Ich stecke ihn in das Schloss, er passt. Gret findet den Lichtschalter, eine Neonröhre zuckt auf und spendet unangenehm stechendes Licht. Der Raum weist einen Kiesboden auf und ist mit alten Möbeln und Teppichen vollgestellt. Seltsamerweise riecht es nach frisch geschnittenem Gras.

In einem Weinregal lagern Dutzende von Flaschen. Noch bevor ich es zur Seite rücken kann, drängt sich die Jellamo vor mich und zieht eine verschrumpelte, hellbraune Ledertasche unter dem Regal hervor.

»Hier«, sagt sie scheu.

Gret zieht den Reißverschluss der Tasche auf.

Banknoten, viele Banknoten, mehrheitlich Hunderter, aber auch ein paar Zweihunderter und Tausender sind darunter.

»Wie viel ist das?«, will ich wissen.

»Hunderttausend Franken«, sagt die Jellamo. »Ich habe das Geld nie angerührt, seit sie die Tasche hier versteckt haben.«

»Wer ist ›sie‹?«

»René eben. Und sein Freund.«

»Antonio Antoluzzo?«

»Nein, dieser Victor, der Regisseur.«

Gret und ich schauen uns an. Wieder einmal hat sie den richtigen Riecher gehabt.

»Ein sehr freundlicher, aufmerksamer, ganz bescheidener Mann«, führt die Jellamo aus und ich frage mich kurz, ob sie wirklich von Victor Stucki spricht.

»Wann war er zum letzten Mal hier?«

»Victor war nur einmal zum Abendessen da, leider, er wirkte wirklich sehr sympathisch. René hingegen kam öfters vorbei, das letzte Mal vor ein paar Wochen.«

»Hat er damals nach der Tasche geschaut?«

Sie zögert, schielt unsicher Richtung Wohnzimmer, wo die Flasche mit dem Likör steht.

»Nun?«

»Ja, ich glaube schon, er ging jedenfalls in den Keller.«

»Das Geld ist beschlagnahmt«, stelle ich klar. »Wir rufen jetzt ein paar Kollegen von uns. Sie müssen mit auf die Wache, damit wir Ihre Aussage protokollieren können.«

»Ich wollte doch nur helfen«, zetert die Frau. »René war doch auch immer für mich da.«

»Nehmen Sie noch einen Schluck *Grand Marnier*«, empfehle ich ihr knapp.

Mein Natel klingelt schon wieder, erstaunlich, dass es sogar in diesem Keller Empfang hat.

»Du glaubst nicht, was wir hier vorgefunden haben, Fred«, höre ich Michaels Stimme.

»Wir sind auch nicht schlecht«, entgegne ich. »Hollenstein und Stucki haben bei der Jellamo Geld gebunkert. Hunderttausend Franken. Und weitere zwei Millionen liegen angeblich auf einem Konto in der Dominikanischen Republik.«

Das scheint Michael für einen Moment die Sprache zu verschlagen. Aber er holt nur Luft, um selbst einen Knüller loszuwerden: »Wir wissen jetzt, wo Schneider die letzten Stunden seines Lebens verbracht hat.«

»Auf dem Hof der Hollensteins?«

»Ja. Aber wie! Ihr werdet euch wundern.«

»Großartig! Wir kommen, sobald wir hier fertig sind«, verspreche ich ihm und geselle mich wieder zu Gret ins Wohnzimmer. Sie ruft gerade die St. Galler Kollegen herbei. Sandra Jellamo hingegen hat sich ganz tief in ihre Kissen verkrochen und nuckelt mit teilnahmsloser Miene an der Likörflasche.

Das Paradies

Der Hof der Hollensteins liegt weit außerhalb des Nassenwiler Dorfkerns. Knorrige, pechschwarze Baumstämme säumen die Zufahrt, zwischen ihnen spannen sich vereinzelt Rankhilfen aus Draht, um die sich im Sommer wohl Himbeerstauden winden. Rechter Hand erkenne ich zwei stattliche Ställe, davor eine große, durch einen dunklen Zaun begrenzte Koppel. Pferdeäpfel stechen aus dem niedergetrampelten Matsch hervor wie Kohlen aus einer Salzwüste.

Der Hof an sich erweist sich als windschiefer, zweistöckiger Fachwerkbau mit steilem Ziegeldach und einem hohen, schlanken Kamin, aus dem Rauch quillt. Eine Katze huscht hinter ein olivgrün gestrichenes Ölfass, zwischen zwei Birken baumelt eine verrottete Kinderschaukel und auf einer abschüssigen Parkfläche steht ein Jeep mit angehängtem Pferdetransporter.

Gret parkt unseren Volvo daneben. Wir steigen aus, wobei ich mich versichere, dass sie den Wagen abschließt – die Ledertasche mit dem Geld ruht auf dem Rücksitz. Strichs weiß gewandete Gnomen wieseln umher und etwas abseits unterhält sich Mario mit einem alten Paar; sie trägt ein rotweiß gemustertes Kopftuch, er hat schlohweißes Haar.

Michael steht vor einem der Ställe und winkt uns aufgeregt heran. »Das müsst ihr euch ansehen, kommt!«, meint er atemlos, als wir bei ihm angelangt sind, und drückt eine klapperige Holztür auf.

Pferde schnauben auf, es riecht nach Dung und trockenem Heu. Eine knarrende Holztreppe führt hinauf zu einer offen stehenden Luke. Michael geht vor uns her, bis wir auf eine Galerie gelangen und vor einer wackligen Leiter stehen. Wir bezwingen auch sie und landen in einem engen Raum mit Spinnweben in den Ecken.

Dann stößt Michael eine weitere Tür auf und wir stehen mitten im Paradies. In einem wunderschönen Zimmer, das wie aus einer anderen Welt wirkt, wie aus Tausendundeiner Nacht. Der rund vierzig Quadratmeter große Raum ist fast vollständig mit leuchtend roter Seide ausgekleidet und mit wunderbaren Teppichen gepflastert. Illuminiert wird er von mehreren farbigen Wasserlampen, deren Licht sich in großen Spiegeln an der Decke bricht. Als Heizung dient ein antiker Ölofen. Schwarz lackierte Balken glänzen, in der Ecke plätschert ein kleiner, venezianischer Brunnen, dem der Duft frischer Aprikosen entströmt. Das übrige Mobiliar besteht aus einer weißen *de Sede*-Lederpolstergruppe, einem breiten Himmelbett, einer *Bang & Olufsen*-Musikanlage, einem kleinen Kühlschrank und zwei hölzernen Statuen aus Fernost.

Ich kann kaum fassen, was ich sehe: vierzig Quadratmeter Märchenwelt. Ein Kontrapunkt. Ein Gegenentwurf. Eine Insel des Friedens. Noch weiß ich nicht, was Hollenstein alles verbrochen hat, auch wenn ich das Schlimmste befürchte. Dennoch hat er diesen Raum liebevoll eingerichtet, das muss man ihm einfach lassen.

»Ein Wahnsinn, nicht?«, meint Michael.

Gret und ich stimmen ihm zu.

»Strichs Untersuchungen laufen natürlich noch«, fährt Michael fort. »Aber dass Schneider hier verkehrte und der Raum schon Kokain gesehen hat, steht bereits fest.«

»Aha«, sage ich, mehr fällt mir dazu nicht ein.

»Laut seinen Eltern hat Hollenstein über Jahre hinweg an diesem Kleinod gearbeitet und es ständig weiter aufgepeppt.

Er kam häufig hierher und brachte zuweilen auch Freunde mit. Antoluzzo war ihnen bekannt, Schneider nicht. Das muss allerdings nichts heißen, die Eltern ließen den Sohn scheinbar ziemlich in Ruhe, geben an, das letzte Mal vor Monaten hier oben gewesen zu sein.«

»Woher willst du wissen, dass Schneider auch in der Nacht vor seinem Tod hier war?«, stellt Gret die entscheidende Frage.

Michael strahlt uns an. »Die verwelkten Blumen in der Vase dort: Das ist der Strauß, den er am Schluss seiner letzten Sendung erhielt.«

»Bist du dir sicher?«

»Ja, ich habe die Aufzeichnung unzählige Male angesehen. Allen Gästen, den Spielern aus dem Publikum und auch Schneider werden während des Abspanns Blumensträuße überreicht. Dieser dort stammt zweifellos aus der letzten Sendung.«

»Hollenstein könnte einfach einen davon an sich genommen haben«, wendet Gret ein.

»Nur der von Schneider bestand aus je fünf roten Amaryllis und Gerbera sowie drei orangefarbigen Euphorbia und zwei angedrahteten Tannenzapfen. Und laut den Zeugen aus der *Giesserei* hat er ihn den ganzen Abend nicht aus den Augen gelassen. Das dort ist Schneiders Strauß, ganz sicher.«

»Du hast die Blumen anhand der Fernsehbilder identifiziert?«, frage ich voller Bewunderung.

»Meine Mutter war Floristin«, erklärt er bescheiden.

»Trotzdem könnte Hollenstein Schneiders Blumen hierher gebracht haben«, zweifelt Gret weiter.

»Die Fingerabdrücke sagen, dass Schneider die Vase als Letzter in der Hand gehabt hat. Genau wie eine leere Whiskeyflasche und eine Spiegeldose voller Kokspartikel, die Strich schon mitgenommen hat.«

»Strich war wirklich hier oben?«, wundere ich mich.

»Einer seiner Leute hat sie mitgenommen«, präzisiert Michael.

»Schneider verbrachte die letzten Stunden seines Lebens hier?«, fragt Gret jetzt deutlich überzeugter.

»Höchstwahrscheinlich«, meint Michael.

»Dann hat ihn Hollenstein erschossen«, stellt Gret nüchtern fest.

»Ich denke schon«, stimmt ihr Michael zu. »Wie er Schneider dazu gebracht hat, frühmorgens mit ihm nach Zürich zu fahren und in den Wald zu reiten, ist mir zwar rätselhaft. Tatsache ist aber, dass es hier sowohl einen Transporter als auch Pferde gibt und man über Regensdorf und Affoltern in wenigen Minuten beim Krematorium Waid ist, von wo aus man schnell in den Wald auf den Chäferberg kommt.«

Ich muss schlucken. Und stelle dann die Frage, die mich am meisten interessiert: »Aber warum? Weshalb hat er ihn erschossen? Doch nicht wegen dieser Lottogeschichte, oder?«

Bevor mir jemand Antwort geben kann, kommt der Anruf, vor dem ich mich unbewusst wohl schon seit Stunden fürchte. Ich nehme das Gespräch an und kenne den niederschmetternden Inhalt des Anrufs bereits, bevor John Häberli das erste Wort von sich gibt: Hollenstein ist verschwunden.

Ich unterlasse jeglichen Kommentar, drücke einfach die Austaste und blicke mit hängenden Schultern ins Leere. Wir Idioten! Wir sind tatsächlich auf Hollensteins Schmierentheater hereingefallen, haben uns von seinen nichtsnutzigen Psychiatern abwimmeln lassen. Wir Helden ließen den Täter quasi vor unseren Augen entwischen.

»Hollenstein ist weg, oder?«, deutet Gret meine Mimik richtig und ich nicke blöde.

»Jemand muss ihn gewarnt haben«, vermutet sie. »Habt ihr seine Eltern etwa ans Telefon gelassen?«

Diesmal ist es an Michael, konsterniert zu schauen. »Im Haus nicht. Aber …«

»… sie könnten über ein Natel verfügen«, ergänzt Gret und Michael sackt ein paar Zentimeter in sich zusammen.

»Mario sollte in ihrer Nähe bleiben«, ächzt er.

»Oje!«, sagt Gret und eilt zur Leiter.

»Wohin könnte Hollenstein sein?«, versuche ich sie aufzuhalten.

Sie ist bereits ein paar Sprossen hinabgestiegen und blickt mich von unten ernst an. »Zur Jellamo?«, schlägt sie vor. »Das Geld holen?«

»Das hätte er längst holen können«, widerspreche ich unsicher, folge ihr dann aber zusammen mit Michael nach unten und hinaus in die Winterkälte.

Mario, einen dünnen, weißen Kaschmirschal um den Hals gewickelt, plaudert noch immer mit Hollensteins Eltern. Nutzt es etwas, ihn zusammenzustauchen? Nein. Aber wir müssen herausfinden, was geschehen ist.

Zum Glück gelingt uns das sofort: Die Mutter hat ihren Sprössling über den Polizeibesuch informiert. Auf der Toilette, per Natel, sie sei problemlos mit ihm verbunden worden.

Verdammte Psychobrut! Mich stellte man als Unmensch hin, als ich mit Hollenstein sprechen wollte, aber eine Warnung von Mutti ist natürlich etwas ganz anderes!

Wir bedrängen die alte, aber rüstige Frau Hollenstein, uns zu helfen, ihren Sohn zu finden, aber sie schweigt starrsinnig. Ihren Mann hält sie wie ein Kind an der knochigen Hand, der Alte wirkt verwirrt und leicht senil und spricht ebenfalls nichts.

Ich rufe Häberli an und mache ihm Druck, mir Hollenstein wiederzubeschaffen, wie auch immer. Wir leiten eine Großfahndung ein, schicken Einsatzkräfte vor Hollensteins Wohnung in Zürich, warnen die St. Galler Kollegen in Jelamos Wohnung in Jona und die Kollegen in Deutschland. Denn die Klinik Hard in Embrach liegt nicht allzu weit von der Grenze entfernt. Dann trennen wir das Bauernpaar. Gret nimmt sich im Stall den Alten zur Brust, Michael und ich hacken in der Wohnküche weiter auf Hollensteins Mutter herum.

Wir geraten mit unseren Bemühungen aber schnell ins Stocken, weil plötzlich Strich hereinpoltert, ein zufriedenes Lächeln auf den Lippen und einen Nussgipfel in der Hand. »Sehen Sie, Kollege Staub, es war ein Pferd im Spiel, wie ich es von Anfang an gesagt habe!«

»Wissen Sie bereits, welches?«, frage ich ihn.

»Wieso? Wollen Sie es verhaften?«

Ich knurre vernehmlich. »Nein, ich will es vierteilen und räuchern.«

Mein gedankenloser Kommentar lässt mich zusammenzucken, aus einer tiefsitzenden Furcht heraus blicke ich angstvoll um mich. Aber nein, Leonie ist nicht in der Nähe, natürlich nicht, dem Himmel sei Dank! Dennoch muss ich mir unbedingt abgewöhnen, zynische Bemerkungen über Pferde fallen zu lassen – sonst gefährde ich unsere Ehe zum Schluss tatsächlich noch.

»Wir haben Hollensteins Sturmgewehr übrigens nirgends gefunden«, berichtet Strich schmatzend. »Vermutlich hat er die Knarre nach Wasterkingen geschafft. Ob die, die wir in den Brandruinen gefunden haben, wirklich seine ist, muss sich aber erst noch weisen. Wir arbeiten daran.«

»Wie schön«, scheuche ich ihn fort und bitte Mutter Hollenstein, uns wenigstens einen Kaffee zuzubereiten, wenn sie schon partout nichts über den Verbleib ihres Sohnes sagen will.

Sie gibt vor, mich nicht gehört zu haben, und hält argwöhnisch Ausschau nach ihrem Mann.

Ich murmle ein leises »Bitte«, und das hilft.

Die alte Frau Hollenstein schlurft gemächlich zur Spüle hinüber, bindet sich eine hellblau-weiß karierte Schürze um und fängt an, mit einem vorsintflutlichen Gerät herumzufuhrwerken, dem eine Viertelstunde später tatsächlich dampfender Kaffee entströmt.

Michael und ich haben die ganze Zeit laut darüber spekuliert, wo ihr Sohn sein könnte, ohne dass eine unserer hilflosen Vermutungen irgendeine Reaktion bei der Frau ausgelöst hätte – leider.

Ich gehe mit dem Kaffee nach draußen auf den Hof, schlürfe ein paar Schlucke und deponiere die Tasse dann auf dem leeren Ölfass neben dem Haus, um erneut Häberli anzurufen.

»Niemand hat ihn verschwinden sehen, Boss!«, beteuert er. »Es ist ein absolutes Rätsel. Eigentlich ist es unmöglich, hier einfach herauszuspazieren, die Sicherheitsmechanismen sind vielfältig, immerhin sitzen hier ein paar total durchgeknallte Jungs ein, die …«

»Sucht ihr ihn überhaupt ernsthaft?«, unterbreche ich ihn.

»Na, sicher! Es wimmelt hier von Streifenwagen, die Schaffhauser haben ebenfalls welche geschickt. Gerade ist auch unsere Hundespezialstaffel eingetroffen, auf dem Rhein patrouilliert die Wasserschutzpolizei und in Kürze kommt der Helikopter.«

Ich stöhne innerlich auf. Wenn Häberli neben dem Fischen noch eine zweite Leidenschaft hat, ist es das Herumfliegen mit diesen rotorgekrönten Höllenmaschinen. Meist verursacht er damit nur Lärm und horrende Kosten.

»Viel Erfolg«, wünsche ich ihm dennoch und beende das Gespräch mit dem Versprechen, dass wir uns bald auf den Weg zu ihm machen. Die Hofkatze umstreicht miauend meine Beine. Ich beuge mich zu ihr nieder und kraule sie, schnurrendes Wohlgefallen ist die Folge.

Aus dem Augenwinkel sehe ich, dass Gret mit dem alten Bauern an ihrer Seite Richtung Haus zurückkehrt. Sie schickt den Alten in die Küche, entdeckt mich, kommt heran und kauert sich neben mich, um gleichfalls die Katze zu liebkosen. Dann erzählt sie, der Jeep mit dem Pferdetransporter sei an dem fraglichen Donnerstagmorgen tatsächlich von hier weggefahren und erst zwei Stunden später zurückgekehrt. Der alte Hollenstein habe ihr das nach hartnäckigem Drängen zugeflüstert und dringend darum gebeten, seiner Frau nichts zu sagen. Aber er hätte den Motor gehört und sich sehr gewundert. Ein Blick aus dem Fenster habe ihm Gewissheit verschafft. Der Umgang seines Sohnes habe ihm nie gefallen.

Die Katze trollt sich, wir erheben uns. Irgendwie fehlt uns immer noch die entscheidende Erkenntnis. Hollenstein hat seinen Lover Schneider abgeknallt wie einen räudigen Hund. Nur warum? Und was ist mit seinem langjährigen Partner Antoluzzo?

Gret geht zu den beiden Alten in die Küche, sie möchte auch einen Kaffee. Ich greife mir meine Tasse und lasse die Augen über die Landschaft schweifen. Die Sonne hat die Temperaturen kräftig in die Höhe getrieben. Es taut, Wasser tropft von einem Eiszapfen an der Regenrinne und der Schnee auf den Wiesen glitzert im tief stehenden Licht, dass es eine Pracht ist. Warum nur erschießen sich die Menschen, statt Anblicke wie diesen zu genießen?

Wir brauchen Hollenstein, brauchen ihn unbedingt! Ich

vor allem, ich muss wissen, warum er es getan hat. Ich mag es nicht, wenn dem Schrecken die Erklärung fehlt.

Mein Natel lärmt plötzlich in die Stille hinein, das Display verrät die Nummer nicht. Natürlich nehme ich das Gespräch trotzdem an und mein Erstaunen angesichts der Stimme, die mir entgegenklingt, ist gewaltig. Ich weiß nicht, wen ich erwartet habe. Aber ganz sicher nicht den Mann, der jetzt zu mir spricht: Hollenstein himself!

»Woher haben Sie meine Nummer?«, frage ich baff.

»Monique von Weissenfluh hat sie mir gegeben«, sagt er und fährt fort: »Ich mag nicht mehr, Herr Staub. Mein kleines Paradies haben Sie ja gefunden und das Geld scheinbar auch. Es ist vorbei. Wenn Sie versprechen, mich eine halbe Stunde allein mit meinen Eltern sprechen zu lassen, stelle ich mich.«

»Einverstanden«, lenke ich sofort ein. »Wo stecken Sie denn gerade?«

Er lacht auf, es klingt ziemlich hysterisch.

»Sehen Sie irgendwo einen Streifenwagen?«, fahre ich fort. »Wenn ja, gehen Sie zu ihm und lassen sich herkutschieren, ich werde die Kollegen entsprechend instruieren.«

»Im Moment kauere ich hinter ein paar dornigen Büschen an der Töss«, keucht er. »Ständig fahren Polizeiwagen vorbei und von weit her höre ich Hunde.«

»Stellen Sie sich auf die Straße! Ich gebe Ihnen mein Wort, dass man Sie ohne Handschellen hierherbringt und sofort zu Ihren Eltern lässt.«

»Schicken Sie die Hunde weg!«, fordert er. »Sofort!«

»In Ordnung«, sage ich, rufe Gret zu mir und tuschle ihr die entsprechenden Anweisungen zu.

»Wir informieren gerade die Kollegen«, erläutere ich Hollenstein. »Warten Sie auf unseren Wagen und kommen Sie her, vertrauen Sie mir.«

»Ich will allein mit meinen Eltern sprechen, unbeobachtet«, betont Hollenstein erneut und ich versichere ihm, das sei kein Problem.

Daraufhin unterbricht er die Verbindung.

Gret lehnt mit verschränkten Armen an einem der Koppelgatter. Mario steht neben dem Pferdetransporter und pfeift irgendein Kinderlied vor sich hin. Michael wandert nervös umher und formt ab und an einen Schneeball, den er auf das Feld hinausschleudert. Auch Bea ist gekommen und verteilt Kaffee und Kekse, wobei sie den dankbarsten Abnehmer wenig überraschend in Ralf Strich findet.

Ich selbst stehe neben dem Ölfass. Rauche frierend eine Zigarette und fixiere die Zufahrtsstraße. Der Boden unter mir ist matschig, ein kalter Wind weht und zerzaust die gelbliche Rauchfahne, die aus dem Kamin des Bauernhauses aufsteigt. Der Himmel ist inzwischen von einem drückenden Blauviolett. Bald wird es dunkel sein, in der Küche der Hollensteins brennen bereits die Lampen.

Endlich kommt der Streifenwagen, schaukelt die Straße entlang und hält.

Hollenstein steigt aus. Ich gebe den Kollegen Handzeichen, sich ruhig zu verhalten. Hollenstein winkt mir knapp zu und verschwindet mit der Körperhaltung eines Verurteilten, der sich auf dem Weg zum Schafott befindet, im Haus seiner Eltern.

Ich werfe den Zigarettenstummel zu Boden und hole meinen Mantel aus dem Volvo. Beas Keksangebot lehne ich ab, stattdessen positioniere ich mich wieder neben dem Ölfass. Ich lausche ins Dunkel, höre aber nur den Wind pfeifen.

Die Minuten schleppen sich dahin. Ich rauche eine weitere

Zigarette und realisiere, dass meine Mitarbeiter langsam ungeduldig werden. Kein Ton dringt aus dem Haus, wir haben keine Ahnung, was in seinem Innern vorgeht. Der Wind hat weiter zugenommen und zerrt an meinem Mantel. Ich friere an den Ohren und halte vergebens nach der Katze Ausschau. Aus dem drohend dunklen Firmament schälen sich die ersten Sterne.

Ich blicke auf meine Speedmaster, die halbe Stunde ist längst um. Das Haus ist von unseren Einheiten umstellt, entkommen kann uns Hollenstein nicht. Oder doch? Einen Moment lang flackert die Frage in mir auf, ob die Kollegen mit Nachtsichtgeräten ausgerüstet sind.

Gerade als ich mich auf das Haus zubewegen will, um nachzusehen, was dort geschieht, wird die Tür aufgestoßen. Hollenstein kommt heraus, nur mit weiten Hosen und einem langärmligen hellen T-Shirt bekleidet. Im schwachen Gegenlicht der Küchenlampen wirkt er wie ein Gespenst.

»Kommen Sie mit«, strebt er entschlossen an mir vorbei, ohne mich anzusehen, und mein ganzes Team folgt ihm in wenigen Metern Abstand.

Hollenstein will in sein Zimmer. Ich muss mich schnell entscheiden, wen ich dabeihaben will. Denn dass wir alle mit ihm die Treppen hinaufsteigen, geht nicht.

Meine Wahl ist rasch getroffen und eindeutig: Gret, Michael und ich werden des Rätsels Lösung jetzt erfahren. Zumindest hoffe ich das. Zu dritt folgen wir Hollenstein in sein Reich.

Er sieht mitgenommen aus. Seine Augen sind verweint, das kurz geschorene Haar wirkt fettig. Er stellt sich mitten in sein kleines Paradies und blickt mit sehnsüchtigem Blick um sich, als ob er all dies nie mehr sehen würde – und tatsächlich kann es ja ein paar Jahre dauern.

Niemand spricht ein Wort, Hollenstein setzt sich im Yogasitz auf einen der dicken Teppiche.

»Yves Schneider hat mich nach Strich und Faden ausgenutzt und verarscht«, beginnt er endlich zu reden. »Ich habe ihn geliebt, mein Gott, ja, das habe ich, ich war richtiggehend süchtig nach ihm! Er aber stieg nur mit mir in die Kiste, um mich auszuhorchen.«

»Die Lottogeschichte?«, wirft ihm Michael das Stichwort zu.

»Ja, er muss irgendwas gemerkt haben, keine Ahnung wie. Daraufhin machte er mir schöne Augen und kitzelte die Details Stück für Stück aus mir heraus.«

Gleich beginnt er zu weinen, denke ich.

»Ich habe ihm vertraut, ich Dorftrottel!«

Wir schweigen, rühren uns nicht, atmen so flach wie möglich. Hoffen einfach, dass der Redefluss nicht versiegt.

»Kaum wusste er, was los war, setzte er mich unter gewaltigen Druck. Ich sah mich gezwungen, mit Victor zu reden. Schließlich sagten wir Yves zu, er werde demnächst auch ein paar Millionen gewinnen. Das reichte ihm offensichtlich. Er servierte mich kaltschnäuzig ab, ließ unserer Beziehung keine Chance.«

»Was geschah am letzten Mittwochabend?«, treibe ich die Sache voran.

»Ich gab vor, es gelte noch ein paar Details zu regeln wegen seines Gewinns. Er sträubte sich zuerst mitzukommen, willigte aber schließlich ein. Ich achtete darauf, dass niemand mitbekam, wie wir gemeinsam verschwanden.«

»Wussten Sie da schon, dass Sie ihn erschießen würden?«, frage ich ihn.

»Spielt das eine Rolle?«

Das tut es natürlich, aber ich beantworte die Frage dennoch nicht. Hauptsache, Hollenstein gesteht jetzt.

»Sie füllten ihn mit Alkohol und Kokain ab«, sagt Michael.

»Ich wollte ihn zu einer letzten Liebesnacht überreden. Um der guten Zeiten willen. Ich versprach, ich würde ihn anschließend in Ruhe lassen. Aber er lachte mich nur aus, behauptete, als Liebhaber sei ich ohnehin eine Pfeife. Er wollte gehen, aber er war natürlich viel zu betrunken.«

Jetzt weint er. Die Tränen kullern über Hollensteins Gesicht, seine Hände zittern.

»Ich habe für den Scheißkerl eine zehnjährige Beziehung hingeschmissen, verdammt noch mal!«

»Wie haben Sie ihn in den Wald gebracht?«, will Michael wissen.

»Der Idiot war komplett dicht, gegen Morgen steckte ich ihn in einen Jogginganzug, damit er schlafen konnte. Er lag schon im Bett, als in meinem Kopf eine Sicherung durchbrannte. Ich sah Yves da liegen und irgendetwas in meinem Innern sagte Nein. Nein! So nicht! Ich rüttelte ihn wieder wach. Versprach ihm, ich brächte ihn mit dem Pferdetransporter nach Hause. Er war zugeknallt und bescheuert genug, das zu glauben. Ich hievte ihn auf den Beifahrersitz, holte das Sturmgewehr, nahm ein Pferd von der Koppel, fuhr mit dem Transporter zum Waidberg und band Yves dort schließlich auf dem Rücken des Pferdes fest. Er lallte nur noch und nahm mir problemlos ab, wir müssten nach Hause reiten. Er fand es sogar richtig lustig. Das Gewehr bemerkte er nicht.«

»Und dann erschossen Sie ihn einfach?«

»Jawohl!«, schreit Hollenstein plötzlich los. »Jawohl! Er hat es verdient, mehr als verdient!«

»Glaubten Sie denn, damit durchzukommen?«, wundert sich Gret.

»Aber sicher!«, beteuert Hollenstein heiser. »Wieso denn

nicht? Der Idiot hatte einige Feinde und verkehrte teilweise in üblen Kreisen.« Urplötzlich sackt er wieder in sich zusammen, wie damals vor Antoluzzos abgebranntem Haus in Wasterkingen.

Bitte mach jetzt nicht schlapp, Hollenstein, ein paar Minuten noch, und du hast es überstanden! Auch Michael und Gret betrachten ihn besorgt.

Aber er rappelt sich wieder auf und redet weiter, plötzlich gehetzt, auch er will es augenscheinlich hinter sich bringen.

»Mir war schlecht, ich kehrte hierher zurück, versorgte das Pferd, versteckte das Gewehr und versuchte zu schlafen. Aber ich musste mich mehrfach übergeben. Ich ging wieder hinaus und hetzte wie ein Irrer durch den Morgennebel, stundenlang. Bis zur Erschöpfung. Danach kam ich erneut hierher. Ein sentimentales Gefühl trieb mich schließlich zu Antonio. Ich fand ihn allerdings nirgends, stellte bei der Gelegenheit aber immerhin gleich noch Schneiders Angeberkarre in Hohentengen ins Parkhaus.«

»Wie kamen Sie denn von da aus zurück?«

»Mit Zug und Bus«, ächzt er. »Am Freitagabend suchte ich Antonio dann erneut auf.«

»Und? Was geschah dort? Und wieso nahmen Sie das Gewehr mit?«

Hollenstein schluckt leer und schüttelt dann wie ein Roboter eine Minute lang seinen Kopf. Plötzlich verharrt er mitten in der Bewegung und starrt mir direkt ins Gesicht. »Antonio wusste, dass ich Schneider umgebracht hatte, und wollte mich hochgehen lassen. Sein Hass, dass ich ihn wegen dieses Idioten sitzen gelassen habe, kannte keine Grenzen. Er war immer noch blind vor Wut und wollte sich nur noch rächen.«

»Woher wusste er, dass Sie es waren?«, frage ich erstaunt.

Es scheint mir vollkommen unmöglich, dass Antoluzzo in der kurzen Zeit, die seit dem Mord an Schneider verstrichen war, herausfinden konnte, wer die Tat begangen hatte.

»Von Victor«, sagt Hollenstein überraschend. »Keine Ahnung, warum Stucki Bescheid wusste. Aber er hat Antonio informiert. Sie selbst haben mir erzählt, dass er am Freitag in Wasterkingen gesehen worden ist.«

»Und dann?«, lasse ich Stucki einstweilen beiseite und kehre zu Hollensteins Besuch bei Antoluzzo zurück. »Hat Antonio Sie erpresst?«

Hollenstein lacht hämisch auf: »Schön wär's gewesen! Ich gab zu, dass ich Schneider kaltgemacht hatte, zeigte Antonio sogar das Gewehr. Aber all mein Flehen, uns nochmals eine Chance einzuräumen, nutzte nichts. Er wollte mich nur noch zerstören. Er war eisern entschlossen, mich zu vernichten.« Hollensteins Kopf baumelt wieder unkoordiniert hin und her, als könnte er es heute noch nicht glauben. »Er ließ mir keine Wahl!«

»Sie haben ihn ebenfalls erschossen«, hält Michael fest.

Und Hollenstein flüstert mit erstickter Stimme: »Ja.«

Welch verfluchtes, beschissenes Drama, denke ich. Ich bin versucht, einfach hinauszugehen, mich in den Schnee zu werfen und auf die Hofkatze zu warten. Vielleicht kann sie mir erklären, wie es so weit kommen konnte, dass der eigentlich recht sympathische Hollenstein binnen achtundvierzig Stunden zwei Menschen erschossen hat, die er beide geliebt hat. Aber ich kann jetzt nicht einfach weggehen und mich der Geschichte entziehen. Es ist mein Job, mir diese Scheiße anzuhören. Ohne eine Miene zu verziehen und ohne auszurasten angesichts all des Wahnsinns.

»Wie haben Sie's getan?«, frage ich in einem geheuchelten, neutralen Tonfall, den ich in diesem Moment selbst hasse.

»Antonio hörte nicht auf, mich auf unflätigste Weise zu verfluchen, und warf mich aus dem Haus. Garantierte mir, er werde die Polizei rufen. Ich tat, als ob ich ginge, schnappte mir jedoch in seinem Keller seine Ordonnanzpistole, die er mir mal gezeigt hatte, und ging wieder nach oben. Antonio saß apathisch auf einem Stuhl und bemerkte mich nicht. Ich erschoss ihn, küsste ihn auf den Mund und drückte ihm die Waffe in die Hand.«

»Aha. So einfach war das.«

Hollenstein schnellt hoch und wankt drohend auf mich zu: »Nein, es war nicht einfach, Sie Idiot! Nehmen Sie das zurück! Sofort!«

Ich versichere mich, dass Gret und Michael bereit sind einzugreifen, und sage: »Wieso sollte ich?«

Er schwingt die Faust und stürzt auf mich zu. Michael fällt ihm in den Arm und bringt ihn einen Meter vor mir zum Stehen. Hollenstein tobt und schäumt, versucht, sich Michaels Klammergriff zu entwinden, merkt aber bald, dass es zwecklos ist.

»Weil es nicht wahr ist!«, schreit er mir ins Gesicht. »Weil es nicht stimmt! Es war nicht einfach, verflucht, es war der schlimmste Moment meines Lebens! Der allerschlimmste! Glauben Sie mir!«

»Okay. Ich glaube Ihnen«, sage ich beschwichtigend. »Auch wenn Sie immerhin noch besonnen genug waren, Ihrem toten Exfreund Schneiders Foto ins Revers zu stecken und das Haus anzuzünden.«

»Was?«, ächzt er mit weit aufgerissenen Augen.

»Sie haben das Haus in Flammen gesetzt!«

»Ja, ich wollte alles vernichten, was mich an Antonio erinnerte. Aber was sagten Sie noch?«

»Wir haben Schneiders Foto bei dem Toten gefunden.«

»Das war ich nicht«, sagt Hollenstein nur, fasst sich an den Bauch und sackt zu Boden.

Michael bleibt über ihn gebeugt stehen, Gret kniet sich an Hollensteins Seite.

»Wer denn sonst?«, fragt sie, aber Hollenstein redet jetzt nicht mehr.

»Antoluzzo muss auch Schneider gehasst haben«, antwortet ihr Michael anstelle von Hollenstein leise. »Vielleicht hat er das Objekt seines Hasses stets mit sich herumgetragen.«

Vielleicht wollte er Schneider sogar selbst töten, denke ich mir. Oder töten lassen.

»Sie wirkten ziemlich cool, als Sie in der Nacht zu Antoluzzos abgebranntem Haus kamen«, meint Michael, löst damit jedoch keine Reaktion aus bei Hollenstein. »Aber warum sind Sie am Sonntag noch einmal nach Wasterkingen zurückgekehrt?«, fährt er trotzdem fort. »Und dieser Zusammenbruch, war der echt?«

Hollenstein blickt langsam zu ihm hoch. Und selbst ich kann in seinen Augen die Antwort lesen: Ja, ja, ja. Er wurde nicht fertig mit der Tat.

»Gehen Sie bitte zur Seite«, entweichen ihm endlich wieder ein paar Worte.

Wie bitte? Denkt er etwa, wir würden ihn laufen lassen?

»Gleich wird alles zu Ende sein«, fügt er an und zaubert aus seiner Hosentasche urplötzlich eine braune Glaskapsel hervor, die er sich in den Mund steckt.

Gret stürzt sich sofort auf ihn und versucht, seine Kiefer auseinanderzudrücken, und Michael boxt ihn zwischen die Schulterblätter. Aber zu spät, ich höre das Knirschen, als Hollenstein das Glas zerbeißt.

Blut schießt ihm ins Gesicht, seine Glieder schlagen heftig aus, Michael und Gret bekommen Hiebe und Fußtritte ab.

Ein letztes heftiges Aufschnaufen, ein finales krampfartiges Zucken und dann sackt Hollenstein in sich zusammen.

Michael versucht es mit einer Herzmassage. Aber Gret, die an Hollensteins Handgelenk den Puls sucht, winkt resigniert ab.

Mir wird schlecht.

Wir hätten ihn durchsuchen sollen. Und merken müssen, dass er nur noch mal hierherkommen wollte, um Abschied von seinen Eltern zu nehmen. Wir hätten sofort jemanden zu den beiden alten Herrschaften ins Haus schicken sollen, als Hollenstein rauskam. Uns klar darüber sein müssen, dass es für ihn nichts mehr gab, wofür er hätte weiterleben sollen. Dass er sich mit Medikamenten auskannte. Dass die Morde ihn ganz übel mitgenommen haben. Dass er durch die Hölle gegangen war und längst keinen Ausweg mehr sah.

Wir hätten diese Katastrophe verhindern müssen, verdammt!

Nie hätte ich gedacht, dass es einmal so weit kommt und ich froh bin, dass die Stebler rechtzeitig eingetroffen ist, um die anstehende Pressekonferenz mit mir durchzusprechen. Aber heute bin ich es und ich sage es ihr sogar. Sie lächelt mich an mit ihren dünnen Lippen und wischt sich ein unsichtbares Staubkorn von ihrem dunkelgrünen Blazer.

»Sie werden uns nach Strich und Faden auseinandernehmen«, äußere ich meine Befürchtungen. »Und das zu Recht. Wir haben Hollenstein viel zu lange vernachlässigt bei den Ermittlungen und zum Schluss auch noch zugelassen, dass er sich vor unseren Augen umbringt. Ein Albtraum.«

»Wir müssen die Geschichte nur richtig verkaufen«, meint sie aufmunternd. »Immerhin haben wir den Fall innerhalb kürzester Zeit aufgeklärt, das ist doch schon mal was.«

Ich bewundere die Stebler in diesem Moment für ihren Gleichmut. Allerdings werden die Journalisten nicht sie zerreißen, sondern mich. Andererseits ist nicht ganz falsch, was sie sagt: Wir haben den Fall tatsächlich geklärt, gründlich und endgültig.

Die letzten kleinen Puzzlestücke lieferte uns Victor Stucki heute Morgen von seinem Spitalbett aus, unerwartet bescheiden und freundlich. Er war zu Antoluzzo hinausgefahren, weil er Hollenstein suchte. Er kannte das unrühmliche Ende von dessen Affäre mit Schneider und vermutete von Anfang an, dass er hinter dem Mord steckte. Unter anderem, weil er trotz aller Vorsicht, die Hollenstein walten ließ, bemerkt hatte, dass die beiden gemeinsam aus der *Giesserei* verschwunden waren. Stucki wollte mit Hollenstein reden, um herauszufinden, ob er ihm irgendwie helfen könnte. Weil er den Mann mochte. Und auch, weil uns ein verhafteter Hollenstein womöglich die Existenz des unterschlagenen Geldes verraten hätte, was Stucki vermeiden wollte. Denn für ihn, dessen Karriere schon lange schwer ins Stocken geraten war, waren die Millionen in der Karibik eine Tür in ein neues Leben, weshalb der Betrug auf keinen Fall herauskommen durfte.

Dummerweise hatte Stucki sträflich unterschätzt, wie schnell wir der Lottogeschichte auf den Grund kamen. Einmal verhaftet, war es zu spät, noch an das Geld zu gelangen und abzutauchen. Seinen Ausbruchsversuch bezeichnete er als idiotische Kurzschlusshandlung. Schlussendlich war er alles in allem sehr kooperativ. Nur wo genau in der Dominikanischen Republik das Geld liegt, verriet er uns nicht. Obwohl wir ihm versicherten, wir würden es ohnehin auftreiben oder ihm nach der Haftentlassung auf Schritt und Tritt folgen.

»Erzählen Sie einfach die ganze Geschichte von Anfang an und setzen Sie hauptsächlich auf die Tätersicht«, rät mir die Stebler. »Das wird die Leute begeistern und niemand wird groß nachfragen, wie genau wir zu all diesen Erkenntnissen gekommen sind.«

»Aber wie soll ich erklären, dass Hollenstein auf den Hof seiner Eltern kam, um Selbstmord zu begehen, ohne dass wir diese Möglichkeit auch nur ansatzweise in Erwägung zogen?«

»Woher hatte er das Gift überhaupt?«, stellt die Stebler die Gegenfrage.

»Laut der Rechtsmedizin handelt es sich um ein Extrakt des Gelben Pfeilgiftfrosches. Hollenstein unternahm im vergangenen Jahr eine längere Amazonasreise, vermutlich hat er es von dort mitgebracht«, antworte ich. »Es muss im Haus seiner Eltern deponiert gewesen sein, eine andere Möglichkeit gibt es nicht.«

»Er wollte sich also gar nicht verabschieden?«

»Vielleicht wollte er beides«, sage ich. »Abschied nehmen und an das Gift kommen. Aber das werden wir wohl nie erfahren. Klar ist, dass wir die Küche hätten überwachen müssen.«

»Lügen Sie zur Not!«, empfiehlt mir die Stebler knallhart. »Behaupten Sie, das hätte zu seinen Bedingungen gehört. Geständnis gegen Vertrauen.«

»Was ist mit Schlatter? Bisher weiß noch niemand, dass er das Lottostudio gesprengt hat.«

»Opfern Sie ihn! Je näher Sie im großen Ganzen an der Wahrheit bleiben, desto glaubhafter wird der Rest, von dem man ablenken möchte. Geben Sie ruhig auch zu, dass wir das Geld noch nicht haben, das die Lottobetrüger beiseitegeschafft haben.«

Ich nicke ergeben und bin froh, dass jetzt das Telefon auf

meinem Pult klingelt. Es ist das Phantom, das mir gratuliert und mich im Anschluss an die Pressekonferenz auf einen Kaffee sehen möchte. Ich verspreche ihm, ich käme, sobald ich den Plausch mit der Presse heil überstanden hätte.

Dann widme ich mich wieder der Stebler. »Spielen wir's noch mal durch?«, frage ich.

»Noch mehrere Male, Herr Staub. So lange, bis es sitzt!«

Allmählich beginnt sie, mir doch wieder auf die Nerven zu gehen.

Es ist spät am Freitagabend und wir sitzen noch immer bei Tisch und trinken Kaffee. Wir haben toll gegessen und viel Wein getrunken. Die Stimmung ist gut, wenigstens beim Rest meiner Familie. Ich hingegen vermeine schon die ersten Nebenwirkungen dieser Malariaprophylaxe zu verspüren, die ich auf Leonies Befehl vor dem Essen geschluckt habe. Vielleicht leide ich auch immer noch an den Folgen des Falls Schneider/Antoluzzo, denn seit Hollensteins selbst gewähltem Abgang ist gerade einmal ein knapper Tag vergangen.

Sohn Per hängt in seinem Stuhl wie ein Mehlsack und seine Freundin Adrienne wirkt wie immer ziemlich konfus, aber auch tiefgründig. Sie ist wirklich umwerfend hübsch: Der Kontrast zwischen ihren pechschwarzen Wuschelhaaren und den klaren, tiefblauen Augen in ihrem hellen Gesicht nimmt einen genauso in seinen Bann wie die Besessenheit, mit der sie – wider alle Realitäten – daran glaubt, die Welt verbessern zu können. Ich kann absolut nachvollziehen, dass Per einen Narren an ihr gefressen hat, trotz all ihrer Probleme mit der Welt und sich selbst. Die Frage ist einzig, wie lange es die Schöne mit unserem schläfrigen Sohn aushalten wird. Denn im Vergleich zu den lodernden Vulkanen in ihr knistert in ihm höchstens ein gemütliches Kaminfeuerchen.

Irgendwie scheint er meine Gedanken zu erraten und fragt mich aus Rache spöttisch: »Freust du dich auf Sri Lanka, Papa?«

Er ist sich natürlich vollends bewusst, dass mir sowohl Ferien als auch heiße Länder grundsätzlich verhasst sind und ich mich einzig nach meiner Tochter Anna sehne.

»Aber sicher«, behaupte ich eisern. »Ich hoffe nur, dass wir nicht mitten in den Bürgerkrieg geraten.«

»Im Moment herrscht doch Waffenstillstand, oder nicht?«, fragt Leonie, keineswegs verunsichert.

»Das kann sich jede Sekunde ändern«, mosere ich.

»Die positiven Kräfte werden sich durchsetzen«, behauptet die schöne Adrienne. »Ich werde einen Bericht über Frauen schreiben, die sich engagiert für den Frieden auf der Insel einsetzen.«

»Für welches Medium denn?«, heuchelt Leonie Interesse.

»Ich habe mit verschiedenen Zeitungen gesprochen«, erklärt ihr Adrienne vage und Leonie lächelt sanft. Sie streift mit ihrem Lächeln auch mich und ich erkenne, dass wenigstens bei uns wieder Frieden eingekehrt ist.

»Was würdet ihr eigentlich davon halten, wenn ich Kommandant der Kantonspolizei werden würde?«, wage ich daher endlich, die Frage zu stellen, die mir seit Anbeginn dieses Essens auf der Zunge liegt.

Große Verwunderung schlägt mir entgegen.

»Haben sie dich etwa ernsthaft dafür vorgeschlagen?«, fragt Leonie überrascht.

»Jawohl«, antworte ich stolz. »Ich könnte es ja mal versuchen, oder?«

»Du gurkst doch viel lieber durch den Kanton, Papa, als bloß noch auf irgendwelchen Sitzungen zu hocken«, wendet Per ein und gähnt dazu.

»Dann könnte er aber wenigstens irgendwas gegen die unsinnige Gewalt bei Ausschaffungen unternehmen«, tadelt ihn seine Adrienne umgehend.

Und Leonie meint: »Wir können uns gerne darüber unterhalten, Fred. Letztlich geht es uns ja allen am besten, wenn du mit deiner Arbeit zufrieden bist. Die Frage ist nur, ob das tatsächlich der Fall sein wird, wenn du Kommandant wirst.«

Ich erkenne verdutzt, dass Leonies Begeisterung wesentlich bescheidener ausfällt, als ich vermutet habe. Und vielleicht hat sie sogar recht und weiß besser als ich, wonach ich strebe.

Allerdings habe ich dem Phantom heute Nachmittag bereits mündlich zugesagt. Soll er seinen Willen haben. Zurücktreten kann ich ja jederzeit. Und außerdem müssen mich die Politiker zuerst auch noch wählen.

Glossar

Ausschaffung – die; *schweiz. für* Abschiebung

Bise – die; *schweiz. für* Nord(ost)wind

Chavelwasser – das; franz. ›Eau de Javel‹; ein Bleichmittel auf Chlorbasis, auch zum Desinfizieren etc.

Combox® – die; Gratis-Anrufbeantworter der Swisscom für Natel®-Abonnenten

Finken – der; *schweiz. mdal. für* warmer Hausschuh (urspr. eine Schuhmarke)

Hallenstadion – eine von drei großen Stadionbauten in Zürich sowie eine der größten Mehrzweckhallen Europas

kurlig – *schweiz. für* verschroben

Lavabo – das, *schweiz. für* Waschbecken

MAZ – die; magnetische Bildaufzeichnung; wird ugs. benutzt für die in Fernsehanstalten verwendeten Videoformate und –geräte

Mèche, Mesche – die; *österr. für* gefärbte Haarsträhne

Natel® – Der Begriff ›Natel‹ ist eine geschützte Bezeichnung der Schweizer Telekomgesellschaft *Swisscom.* Ursprünglich stammt er vom Begriff ›Nationales Autotelefon‹ ab. Das Wort hat in der Schweiz in allen vier Sprachen größere Verbreitung als der Begriff ›Handy‹.

Ordonnanzpistole – die; Dienstwaffe des Militärs

Passerelle – die; <franz.>; *schweiz. für* Fußgängerbrücke

Pinzgauer – der; österreichisches Militärfahrzeug

Pulmex® – pflanzliches Heilmittel gegen Erkrankung der Atemwege, der Atmungsorgane und bei Erkältungen

Rhäzünser – Mineralwasser der Mineralquellen aus Rhäzüns

Secondo – der; <ital.>; *schweiz. für* Zuwanderer der zweiten Generation

Spunten – der; *schweiz. mdal. für* einfache Gaststätte

Vita Parcours (auch Vitaparcours) – in der Schweiz Synonym für einen Trimm-dich-Pfad; Namensgeber war ursprünglich die Vita Lebensversicherungsgesellschaft (heute: Zürich Leben)

währschaft – *schweiz. für* dauerhaft, echt

Wechte – die; überhängende Schneemasse; *schweiz. auch für* Schneewehe

Fred Staubs erster Fall

Ernst Solèr

Staub im Feuer

ISBN 978-3-89425-316-5

»Solèr schreibt süffig, anschaulich, und er hat ein ausgesprochen gutes Gespür für das richtige Timing.« Tages-Anzeiger

»Fred Staub und sein Ermittlungsteam haben durchaus das Potenzial für weitere Abenteuer.« NZZ Neue Zürcher Zeitung

»... schnittiger, rasanter Krimi, der mitten in der Stadt Zürich spielt.« Isabelle Streit, Berner Rundschau (CH)

»Endlich wieder einmal ein Schweizer Krimi, der sich nicht verstecken muss. Mit Tempo und Sprachwitz und Spannung und allem, was man in einem Thriller haben will. ... Sympathische Haupt- und Nebenfiguren, ein spannender Handlungsaufbau, bekannte Schauplätze und eine manchmal wunderbar schnoddrige Schreibe lassen nur eine Bitte an den Autor wach werden: Eine Serie muss her! Mehr! Jetzt!« Heute (CH)

»Solèrs flüssiger Schreibstil und das starke Lokalkolorit, das sich nicht in einer Aufzählung von Adressen und Sehenswürdigkeiten erschöpft, sondern die Mentalität der Schweizer beschreibt, machen Lust auf Staubs zweiten Einsatz.«
Axel Bussmer, Die Alligatorpapiere

»Lesenswert ist das Buch nicht zuletzt wegen des schonungslosen Blickes hinter die Fassaden der Glitzer-Metropole Zürichs – und wegen Staubs (alias Solèrs) teilweise bitterbösen, sarkastischen, politisch herrlich unkorrekten Kommentaren zu diversen eidgenössischen Eigenheiten und Schwächen.«
Der Bund (CH)

Fred Staubs zweiter Fall

Ernst Solèr
Staub im Wasser
ISBN 978-3-89425-332-5

»Bis am Schluss bleibt das 222 Seiten starke Buch spannend.«
NZZ Neue Zürcher Zeitung

»Auch wenn man während der Lektüre mehr als einmal leer schlucken muss, so bleibt einem das Lachen aber trotzdem nicht im Hals stecken. Vor allem Staubs Mitarbeiter – vom hemdsärmeligen Kettenraucher über die männliche Büroniete bis zur sturen Moralistin – hat Solèr lustvoll karikiert.« Tages-Anzeiger (CH)

»Nach dem ersten Krimi um den lakonischen Zürcher Polizeihauptmann Fred Staub schrien wir an dieser Stelle begeistert und lauthals nach einer Fortsetzung. Das Gequengele wurde erhört: Wieder rennt Staub wunderbar launisch einem Mörder nach.«
Heute (CH)

»Eine Stärke Solèrs in diesem zweiten Staub-Roman sind knapp beschriebene Gefühle ... Ebenso interessant sind die Zu- und Abneigungen in Staubs Team ... Diese Truppe ist auf Serie angelegt – gut so.« Michael Schweizer, Kommune - Forum Politik-Ökonomie-Kultur

»Die Lösung des Falls präsentiert sich zum Schluss rasch und schlüssig, aber keinesfalls vorhersehbar. Es geht, wie so oft im Leben, um Geld oder besser gesagt um Geld, das mal war und plötzlich verschwand.« Zürichsee-Zeitung / Der Zürcher Oberländer

grafit

Ein weiterer Zürich-Krimi

Michael Herzig
Saubere Wäsche
ISBN 978-89425-338-7

»Der Autor Michael Herzig kennt die Zürcher Kulisse, beschreibt sie und ihr Personal anschaulich, schildert Macken und Ecken mit großzügigem Verständnis und Witz. Seine realitätsnah geformten Protagonisten sind oft Opfer städtischer Einsamkeit ... Das Zürcher Kolorit und die vielfältigen Biografien der Protagonisten machen ›Saubere Wäsche‹ zu einem lesenswerten Erfolg.«
Sonja Lüthi Ihle, NZZ Neue Zürcher Zeitung

»Zwei Verbrechen mit Verbindungen zum Drogen- und Sexmilieu, Polit- und Medienfilz, eine unbestechliche Polizistin:Der in Zürich lebende Berner Michael Herzig beherzigt die klassischen Eckpfeiler des Genres.« Regula Freuler, NZZ am Sonntag

»Michael Herzig weiß die Fäden fein zu spinnen, gibt seinen Akteuren Profil, Wärme und einen Hintergrund. ... Das alles wird mit einem leicht ironischen Unterton serviert und, was gar nicht selbstverständlich ist in einem Erstlingskrimi, in einer schönen, auch von der Syntax her makellosen und schnörkellosen Sprache.«
Der Zürcher Oberländer/Zürcher Landzeitung/Anzeiger von Uster

»Der Autor hat sich viel Mühe mit seinen Charakteren gegeben. Hoffentlich deshalb, weil er sie in Zukunft noch öfter einsetzen will.«
Sönke Boldt, Badische Neueste Nachrichten

»Wieder ein Krimi, der in Zürich spielt. Lesenswert und fesselnd ist er. ... Es ist eine gute, rasante Geschichte.«
P.S. – Die linke Zürcher Zeitung

»... weckt die Vorfreude auf Band 2!« SBD Bibliotheksservice (CH)

»Der Erstling von Michael Herzig hat Qualitäten. Man freut sich auch dank dem überzeugenden Ende auf die ... Fortsetzung.«
Schweizer Familie

Preisgekrönt: Matti Rönkä

FINNISCHER KRIMIPREIS 2006

Matti Rönkä: Der Grenzgänger
Aus dem Finnischen von Gabriele Schrey-Vasara
222 Seiten. Gebunden mit Schutzumschlag
ISBN 978-3-89425-316-5

Privatdetektiv Viktor Kärppä ist russischer Emigrant und ein Mann mit besonderen Fähigkeiten, die viele Herren auf beiden Seiten der finnisch-russischen Grenze zu schätzen wissen. Sein jüngster Auftrag lautet, Sirje Larsson zu finden. Ein Routinejob, denkt Viktor. Doch die Suche nach der Vermissten stört die Kreise gnadenloser Gangster. Viktor gerät in das Fadenkreuz russischer Spione und estnischer Schmuggler.

»Hier gibt es nichts Forciertes, keine snobistischen Spielereien oder prätentiöse Verkünstelungen. Einfach eine unglaublich gut konstruierte Ge-schichte, herrliche Figuren und eine erfreulich gradlinige Schreibweise.«
Die Jury des ›Finnischen Krimipreises‹

»Ein Klassiker schon jetzt!«
Bayerischer Rundfunk

»Dieser zum ausgedehnten Selbstbetrug fähige Ermittler des Finnen Matti Rönkä ist ein großer Wurf, weil er alles andere darstellt als noch eine Knautschverpackung hehrer Werte.«
Tages-Anzeiger

»Wenn Matti Rönkä künftig das Niveau seines Erstlingsromans ›Der Grenzgänger‹ halten kann, ist die internationale Krimiszene um einen Autor von höchstem Niveau reicher. Spannender kann man einfach nicht schreiben als der Finne. Einfach genial!«
Emsdettener Volkszeitung

»›Der Grenzgänger‹ heißt folgerichtig mehrdeutig der erste Roman um Kärppä, der voller faszinierender Geschichten aus einer Weltgegend steckt, über die wir viel zu wenig wissen. Das Schönste aber: Rönkä erzählt mit ganz wirkungsvollen Mitteln kunstvoll einfach.«
www.kaliber38.de